भारतीय ज्ञानपरंपरा
और
विचारक

भारतीय ज्ञानपरंपरा और विचारक

रजनीश कुमार शुक्ल

प्रभात प्रकाशन

ज्ञान शांति मैत्री
महात्मा गांधी अंतरराष्ट्रीय
हिंदी विश्वविद्यालय, वर्धा

प्रकाशक • **प्रभात प्रकाशन प्रा. लि.**
4/19 आसफ अली रोड,
नई दिल्ली–110002

संस्करण • 2025
मूल्य • पाँच सौ रुपए
मुद्रक • नरुला प्रिंटर्स, दिल्ली

BHARATIYA GYAN PARAMPARA AUR VICHARAK
by Prof. Rajaneesh Kumar Shukla ₹ 500.00
Published by Prabhat Prakashan Pvt. Ltd., 4/19 Asaf Ali Road, New Delhi-2
e-mail: prabhatbooks@gmail.com ISBN 978-93-90366-20-0

लौकिकानां हि साधूनामर्थं वागनुवर्तते।
ऋषीणां पुनराद्यानां वाचमर्थोऽनुधावति।।

वाक् से अर्थ का भाष्य करनेवाले आचार्यों
एवं अर्थ जिनकी वाणी के पीछे दौड़ते हैं,
ऐसी साक्षात्कारकृत ऋषि परंपरा
को सश्रद्ध समर्पित।

पुरोवाक्

मुझे यह जानकर प्रसन्नता है कि आचार्य रजनीश कुमार शुक्ल ने भारतीय चिंतन-परंपरा का गहन अवगाहन करते हुए 'भारतीय ज्ञानपरंपरा और विचारक' नाम से उत्कृष्ट कृति की रचना की है। भारत की सनातन-सांस्कृतिक परंपरा समावेशी, करुणा प्रधान एवं समतामूलक रही है। समय के झंझावातों, विदेशी आक्रांताओं के प्रहारों और तकनीक की चकाचौंध ने इसके बाह्य स्वरूप को प्रभावित अवश्य किया है, लेकिन मूल रूप में समस्त चराचर जगत् को स्वयं का रूप मानने की भारतीय दृष्टि आज भी लोकजीवन में अपना स्थान बनाए हुए है। भौतिक जीवन को आध्यात्मिकता से परिपूर्ण करते हुए निष्काम कर्म की प्रेरणा आज भी भारत के जनमानस को प्रेरित करती है।

औपनिवेशिक काल में भारत की जिस अस्मिता को अंग्रेजों ने गढ़ा, दुर्भाग्यवश औपनिवेशिक काल के बाद भी हम उस ओढ़ी हुई अस्मिता से अपने को मुक्त नहीं कर पाए हैं। स्वतंत्रता सेनानियों की उत्कट अभिलाषा थी कि राजनीतिक रूप से स्वतंत्र, आर्थिक रूप से आत्मनिर्भर, सामाजिक रूप से न्यायपूर्ण और सांस्कृतिक रूप से स्वाभिमानयुक्त भारत बने। यही कारण है कि स्वतंत्रता सेनानियों ने अंग्रेजों द्वारा बनाई गई भारत की झूठी, निम्न और आत्महीनताग्रस्त छवि को नकारते हुए भारतीय गौरवपूर्ण इतिहास और परंपराओं को न केवल जनता के बीच रखा, बल्कि अध्ययन-अध्यापन और अकादमिक शोध के माध्यम से भारत की स्वाभिमानी और आत्मनिर्भर छवि

को प्रस्तुत किया, जो आज भी हमारे देश के युवाओं के लिए प्रेरणास्पद और मार्गदर्शक है।

आचार्य रजनीश शुक्ल की यह पुस्तक भारतीय समाज, इतिहास, संस्कृति, राष्ट्र-निर्माण, आत्मनिर्भरता, पत्रकारिता आदि विषयों को सारगर्भित तरीके से प्रस्तुत करती है और ऐसा करते हुए वह गौतमबुद्ध, कबीर, तुलसीदास, गांधी, विनोबा, आंबेडकर, वीर सावरकर और पं. दीनदयाल उपाध्याय जैसे मनीषियों को उद्धृत करते हैं, जिससे उनके विचार एक सनातन ज्ञानपरंपरा के वाहक के रूप में दिखाई देते हैं। मैं आशा करता हूँ कि 'वसुधैव कुटुंबकम्' की अवधारणा से अनुप्राणित यह पुस्तक मौलिक ढंग से सोचनेवाले पाठकों, लेखकों, शिक्षकों, शोधकर्ताओं और विद्यार्थियों के लिए भी उपयोगी साबित होगी।

28.9.2020

—रमेश पोखरियाल 'निशंक'
केंद्रीय शिक्षा मंत्री, भारत सरकार

प्ररोचना

'भारतीय ज्ञानपरंपरा और विचारक' प्रो. रजनीश कुमार शुक्ल की नवीनतम और विचारोत्तेजक कृति है। इसमें उन्होंने भारतीय ज्ञानपरंपरा को उसके वर्तमान व्यापक संदर्भ में देखा है। भारतीय ज्ञानपरंपरा का यह संदर्भ दो-ढाई शताब्दी की पश्चिमी औपनिवेशिक और उत्तर-औपनिवेशिक उपस्थिति के साथ गहराई से जुड़ी हुई है, इसलिए उसकी निजता को पहचानने के लिए उसके 'इतर' ('other') को जानना आवश्यक है। पश्चिम के लिए तो उसका 'इतर' एक सतत समस्या रही है, जिसे निर्मल वर्मा ने बहुत ही अच्छी तरह से अपनी जर्मनी के वक्तव्य में विश्लेषित किया है, किंतु भारत में 'इतर' पार्यंतिक विचार में उपस्थित ही नहीं है, क्योंकि वहाँ पर्यंत में अद्वैत है, चाहे वह ब्रह्माद्वैत हो या शब्दाद्वैत हो या शून्याद्वैत हो या अद्वैत का कोई दूसरा संस्करण हो, जैसा कि पिछली शताब्दी में प्रसिद्ध दार्शनिक के.सी. भट्टाचार्य ने निरूपित किया है, फिर भी व्यावहारिक स्तर तो भारत को भी अपने 'इतर' को समझ लेने पर अपने को समझना आसान हो जाता है, इसलिए विस्मय नहीं होता, जब भारतीय इतिहास और संस्कृति पर विचार करते हुए प्रखर मार्क्सवादी विद्वान् डी.डी. कोसंबी यह सवाल उठाते हैं कि यदि भारतीय संस्कृति और पश्चिमी संस्कृति—दोनों को उनकी केंद्रीय अवधारणाओं से ही परिभाषित करना हो, तो वे केंद्रीय अवधारणाएँ क्या हो सकती हैं और वे स्वयं ही उत्तर देते हैं कि उन केंद्रीय अवधारणाओं में भारत के संदर्भ में प्रथम अवधारणा 'धर्म' और पश्चिमी संदर्भ में वही

प्रथम अवधारणा शक्ति (prowess) है। भारतीय आकांक्षा इसीलिए कभी भी राजनीतिक और आर्थिक साम्राज्य विस्तार के रूप में अभिव्यक्त नहीं हुई, किंतु पश्चिम में प्राचीन यूनान और रोम से लेकर आजतक वह महत्त्वाकांक्षा शक्ति (power) 'वर्चस्व', हिंसा तथा युद्ध के महिमामंडन, साम्राज्य-निर्माण और औपनिवेशिकता के रूप में अभिव्यक्त होती रही है। आज जिसे उत्तर-औपनिवेशिकता और उत्तर-आधुनिकता के मृदु और प्रशस्तिपरक (euphemistic) शब्दों से कहा जा रहा है, उसे अलग ढंग से समझना होगा। प्रो. शुक्ल ने इस मूलभूत वैचारिक चुनौती को स्वीकार किया है और उनका यह निष्कर्ष है—'आधुनिकता जहाँ साम्राज्यवादी दृष्टिकोण है, औपनिवेशिक दृष्टि का विस्तार है। मनुष्य के ऐंद्रिक सुखों को मूल्यवान बनाने की प्रक्रिया है और उसकी भावनाओं तथा उसकी श्रद्धा को तिरोहित कर देने की प्रणाली है, वहीं उत्तर-आधुनिकता व्यक्ति और राज्य के बीच, परिवार और समाज जैसी संस्थाओं के खात्मे का उद्घोष है। व्यक्ति रहेगा और सरकार रहेगी। सरकारें, राज्य सत्ता व्यक्ति की चिंता करेगी। सरकार और व्यक्ति के बीच परिवार और समाज नाम की, जो स्वाभाविक इकाई थी, जो मनुष्य को नियमित करती थी, नियंत्रित करती थी, मनुष्य को दिशा देती थी, उसका खात्मा हो गया है। उसका संकट यूरोप ने तो भुगतना शुरू कर दिया है। भारत में ही इसके लक्षण दिखाई दे रहे हैं।'

भारतीय ज्ञानपरंपरा के केंद्र में स्थित 'धर्म' की अवधारणा पश्चिम की प्राचीन और अर्वाचीन खंडित विश्वदृष्टि से मूलतः भिन्न तथा ब्रह्मांड और पिंड, व्यष्टि और समष्टि, मनुष्य और निसर्ग, आंतर और बाह्य आदि के द्वैराश्य के तनाव के विपरीत एक अखंड और समरस विश्वदृष्टि एवं जीवनदृष्टि पर टिकी हुई है। उसका सामना इस आधुनिक और उत्तर-आधुनिक चुनौती से हो रहा है। इस चुनौती के संदर्भ में राष्ट्रीयता की वह अवधारणा, जिसके केंद्र में 'पृथ्वीसूक्त' में निहित 'पृथ्वी' है, जिसका विस्तार शास्त्रों में और पुराणों में 'राष्ट्र', 'वर्ष' और देश की अवधारणा में है, जिसमें, 'जनपद' का प्रत्यय अंतर्भुक्त है, पुस्तक में निरूपित 'राष्ट्रीयता' के प्रत्यय

के मूल में है। प्रो. शुक्ल ने भारतीय ज्ञानपरंपरा को परिभाषित करने के क्रम में भारतीय पारंपरिक विरासत तथा उसके वैश्विक बंधुत्व के स्वर, भारतीय शिक्षा, भाषा और विशेषत: हिंदी की बृहत्तर भूमिका की संभावना, एकसूत्रता और एकात्मता पर आधारित तथा एक सांस्कृतिक भूगोल की अवधारणा पर प्रतिष्ठित राष्ट्र के प्रत्यय आदि पर अपने चिंतन को तो प्रस्तुत किया ही है, उस चिंतन के सातत्य में वैदिक तथा श्रमण-परंपरा से उद्‌भूत समूची प्राचीन, मध्यकालीन तथा समकालीन भारत की विचार-परंपरा को समेट लेने का यत्न भी किया है। इसमें बुद्ध, महावीर, कबीर, तुलसी, गांधी, सावरकर, विनोबा तथा डॉ. आंबेडकर के विचार उस लंबी परंपरा के सातत्य और गतिशीलता को प्रतिबिंबित करते हैं। इस उपक्रम में गांधी और आंबेडकर स्वभावत: अत्यंत अद्यतन, सार्वकालिक तथा सार्वभौमिक हो जाते हैं।

इस विमर्श से 'लोक' भी छूटा नहीं है तथा समकालीन जीवन की समीक्षा के प्रमुख माध्यम 'पत्रकारिता' के स्वरूप पर विचार तथा अन्य प्रासंगिक विषय भी जुड़े हुए हैं।

प्रो. रजनीश कुमार शुक्ल अपनी परिपुष्ट दार्शनिक पृष्ठभूमि के कारण प्राचीन भारतीय चिंतन के विविध आयामों पर अधिकार रखते हैं तथा समकालीन पश्चिमी विचार और दर्शन के साथ-साथ आधुनिक भारतीय दर्शन एवं चिंतन पर भी उनकी वैसी ही पकड़ है। समकालीन भारतीय जीवन की राजनीतिक, सामाजिक, आर्थिक और सामाजिक तीव्र परिवर्तन पर उनकी निगाह तेज है, इसलिए उनके निबंधों का यह संग्रह बहुत मूल्यवान हो जाता है, मुझे विश्वास है, हिंदी के सामान्य पाठक और विशेषज्ञ, दोनों के ही द्वारा इसका स्वागत होगा और यह एक नई बहस को आरंभ करेगा।

3.9.2020

—प्रो. कमलेशदत्त त्रिपाठी

(कुलाधिपति, महात्मा गांधी अंतरराष्ट्रीय हिंदी विश्वविद्यालय, वर्धा)

प्रस्तावना

भारत में राष्ट्रीय संस्कृति का स्वभाव हजारों वर्षों से एक-सा है। यह जीवन-दृष्टि के कारणों से है, क्योंकि भारतीय जन सबसे अधिक इस धरती को महत्त्व देता है। दुनिया की अन्य किसी संस्कृति में भूखंड को इतना मूल्यवान मानने की परंपरा नहीं रही है। माँ मानकर इसे स्वीकार करते हुए जीने-मरने का स्वभाव ही भारतीय स्वभाव है और जब धरती माँ होती है तो इस धरती पर रहने वाला हर मानव सहोदर बंधु होता है। यह भाव भारत की राष्ट्रीयता का आधार है। यह राजनीतिक राष्ट्रीयता नहीं है, राजनीतिक राष्ट्रीयता होती तो 1947 में जो चमत्कार हुआ था, वह नहीं होता। 547 देशी रियासतों के सदस्य अपनी इच्छा से संघ में विलय के लिए तैयार नहीं हुए होते। उनमें पहले से यह संघटित दृष्टि थी कि देश एक है, राष्ट्र एक है। हमें इसकी व्यवस्था करने के लिए कोई एक कोना मिला है और हम उस कोने के प्रति जिम्मेदार हैं। ये सारे कोने, सारे टुकड़े, सारे हिस्से जब मिलकर एक होते हैं तो हमारे समक्ष एक विराट्, विशाल, समर्थ और सक्षम राष्ट्र सम्मुख आता है, जिसे लोग कश्मीर से कन्याकुमारी तक, तक्षशिला से लेकर कामरूप तक एक जन, एक राष्ट्र के रूप में देखते हैं। यह विशिष्टता भारत के अलावा दुनिया के किसी भी अन्य भौगोलिक क्षेत्र में प्राप्त होना कठिन है।

आज आधुनिकता और उत्तर-आधुनिकता के दौर में राष्ट्र पर विमर्श किए जा रहे हैं। आधुनिकता की एक ही विशेषता है—वह है तार्किकता (रेशनेलिज्म) और निरी तार्किकता, जिसमें सिर्फ और सिर्फ जो बुद्धिमान् हैं,

वही सुखों की उपलब्धि कर सकते हैं। इसको अलग ढंग से समझना होगा कि उपनिवेशवाद से अलग करके उत्तर उपनिवेशवाद के रूप में यह कैसे संभव हो सकेगा? आखिर यूरोप ने जहाँ-जहाँ अपने उपनिवेश बनाए, उनके जाने के पहले कोई न कोई जीवन प्रणाली रही होगी, कोई भाषा रही होगी, वहाँ के लोगों की कोई आस्था प्रणाली तो रही होगी, वह उनके पास नहीं बची है। डेसमंड टूटू के शब्दों में कहें तो 'जब वो हमारी धरती पर आए तो उनके हाथ में बाइबिल थी और हमारे पास थी जमीनें'। उन्होंने कहा, 'आँखें बंद करो और प्रार्थना करो। हमने आँखें बंद कीं और प्रार्थना करने लगे। सौ साल बाद हमारे पास केवल बाइबिल बची थी और उनके पास हमारी सारी जमीनें।' यही आधुनिकता का वैश्विक यथार्थ है।

आधुनिकता साम्राज्यवाद है, उपनिवेशवाद है। आधुनिकता एक औद्योगिक क्रांति है। आधुनिकता मशीनीकरण है, मानवीकरण नहीं है। मशीन और मानव के बीच मशीन की श्रेष्ठता का प्रतिपादन हुआ है, जहाँ मशीन, मनुष्य पर भारी होगी, उसमें नए प्रकार की संभावनाओं की बात करना ठीक नहीं है। स्त्री-विमर्श के नए-नए चेहरे खड़े हो रहे हैं। जब हम जनजातीय दृष्टि से स्त्री को देखते हैं तो उनके सामने कोई समस्या नहीं है। किसी भी परंपरागत समाज में जो आधुनिकता के आक्रमण की जद में नहीं है—उसमें स्त्री और दलित जैसी समस्या नहीं है। उसमें बहिष्करण (एक्सक्लूजन) की समस्या नहीं है। आधुनिकता हो या उत्तर-आधुनिकता, इनकी एक राजनीतिक सोद्‌देश्यता (पॉलिटिकल मोटिव) है। इस राजनीतिक सोद्‌देश्यता को समझे बिना इसे सही नहीं किया जा सकता है।

आधुनिकता जहाँ साम्राज्यवादी दृष्टिकोण है, औपनिवेशिक दृष्टिकोण का विस्तार है। मनुष्य के ऐंद्रिक सुखों को मूल्यवान बनाने की प्रक्रिया है और उसकी भावनाओं तथा उसकी श्रद्धा को तिरोहित कर देने की प्रणाली है, वहीं उत्तर आधुनिकता व्यक्ति और राज्य के बीच, परिवार और समाज जैसी संस्थाओं के खात्मे का उद्‌घोष है। व्यक्ति रहेगा और सरकार रहेगी। सरकारें, राज-सत्ता ही व्यक्ति की चिंता करेगी। सरकार और व्यक्ति के

बीच परिवार और समाज नाम की, जो स्वाभाविक इकाई थी, जो मनुष्य को नियामित करती थी, नियंत्रित करती थी, मनुष्य को दिशा देती थी, उसका खात्मा हो गया। उसका संकट यूरोप ने तो भुगतना शुरू कर दिया है। भारत के अंदर भी इसके लक्षण दिखाई दे रहे हैं, किंतु अभी भी भारत में परिवार जिंदा है, समाज जिंदा है। परिवार और समाज के जिंदा रहते हुए वह स्थिति तो आती हुई नहीं दिखती है, लेकिन जो बुद्धिधर्मी लोग हैं, उन बुद्धिधर्मी लोगों के लिए इस प्रकार की जीवन प्रणाली, जो पुस्तक में न लिखी गई हो, जो युक्ति के द्वारा न प्रतिपादित की गई हो, जिसके समीकरण नहीं बनाए गए हों या यों कहें कि जो किसी प्रयोगशाला में विकसित न हुई हों, वे सब पिछड़ी लगती हैं।

आज कुछ लोग भारत के टुकड़े करने पर उतारू हैं। ऐसे उन्मादी लोगों को यह समझना चाहिए कि यह देश एकात्मकता और एकसूत्रता के बल पर टिका हुआ है, अगर भारत की राष्ट्रीयता कृत्रिम होती तो सोवियत संघ की तरह ही इस देश के भी टुकड़े-टुकड़े हो जाते। यह अलग बात है कि सोवियत संघ के टुकड़े-टुकड़े होने के बाद से इस देश में कुछ लोगों को लगने लगा कि जैसे सोवियत संघ जुड़ा हुआ राष्ट्र था, वैसे भारत भी जुड़ा हुआ राष्ट्र है तो इसके भी अलग-अलग टुकड़े हो सकते हैं, अलग-अलग राष्ट्रीयताएँ हो सकती हैं; लेकिन इनके प्रयासों को इस देश की जनता ने दरकिनार किया है। यह भारत के बुद्धिजीवियों द्वारा निर्मित राष्ट्रीयता नहीं है, यह तो लोक-पर्वों में उभरनेवाली राष्ट्रीयता है, जिसको पुस्तकों में लेख लिखकर बदला नहीं जा सकता है। यह तो गंगा किनारे, जो लाखों-लाख लोग खड़े होते हैं उनकी है, जो समुद्र की पूजा करते हैं, गणपति बप्पा मोरया का नारा लगाते हैं उनकी है, जो ओणम मनाते हैं उनकी है, जो नदियों को पवित्र मानते हैं—उनकी राष्ट्रीयता है। देश की सारी नदियों के प्रति पवित्रता का भाव, जो इस देश के आम आदमी के मन में है, वह जल, जंगल और जमीन के प्रति आध्यात्मिक दृष्टि है, दैवी दृष्टि है, यह भारत का वैशिष्ट्य है और इस वैशिष्ट्य के कारण यह देश एक है, इसलिए गांधी भी भारत माता की अवधारणा को स्वीकार

करते हैं और भगत सिंह भी स्वीकार करते हैं। भारत की आजादी के रास्ते चाहे जो हों, उपकरण चाहे जो हों, लेकिन लक्ष्य भारत माता की आजादी है। वैभवसंपन्न, समर्थ, सक्षम और अपने सभी जन का समान रूप से पोषण करनेवाली भारत माता है। यह भारत की राष्ट्रीयता का आधार है। भारतभूमि के प्रति मातृत्व का भाव है। मातृभूमि की यह अवधारणा भारत की राष्ट्रीयता का आधार है।

भारत की पहचान सनातन दर्शन के वैशिष्ट्य से बनी है। आज सबसे बड़ा संकट नासमझी का है और वह सनातन को न समझने के कारण से उपजा है। सनातन का तात्पर्य किसी कालखंड में उभरी हुई वैचारिक अवधारणा नहीं है। सनातन का अर्थ तो निरंतर है, जो निरंतर है, वही चिरंतन है, जो निरंतर और चिरंतन है, वही सनातन है। सनातन तो जो कुछ काल बाह्य हो गया है, उसको दूर करना है। युग तथा देश के अनुरूप नित्य शाश्वत मानवीय मूल्यों के आधार पर जीवन संस्कृति का विचार करेंगे तो खतरा नहीं दिखता है। हम सनातनता का मतलब जब कोई पाँच सौ वर्ष, हजार वर्ष, दो हजार वर्ष पुरानी जीवन प्रणाली से समझते हैं। यह खतरा दिखता है और यह सच नहीं है, यह थोपा हुआ है। सनातन मूल्यों के प्रति खतरा तब दिखता है, जब समाज में कोई विकृति आती है। हम इसको औचित्य देने लगते हैं। समाज में विकृति आती है, इसके बहुत सारे कारण हैं, इसको स्वीकार करते हैं कि यह विकृति है, इसको दूर करते हैं, निकालते हैं जरूरत पड़े तो 'सिजेरियन एप्रोच' से उसे काटकर अलग कर देते हैं, यह सब करना पड़ता है। इसके स्थान पर सिर्फ अतीत को गाली देने से, अतीत के आधार पर वर्तमान में कुंठाएँ पालने से, अतीत के आधार पर वर्तमान में प्रतिरोध खड़े करने से नहीं होगा। वर्तमान में खड़े होकर अपने अतीत से प्रेरणा ले करके भविष्योन्मुखी होना, यह सनातनता है और यही इस देश सहित दुनिया का समाधान भी है। इसे इस ढंग से कहा जाता है कि 'रूटेड इन पास्ट, फूटेड इन प्रजेंट ऐंड फोकस्ड इन फ्यूचर (Rooted in Past, Footed in Present and Focused in Future), यानी हमारी जड़ें हमारे अतीत में हैं, हमारे पाँव

वर्तमान पर मजबूती के साथ खड़े हैं और हमारी दृष्टि भविष्य के लक्ष्य के प्रति हैं, तब अतीत सहयोगी बनता है, वर्तमान सार्थक होता है और भविष्य लोक-कल्याण और सुख का सृजन करता है।

पिछले दो दशकों में पूरे विश्व की सामाजिक, राजनीतिक व आर्थिक संरचना में व्यापक बदलाव आया है। इस पूरे परिदृश्य में भारत एक बार फिर से विश्वगुरु बन सकता है, इसमें कोई संदेह नहीं है; हालाँकि कुछ लोग असहमत हो सकते हैं। राष्ट्रीय चिंतक यह मानते हैं कि भारत की सांस्कृतिक विशिष्टता से इसे विश्वगुरु बनने से कोई नहीं रोक सकता है। यहाँ की जनता भारत को अपनी पहचान से विशिष्ट बनाए हुए है। भारतीय मन और भारतीय दृष्टि मनुष्य को एक संपोष्य जीवन प्रणाली दे सकती है और यही वह कारण है, जिससे भारत को विश्वगुरु बनना ही है, जिसे कोई नहीं रोक सकता है। इस लघुकाय संग्रह में इसकी पड़ताल और पहचान करने की कोशिश की गई है। इसको भारतीय ज्ञानपरंपरा के सनातन प्रवाह की विविध धाराओं के रूप में समझने की कोशिश की गई है। इस धारा को प्रवाहित करने में योगदान करनेवाले कुछ विचारकों की विचार-सरणि का निदर्शन करने का एक विनम्र प्रयास भी है।

विश्वास है कि अनादि से अनंत तक विस्तृत भारत की ज्ञान-यात्रा को समझने में यह लघुतम प्रयास पाठकों को सार्थक लगेगा।

30.8.2020

—रजनीश कुमार शुक्ल

आभार

समाज, देश तथा मानवता की कल्याणभावना से अनुष्ठित सर्वप्रकार की कर्मचर्या एक विशेष प्रकार की उदात्त साधना बन जाती है तो कल्पनाशील मनुष्य के जीवन के लिए आवश्यक आत्मसंतोष का संबल बनती है, इसी को गीता ने कर्मयोग की संज्ञा दी है। मैं ऐसे कर्मयोगी, महनीय साहित्यकार तथा भारत सरकार के माननीय शिक्षा मंत्री, श्री रमेश पोखरियाल 'निशंक' जी के प्रति हृदय से आभार व्यक्त करता हूँ, जिन्होंने अपने व्यस्ततम समय में भी इस पुस्तक के लिए आशीर्वचन स्वरूप पुरोवाक् का लेखन किया।

सर्जनशील जीवन-क्रिया व कर्मशीलता की अभिव्यक्ति, भारतीय ज्ञानपरंपरा के सुचिंतित विद्वान् तथा महात्मा गांधी अंतरराष्ट्रीय हिंदी विश्वविद्यालय, वर्धा के कुलाधिपति प्रो. कमलेशदत्त त्रिपाठीजी ने प्ररोचना लिखकर पुस्तक को अभिसिंचित किया है, मैं उनके प्रति कृतज्ञता ज्ञापित करता हूँ। धर्मपत्नी श्रीमती कुसुम शुक्ला, पुत्री रोमसा और पुत्र अपर्णेश के प्रति शुभाकांक्षा व्यक्त करता हूँ। यह पुस्तक तथा इससे इतर लेखन एवं दायित्वों का निर्वहन करने में, मैं सक्षम हो सका कि श्रीमती कुसुम शुक्ला ने मेरे भौतिक-सामाजिक जीवन के समस्त बोझ को अपने हिस्से में लेकर मुझे अकादमिक एवं बौद्धिक कार्यों के लिए स्वतंत्र अवकाश दिया तथा ज्ञान-क्रिया के लिए अभिप्रेरित भी किया।

ग्रंथ-लेखन कई पुण्य संभारों के प्रकटीकरण से संपन्न होता है और इसकी संपन्नता में अभिप्रेरणा के भाव भी अंतर्निहित होते हैं। ग्रंथ को आकारित करने में प्रो. अंबिकादत्त शर्मा ने महती भूमिका निभाई। प्रो. के.के. सिंह, डॉ. शंभू जोशी, डॉ. जयंत उपाध्याय और श्री नटराज वर्मा ने पुस्तक का प्रूफ पढ़ा एवं डॉ. ज्योतिष पायेङ ने आवरण पृष्ठ के लिए चित्रांकन किया, उनके प्रति भी मैं आभारी हूँ। इस पुस्तक की पांडुलिपि को तैयार करने तथा इसे मुद्रण के योग्य बनाने में कठिन श्रम करनेवाले डॉ. अमित विश्वास के प्रति आत्मीय आभार।

अनुक्रम

भारतीय ज्ञानपरंपरा और भविष्य की सभ्यता

शिक्षा का भारतीयकरण और भाषा की राजनीति

गांधी का स्वराज और उनकी भारतीयता

समकाल में समीचीन भारतीय विचारक

भारतबोध के समसामयिक अर्थ-संदर्भ

भारतीय ज्ञानपरंपरा और भविष्य की सभ्यता

1

भारतीय ज्ञानपरंपरा और उसका वर्तमान संदर्भ

शिक्षा के संगठनात्मक ढाँचे की दृष्टि से भारत ने प्रथम और द्वितीय पंचवर्षीय योजनाओं में अभूतपूर्व प्रगति की थी, लेकिन ध्यान देने की यह बात है कि यह प्रगति तब हो रही थी, जब भारत दसवें नंबर का औद्योगिक राष्ट्र था। यह भी विचारणीय है कि इस समय हम शिक्षा पर चर्चा कर रहे हैं तो इस ढाँचे के निर्माण की नींव कहाँ पर है? अगर शिक्षा का तात्पर्य मनुष्य को कुशल उत्पादक बनाना है तो हमने 70 वर्षों में अभूतपूर्व प्रगति की है। यदि शिक्षा का तात्पर्य मनुष्य को कुशल उपभोक्ता बनाना है तो हमने शिक्षा के क्षेत्र में अभूतपूर्व प्रगति की है, लेकिन वस्तुत: भारतीय ही नहीं, संपूर्ण विश्व के परिप्रेक्ष्य में शिक्षा के आदर्श, शिक्षा के लक्ष्य को क्या उत्पादक, उपभोक्ता, वितरक निर्मिति के संसाधन के रूप में देखा जाना चाहिए? शिक्षा मनुष्य को संसाधनों के रूप में, कुशल संसाधनों के रूप में, सटीक और सक्षम संसाधनों के रूप में निर्मित करने की प्रणाली है क्या? जब ब्रिटिश शिक्षा और भारतीय शिक्षा के समानांतर विकास को ध्यान में लाएँगे तो तकनीकी शिक्षा, व्यावसायिक शिक्षा की हम बड़ी चर्चा करते हैं—शिक्षा तकनीकी और व्यावसायिक होनी चाहिए। शिक्षा वह होनी चाहिए, जो अर्थकारी हो। अर्थकारी, यानी जो धन उत्पन्न करने वाली, पैसे देनेवाली, आय करानेवाली शिक्षा है, वही शिक्षा है और वहाँ पर तो अर्थकारी का तात्पर्य था—विधि। शिक्षा वह है, जो अर्थ देती है, अभिप्राय देती है। अभिप्राय

किसको देना है ? बिना जीवन के अभिप्राय को समझे हुए मनुष्य को उत्पादक और उत्पादित के दास के रूप में निर्मित करने की शिक्षा प्रणाली इस देश में 70 वर्षों से चर्चा में रही है।

दूसरी तरफ भारतीय संदर्भों में, जब हम शिक्षा की चर्चा करते हैं तो मनुष्य जीवन के लक्ष्य को निर्धारित करने के आधार क्या होंगे? इस पर चर्चा नहीं होती है। मैं भारत और ब्रिटिश शिक्षा की चर्चा कर रहा था कि ब्रिटिश शिक्षा की नकल हमने की है। सन् 1835 में ब्रिटेन में तकनीकी शिक्षा राज्य की जिम्मेदारी नहीं थी, इसलिए तकनीकी शिक्षा का कोई संस्थान भी नहीं खड़ा हुआ था। दुनिया के अंदर पहला पॉलिटेक्निक, पहला तकनीकी शिक्षा का संस्थान भारत में खड़ा होता है। हमने उसको बढ़ाते-बढ़ाते बड़ा विश्वविद्यालय का रूप दे दिया है। उस पॉलिटेक्निक की स्थापना इस प्रकार के ओवरसियर और सुपरवाइजर के निर्माण के लिए हुई थी, जो गंगा पर बैराज बनाने में सक्षम हों, इसलिए उसको रुड़की में बनाया गया, क्योंकि गंगा पर बैराज बनाना था, उसे बनाने के लिए जिस प्रकार के कुशल जूनियर इंजीनियर्स और ओवरसियर्स की आवश्यकता थी, उसकी पूर्ति ब्रिटेन से अपने यहाँ नहीं हो सकती थी, तब तक ब्रिटेन में अपने यहाँ की तरह पॉलिटेक्निक और इंजीनियरिंग कॉलेज नहीं खोले गए थे। भारत में संस्थान खोला और इस लक्ष्य को उन्होंने छिपाया भी नहीं था।

भारत की शिक्षा प्रणाली के लक्ष्य को स्थापित करते हुए मैकाले कहता है कि हमें इस प्रकार की शिक्षा प्रणाली ले आनी है, जिस प्रणाली के आधार पर रक्त और रंग से भारतीय हो, किंतु विचारों से अंग्रेज हो। विचारों से अंग्रेज होने का तात्पर्य, ऐसे ब्रिटिश राजभक्तों को भारत में खड़ा करना था, जो ब्रितानी राज को मजबूती दे सकें, इसलिए 1857 में जब पहली बार तीन विश्वविद्यालय खोले गए, 1885 में चौथा खोला गया तो उन विश्वविद्यालयों में जो शिक्षा के विषय थे—उनका भारतीय समाज के साथ, भारतीय जीवन और भारतीय लोगों के साथ कोई संबंध नहीं था। वे विधिशास्त्र पढ़ा रहे थे, वे भाषा और साहित्य पढ़ा रहे थे, वे दर्शन नहीं, फिलॉसफी पढ़ा रहे थे। भारतीय

दर्शनों को इंडियन फिलॉसफी कहें तो उनका भी 1857 के विश्वविद्यालय में कोई स्थान नहीं था। भारत के उन विश्वविद्यालयों की स्थापना में जॉन स्टूअर्ट मिल का बहुत बड़ा योगदान है, जो उपयोगितावाद के जनक के रूप में जाने जाते हैं। मिल को इसलिए भी याद किया जाता है, क्योंकि वह 1835 के एक्ट का पहला विरोधी है और जो सिफारिश करता है कि मातृभाषा में भारतीय भाषाओं की शिक्षा-व्यवस्था को बंद नहीं किया जाना चाहिए, लेकिन उसके बाद भी वह लक्ष्य की दृष्टि से, मैकाले से सहमत है और मैकाले के एक्ट में संशोधन का प्रस्ताव करता है।

मैकाले जिस लक्ष्य की बात कर रहा है, मैं उसी लक्ष्य की बात कर रहा हूँ, लेकिन इस लक्ष्य को और सहजता से तब पाया जा सकता है, जब भारतीय भाषाओं के माध्यम से हम अंग्रेजी राज को मजबूत करने के उपकरण की तलाश कर लें। उसके पहले के दस्तावेज उपलब्ध हो गए हैं। 22-23 वर्षों की तपस्या के उपरांत वर्धा में ही एक अध्येता ने पूरा किया है और वह रिकॉर्ड, जो ब्रिटिश अधिकारियों ने भारतीय शिक्षा की पद्धति को बनाने के लिए भारत में चल रही शिक्षा प्रणाली के सर्वेक्षण द्वारा स्थापित किया है और उसकी रिपोर्ट बड़ी साफ है—शिक्षा का स्वरूप क्या है? शिक्षा के विभेद क्या हैं? पाठ्य सामग्री क्या है? शिक्षक-शिक्षार्थी अनुपात क्या है? शिक्षण पद्धति क्या है? समाज एवं शिक्षण संस्थाओं का पारस्परिक संबंध क्या हैं? शिक्षा का वित्तपोषण कैसे होता है? इन सभी दृष्टियों से जिस प्रकार का स्वरूप सामने आता है, भारत की शिक्षा को आज भी लक्ष्य प्राप्त करना शेष है। 'ब्यूटीफुल ट्री' में धर्मपाल ने अपनी ओर से कुछ नहीं कहा है। उन्होंने जो कुछ कहा है, वह ब्रिटिश रिकॉर्ड के आधार पर कहा है, इसलिए यह नहीं कहा जा सकता है कि उन्होंने कोई कथा बनाई या कोई नैरेटिव तैयार किया है। वे सिर्फ यह प्रस्तुत कर रहे हैं कि 1835 के पहले भारत में शिक्षा की क्या स्थिति थी और उसके बाद वह पतनोन्मुख कैसे हुई है।

भारतीय शिक्षा के संदर्भ में चर्चा होगी तो गांधी की इस बात को याद रखना पड़ेगा कि उनकी स्पष्ट मान्यता थी कि शिक्षा को स्वायत्त होना चाहिए

और स्वावलंबी भी। जब काका कालेलकर ने गांधी को बताया कि हमने शिक्षा की वह नीति स्थापित की है, जिसमें शिक्षा स्वायत्त कैसे होगी, यह तो स्पष्ट रूप से उसमें प्रतिपादित हो गया है, लेकिन स्वावलंबन का प्रश्न हम नहीं हल कर सके हैं। गांधी ने उसको खारिज किया और कहा कि अगर स्वावलंबन नहीं है तो स्वायत्तता नहीं हो सकती। जो पराश्रित है, परावलंबी है, वह स्वायत्त और स्वतंत्र नहीं हो सकता है। शिक्षा को स्वायत्त और स्वावलंबी होने की आवश्यकता ही क्यों है? भारत के संविधान द्वारा भारत सरकार ने हमें सारे अधिकार और कर्तव्य दे रखे हैं। नागरिकों के कल्याण की चिंता करना भारत के सरकारों की जिम्मेदारी है, लेकिन पूरी दुनिया में शिक्षा के इतिहास पर ध्यान देंगे तो पाएँगे कि वही शिक्षा समाज की संरक्षा के लिए, समाज के विकास के लिए, समाज में सबके सुख के संसाधनों को उत्पन्न करनेवाले व्यक्ति के निर्माण के लिए सफल सिद्ध हुई है, जो राजाश्रय पर नहीं चली है। भारत में शिक्षा को राज्याश्रित करने का इतिहास 1835 से नहीं प्रारंभ होता है, बल्कि उसके पीछे से प्रारंभ होता है। सन् 1781 में पहली बार कलकत्ता में 'अरैबिक कॉलेज' स्थापित हुआ था, जो ईस्ट इंडिया कंपनी का पहला प्रयास था। अब कलकत्ता में अरैबिक कॉलेज स्थापित करने के पीछे के कारण क्या थे? इसके ठीक दस वर्ष बाद 1791 में बनारस में 'संस्कृत कॉलेज' स्थापित हुआ था तो उद्देश्य स्पष्ट था—राज्य सत्ताएँ शिक्षा के बारे में कैसे सोचती हैं, इसके बारे में समझ में आ जाएगा, इसलिए कि जब कलकत्ता की कोठी से कलकत्ता और पूरे बंगाल के राज्य का संचालन ब्रिटिशर्स करने लगे तो उन्हें दो चीजें बतानी थीं। राजा हिंदू था और बहुसंख्यक जनता मुसलमान थी। उन्हें यह बताना था कि ये जो हिंदू राजा हैं, वह तुम्हारे हितों की रक्षा, तुम्हारे धर्म, तुम्हारी परंपराओं की रक्षा के लिए चिंतित नहीं हैं, बल्कि हम चिंतित हो रहे हैं।

प्लासी और बक्सर की लड़ाई के बाद जब शाह आलम से पूरे उत्तर भारत के राजस्व अधिकार ब्रिटिशर्स को प्राप्त हो गए तो 1791 ई. में जोनाथन डंकन (जो उस समय बनारस स्टेट्स में रेजिडेंट था) ने लॉर्ड कार्नवालिस को एक पत्र लिखा कि यदि हम बनारस स्टेट्स की सहायता से एक संस्कृत का

कॉलेज बनारस में शुरू करें तो इसके कई फायदे होंगे। एक तो बहुसंख्यक हिंदू जनता हमें अपना हितचिंतक मानेगी। कलकत्ता में जो कर रहे थे, उससे स्थिति अब उलट गई, क्योंकि यहाँ बहुसंख्यक जनता हिंदू थी और राजा मुसलमान था। साथ ही माल और फौजदारी के मुकदमों में ज्यूरी का काम करनेवाले पंडित हमें सहजता से प्राप्त हो जाएँगे। ब्रिटिशर्स की शिक्षा का उद्देश्य था कि भारत के अंदर किस प्रकार सहजता से अपनी न्यायप्रियता, अपनी करुणा का स्वांग भारतीयों के मन में सत्य के रूप में स्थापित कर सके और यह क्रम 1813 तक चलता रहा। 1813 में जब ब्रिटिश पार्लियामेंट में ईस्ट इंडिया कंपनी के चार्टर का संशोधन करने की बहस हुई थी तो उसमें एक बिल आया था, जिसे 'विलियम बिल्बफोर्स बिल' के नाम से जाना जाता है। वह बड़ी लंबी बहस है और उस बहस के बाद ईस्ट इंडिया कंपनी को चार्टर देते हुए उसके ऊपर अनुमानित संस्वीकृत खर्च एक लाख रुपया प्रतिवर्ष भारत में शिक्षा पर व्यय करने का निर्धारण किया गया। उस समय एक रुपए का मूल्य, जो ब्रिटिशर्स ने निर्धारित कर रखा था, वह एक रुपया बराबर टू सीलिंग था, अर्थात् आठ सीलिंग का एक पौंड हुआ करता था तो यह कोई दस-बारह हजार पौंड प्रतिवर्ष भारत में शिक्षा के लिए स्थापित किया गया।

स्वाभाविक तौर पर ब्रिटिश राज द्वारा स्थापित दो संस्थाएँ थीं, बाद में एक 'मोहम्मडन कॉलेज' दिल्ली में स्थापित हुआ था, जिसको मोहम्मडन मदरसा कहते थे, यानी ये तीन संस्थाएँ थीं। ईस्ट इंडिया कंपनी के पास इन तीनों संस्थाओं को देने के लिए बजट था, लेकिन ये बिल पूरा होते-होते एक नया संस्वीकृत खर्च हुआ और वह था कि कंपनी सरकार का धन न तो संस्कृत, अरैबिक और वर्नाक्यूलर भाषा और स्कूलों में पढ़नेवाले, पढ़ानेवाले अध्यापकों के वेतन के रूप में दिया जाएगा और न ही उनकी छात्रावृत्ति के रूप में दिया जाएगा, बल्कि यह ईस्ट इंडिया कंपनी के ऐसे अफसरों को यह दिया जाएगा, जो भारत में अंग्रेजी राज को चलाने के लिए श्रेष्ठ सामग्री का निर्माण करेंगे या ऐसे पंडितों को दिया जाएगा, जो इस प्रकार की पुस्तकों को लिखेंगे, जिससे भारत में ईस्ट इंडिया कंपनी और ब्रितानी हुकूमत को

औचित्यपूर्ण सिद्ध किया जा सके। यह सबकुछ रिकॉर्ड में है। 'ब्यूटीफूल ट्री' का एक पार्ट 'विलियम बिल्बफोर्स बिल' भी है और इस तरह से वह पैसा भी शिक्षा पर खर्च नहीं हुआ, यानी 1821 से ले करके 1828 तक पूरे देश के भिन्न-भिन्न इलाकों में लगभग सभी प्रेसिडेंसीज के चुने हुए तालुका में जो सर्वे हुआ था, उस सर्वे में एक बात तो स्पष्ट है कि जिन विद्यालय और महाविद्यालयों की चर्चा है और जिस प्रकार की चर्चा है, वह सरकारी इमदाद से नहीं चलती थी।

यहाँ बेल्लारी तालुका की चर्चा प्रासंगिक है कि इस तालुका में कोई गाँव ऐसा नहीं है, जहाँ विद्यालय नहीं है। हर दस-बारह गाँव पर एक उच्च शिक्षा का केंद्र है और उच्च शिक्षा के इस केंद्रों में शिक्षक-शिक्षार्थी अनुपात एक-पाँच से लेकर एक-बारह तक का है, इसलिए नहीं कि लोग पढ़ने नहीं पहुँचते थे, क्योंकि बेल्लारी का उस समय का साक्षरता का प्रतिशत भी आया है। 1835 के बाद में सब निरक्षर घोषित हो गए। बेल्लारी में 70 प्रतिशत लोग जो साक्षर थे, आदर्श शिक्षित थे। वह 1835 के बाद अंग्रेजी न जानने के कारण से निरक्षर घोषित कर दिए गए और भारत की साक्षरता का एक नया सर्वे का तरीका प्रारंभ हुआ, लेकिन उस रिपोर्ट में करीब सत्तर प्रतिशत साक्षरता का है। उच्चतर शिक्षा में सभी वर्गों, सभी जातियों, सभी उपासना पंथों के विद्यार्थी आते हैं, शिक्षकों की भी जातीय गणना की गई है और मजेदार बात यह है कि भारतीय शिक्षा को ब्रितानी शिक्षा से 'रिप्लेस' करने के लिए जितने भी आरोप 1835 में लगे थे, उन सबका उस सर्वे के साथ कोई रिश्ता नहीं है, क्योंकि बेल्लारी इलाके का सर्वे कहता है कि उच्च शिक्षा में पिछड़ी जाति के अध्यापकों की संख्या ब्राह्मणों से ज्यादा थी। अब यह समझ में आएगा कि ऐसा क्यों था, जो पढ़ाया जा रहा था, वह क्या था? जब तक उसको नहीं समझेंगे, तब तक भारत की शिक्षा-दृष्टि समझ में नहीं आएगी, क्योंकि जो बाद के दिनों में ब्रिटिशर्स ने भारतीय शिक्षा के बारे में टिप्पणियाँ प्रस्तुत की हैं, उनके ट्रेवलर्स ने जो डायरियाँ लिखीं हैं, वे उससे अलग हैं, जो राय साहब, राय बहादुर और सर इस प्रकार की विरुदावली को प्राप्त लोगों

ने लिखा है। ऐसे लोग केवल यह लिखते हैं कि पूजा-पाठ पढ़ाया जाता था, वेद पढ़ना सिखाया जाता था, यज्ञ करना सिखाया जाता था, लेकिन वह सर्वे कहता है कि वहाँ धातु विज्ञान, वस्त्र विज्ञान, अभियांत्रिकी, चिकित्सा विज्ञान, व्याकरण, तर्कशास्त्र और धर्मशास्त्र भी पढ़ाए जाते थे। ऐसे एक-एक कॉलेज में अलग-अलग बीस से पच्चीस विद्यानुशासन की चर्चा आती है। यह 1821 से 1837 के बीच की स्थिति है।

भारतीय शिक्षा पर विचार करें तो हम पाते हैं कि प्रारंभिक काल या उपनिषद् काल में 'छांदोग्योपनिषद्' नाम का उपनिषद् है, वह उपनिषद् सनत्कुमार द्वारा नारद को दिए गए उपदेश हैं। उसका प्रारंभ होता है— सनत्कुमार के पास जाते हैं और कहते हैं—भगवन्, मैं शब्दविद् हूँ, किंतु मंत्रविद् नहीं हूँ, अर्थविद् नहीं हूँ; इस नाते मैं अशांत हूँ, बेचैन हूँ। मुझे शांति चाहिए। मुझे वह शिक्षा दीजिए, जिससे शांति प्राप्त होती है। सनत्कुमार ने सोचा कि नारद जैसा आदमी यह सवाल कर रहा है तो मामला कुछ जरूर दूसरा है। उन्होंने पूछा कि तुमने अबतक पढ़ा क्या है, जिससे कहते हो कि मुझे शांति नहीं मिली। नारद विषयों की सूची प्रस्तुत करते हैं। त्रयी से प्रारंभ करते हुए 37 विषयों की सूची छांदोग्योपनिषद् में गिनाई गई है। उसमें चिकित्सा विज्ञान, धातु विज्ञान, कृषि विज्ञान, वस्त्र विज्ञान, संगीत; नाट्य है, वेद तो है ही, कर्मकांड है, लेकिन इसके साथ ऐसे षडांग वेदों के अतिरिक्त तीस-बत्तीस ऐसे विषयों की चर्चा है, जिसको आज हम व्यावसायिक अध्ययन और तकनीकी अध्ययन के खाते में डालते हैं, अर्थात् उपनिषदों के काल से लेकर 1821 या 1835 या 1828 तक भारत में शिक्षा की एक निरंतरता है। वह निरंतरता दो प्रकार से है। एक निरंतरता है कि शिक्षा का तात्पर्य भारत में कभी भी धार्मिक शिक्षा नहीं रहा है, जैसा यूरोप में था। थियोलॉजी कभी भारत के अंदर शिक्षा का प्रधान विषय नहीं रहा। दूसरा कि उपनिषद्कालीन गुरुकुलों से लेकर 1835 तक लगातार शिक्षा स्वायत्त रही है। भारत के स्वर्णकाल की अगर चर्चा करें—गुप्तकाल, जिनको हम स्वर्णकाल के रूप में स्थापित करते हैं, उस समय भी शिक्षा स्वायत्त्र थी तथा राज्य को भवन बनाने थे, इमारत

और मंदिर बनाने थे, कल-कारखाने लगाने थे, उद्योग-व्यापार ठीक से चलते रहें, इसकी व्यवस्था करनी थी। कानून-व्यवस्था चलती रहे, इसकी व्यवस्था करनी है, लेकिन राज्य के पास शिक्षा और शिक्षा नीति बनाने का अधिकार नहीं था और यह परंपरा 19वीं शताब्दी तक भारत में कायम रही है। दक्षिण के राज्यों (विशेषतः तमिलनाडु के क्षेत्र में तंजौर के आसपास के इलाकों) में जो अग्राहार व्यवस्था विद्यालयों के संदर्भ में थी, उनकी जो निरंतरता है, वह निरंतरता बताती है कि भारत में शिक्षा की व्यवस्था एक प्रकार से स्वायत्त, स्वतंत्र और राज्य के समानांतर थी और उसमें हस्तक्षेप करने का अधिकार राज्य को नहीं था।

गांधी जब स्वावलंबी शिक्षा की बात करते हैं तो वे भी उसी शिक्षा प्रणाली की बात करते हैं, इसीलिए उनको जो कुछ पुस्तकें बड़ी प्रिय थीं, उनमें पं. सुंदरलाल की पुस्तक 'भारत में अंग्रेजी राज' थी, जिसमें प्राचीन भारतीय शिक्षा व्यवस्था के चालीस पृष्ठ भारत की प्राचीन शिक्षा व्यवस्था के हार्द और स्वरूप को समझने की दृष्टि से बहुत ही उपयोगी थे। शिक्षा व्यवस्था बिना वित्त के तो नहीं चल सकती है और जिसमें विद्यार्थी से शुल्क लेने की भी मनाही है, अगर माँग लिया तो उसको भी अपने घर से लेकर नहीं आना है, कौत्स वाली घटना सबको मालूम है, क्रोध में गुरु ने माँग लिया कि 14 सहस्र या 14 कोटि स्वर्ण मुद्राएँ लूँगा, उससे कम नहीं लूँगा। जो ब्रह्मचारी समावर्तन करके घर जा रहा है, न जेब में कुछ लेकर आया था, न जेब में कुछ लेकर जाने की स्थिति में है, इसलिए कोई तो कारण रहा होगा कि गुरु उससे भी करोड़ों स्वर्ण मुद्राएँ माँग सकता है। वह शिष्य अधिकारपूर्वक राजा के पास जाकर कहता है कि मुझे गुरु को दक्षिणा देनी है, इसलिए मुझे मुद्राएँ चाहिए और यह जिम्मेदारी आपकी है, आप मुझे देंगे और वह लेता है, लेकिन सब देने के बाद मना करता है कि 14 करोड़ लूँगा, न एक कम लूँगा, न ज्यादा लूँगा। यह सामाजिक वित्तपोषण की एक प्रणाली थी, समाज की जिम्मेदारी थी। समाज स्वाभाविक रूप से इसकी व्यवस्था करता था। ये केवल और केवल शिक्षा में दी जाती थी। आजादी के पहले शेष समाज जीवन को संचालित करने की इस प्रकार की सामाजिक

उत्तरदायित्व की जितनी व्यवस्थाएँ थीं, वे आजादी के बाद भी चलती रहीं।

हम सब लोग जो गाँवों से जुड़े हैं, जानते हैं कि जब खलिहान से अनाज आता था तो उसमें सबके हिस्से होते थे—नाई का, लोहार का, भड़भूजे का, वह किसी कागज पर लिखा हुआ नहीं होता था, राज्य की ओर से कोई आदेश जारी नहीं हुआ था, लेकिन समाज के प्रत्येक व्यक्ति, जिसके घर में अन्न उत्पादित होकर आ रहा था, उसको मालूम था कि इसके एक बटा चार या एक बटा तीन भाग अनाज पर समाज का अधिकार है। वह अधिकार समाज के जिन लोगों का है, उन तक पहुँचना चाहिए। वह पहुँचने के बाद जो शेष बचता था उस पर अन्न उत्पादक का कृषि पर स्वामित्व माना जाता था। भारत की शिक्षा व्यवस्था भी इसी प्रकार के सामाजिक दायित्व के आधार पर चलती थी और ऐसी शिक्षा खड़ी होती है तो शिक्षक सत्ता का क्रीतदास नहीं बन सकता है।

बातें चाहे जितनी भी क्रांतिकारी कर ली जाएँ, सरकार के विरुद्ध जाएगा तो उसे दंडित किया जाएगा, क्योंकि हम सब सत्ता के क्रीतदास हैं। हमारी जिम्मेदारी पीढ़ियों के निर्माण की है, फिर भी हम सब अपने को बँधा हुआ महसूस कर रहे हैं। सरकार द्वारा प्रतिमाह हमको वेतन प्राप्त होता है। यह 1835 के बाद भारत के शिक्षा के क्षेत्र में हुआ वह परिवर्तन है, जिस परिवर्तन ने भारतीय शिक्षा के स्वरूप को पूरी तरह से बदल दिया और यह एक प्रकार से सिर्फ राज चलाने की शिक्षा हो गई, समाज चलाने की शिक्षा नहीं रही। हमारी जिम्मेदारी पीढ़ियों को बनाने की है, सीढ़ियों पर चढ़ने की नहीं है। हम वे हैं, जिनको पीढ़ियाँ बनाने की जिम्मेदारी मिली हुई है, हम वे नहीं हैं, जिनको केवल सफलता की सीढ़ियाँ चढ़नी हैं।

वस्तुतः हममें से सारे लोगों ने अध्यापन को एक व्यवसाय के रूप में स्वीकार किया है। शिक्षा के संबंध में एक बड़ा प्रश्न है और पूरी दुनिया के पैमाने में यह प्रश्न 1990 के बाद बड़ी मजबूती के साथ उभरा कि 'एजुकेशन इज सर्विस ऑर नॉट'? यह बहस खड़ी हुई कि शिक्षा गैट के हिस्से में आएगी या कि नहीं, डब्ल्यू.टी.ओ. के हिस्से में आएगी कि नहीं और अंततः कमोबेश

दुनिया के सारे देशों ने शिक्षा को एक प्रकार से सर्विस स्वीकार कर लिया है, जिसमें हम सेवा देनेवाले हैं, सरकार सेवा प्रदाता है और विद्यार्थी सेवा लेनेवाला है और जिसको सेवाएँ लेनी हैं, उसको शुल्क अदा करना पड़ेगा। भारत के अंदर विद्यार्थी शुल्क अदा करता था, इसकी परंपरा रही है, लेकिन 'हू केन अफोर्ड दे शुड पे' (Who can afford they should pay), जो देने की क्षमता रखते हैं, सिर्फ वही देंगे। जो देने की क्षमता नहीं रखते हैं, उनके लिए शिक्षा उनका अधिकार है और यह समाज की जिम्मेदारी है कि उसको उसका अधिकार प्राप्त हो। शिक्षा का यह स्वरूप समाप्त हो गया है। यह सामान्य रूप से हम शिक्षा की बात कर सकते हैं।

अब उच्च शिक्षा के क्षेत्र में हम जरा चर्चा करें। उच्च शिक्षा में शोध का जो क्षेत्र है, वह तो ब्रिटिश एजुकेशन सिस्टम आने के बाद आया है। शिक्षा वह है, जो उद्यमिता देती है, शिक्षा वह है जो कर्ज देती है, शिक्षा वह है, जो कल्पनाशक्ति देती है। जिसमें साहस, उद्यमिता, कल्पनाशक्ति और सृजनधर्मिता नहीं है, वह शिक्षा नहीं है। शिक्षा होने के लिए उसमें नवीनता का होना आवश्यक है और नवीनता 'टू प्लस टू इक्वल टू फोर' से नहीं होती है। अंकगणितीय क्रम में नवीनता को नहीं समझा जा सकता है। नवीनता मनुष्य की सृजनात्मक गतिविधि है, मनुष्य की सृजनधर्मिता है और ज्ञान हमेशा नया होता है। ज्ञान जब एक क्षण भी पुराना होता है तो स्मृति हो जाता है। हमने ज्ञान और स्मृति के बीच अंतर करना ही बंद कर दिया है और हम एक प्रकार से स्मृतिशील व्यक्तियों के निर्माण के साधन बन करके रह गए हैं। इसका परिणाम है कि हम नई प्रकार की कल्पनाओं के आधार पर अपने लोगों के हित को बढ़ानेवाले उपकरणों की कल्पना भी नहीं कर सके। यद्यपि शिक्षा का उद्‌देश्य उपकरणों का निर्माण करते हुए मनुष्य को यंत्र मानव बनाना नहीं है। उपकरणों के अधीन हो जाएँ, इस प्रकार की शिक्षा, शिक्षा नहीं है।

गांधी, इसलिए बार-बार मशीनीकरण का विरोध करते हैं। साथ ही कहते हैं कि शरीर भी नाजुक मशीन है। शारीरिक आवश्यकताएँ हमारी आत्मिक आवश्यकताओं पर भारी न पड़ जाएँ, गांधी इस बात को प्रस्तुत करते हैं और

बार-बार हर्ट-हेड के संयोजन से हाथ बनें, यानी हमारी भावनात्मक वृत्तियाँ और हमारी बौद्धिक वृत्तियाँ मिल करके हाथ को इस ढंग से संचालित करें कि वह श्रेष्ठतम सगुण सृजन का साधन बन सके। गांधी जिस शिक्षा प्रणाली की बात करते हैं, उस शिक्षा प्रणाली को हम स्वीकार नहीं करते हैं। हमने आई.आई.टीज बनाए। अच्छा लगता है कि दो सौ में ही सही, दुनिया के श्रेष्ठ शिक्षण संस्थानों में आने लगे हैं, लेकिन हमारे दो सौ श्रेष्ठ शिक्षण संस्थान समाज को कुछ नया दे रहे हैं क्या? अगर तकनीकी शिक्षा मनुष्य में उद्यमिता का विकास नहीं कर सकती है तो वह शिक्षा नहीं है। वह एक प्रशिक्षण हो सकता है, कौशल निर्मिति हो सकती है, मनुष्य की युक्तिमत्ता का विकास हो सकता है, लेकिन वह शिक्षा नहीं है।

भारतीय शिक्षण-परंपरा के संदर्भ में विवेकानंद याद आते हैं। वैश्विक पैमाने पर शिक्षा के संदर्भ में बात करनेवाले प्रथम व्यक्ति के रूप में विवेकानंद हैं। वे बार-बार कहते हैं कि 'शिक्षा मनुष्य की अंतर्निहित पूर्णता की अभिव्यक्ति है।' अब हम अपनी शिक्षा के चहुँओर कुछ देखें तो क्या वह पूर्णता देती है? पूर्णता का तात्पर्य यह नहीं है कि वह सर्वज्ञता को देती है। पूर्णता का तात्पर्य यह नहीं है कि एक ही व्यक्ति भौतिकीशास्त्र, रसायनशास्त्र, जीवविज्ञान और प्राणीविज्ञान को जानेगा, वही अच्छी कविता करेगा, वही अच्छा उपन्यास भी लिखेगा, वही अच्छा वक्ता भी होगा। सभी प्रकार के शिल्प, कौशल, साहित्य, संगीत और कला को जाननेवाला व्यक्ति पूर्ण है। पूर्णता का तात्पर्य है—मनुष्य होने की जो कसौटियाँ हैं—उन कसौटियों के अनुरूप मनुष्य का निर्माण करना। उच्च शिक्षा क्या कुशलता निर्माण की शिक्षा है, कौशल निर्माण की शिक्षा है, उच्च शिक्षा क्या स्मृति विस्तार की शिक्षा है, उच्च शिक्षा क्या सूचनाओं के वृद्धि की शिक्षा है? इन सबके उत्तर हम सहज तौर पर नहीं दे सकते हैं, लेकिन उच्च शिक्षा होती क्या है?

उच्च शिक्षा वस्तुतः शिक्षा में नवोन्मेष की शिक्षा है। उच्च शिक्षा लगातार मनुष्य की चिंतन और सृजन की क्षमता के विकास की शिक्षा है। वस्तुतः हम ऐसा कर पा रहे हैं क्या? हमारी शिक्षा की हास्यास्पद स्थितियाँ क्यों हैं?

जब बेरोजगारी बहुत बढ़ने लगी तो इस देश में व्यावसायिक शिक्षा का दबाव आया और बार-बार कहा जाने लगा कि ऐसी शिक्षा होनी चाहिए, जिसका उपयोग हो। ऐसी शिक्षा होनी चाहिए, जिसको लेने के बाद व्यक्ति कुछ कर सके, इसलिए व्यावसायिक शिक्षा बढ़ी। मेडिकल एजुकेशन जितनी देश को चाहिए, उतनी नहीं है। भारत ऐसा देश है, जहाँ मेडिकल ग्रेजुएट भी बेरोजगारों की सूची में है, अर्थात् हम अपनी पीढ़ी को क्या बना रहे हैं?

हम अपनी पीढ़ी को प्रश्न करना नहीं सिखा पा रहे हैं। हम अपनी पीढ़ी को उपलब्ध सूचनाओं के संयोजन-वियोजन और उपलब्ध सूचनाओं के सत्य-असत्य पर प्रश्न करने की क्षमता पैदा नहीं कर पा रहे हैं। उच्च शिक्षा वस्तुतः प्रश्न खड़े कर सकने की क्षमता है और यह वस्तुतः मनुष्य में उद्यमशीलता के विकास की शिक्षा है। उच्च शिक्षा मनुष्य में विविध प्रकार से प्रयोग कर सकने के साहस निर्माण की शिक्षा है। भारत को यदि विश्वगुरु होना है, विश्ववंद्य होना है तो राम मंदिर आंदोलन के सत्य से समझा जा सकता है। सत्य 1893 से लेकर 09 नवंबर, 1919 तक युक्तियों के घेरे में रहा है, न्यायालयों में भटकता रहा है। 1949 में जिन दो लोगों ने मुकदमा किंया था, दोनों एक ही रिक्शे पर बैठ करके कचहरी जाया करते थे। उनके बीच आपस में कभी झगड़ा नहीं हुआ। एक के मरने पर दूसरा बिलख-बिलखकर रोया था, लेकिन उनको विश्वास था कि अदालत से न्याय मिलेगा, सत्य की प्राप्ति होगी। इस विश्वास के अतिरिक्त इस न्यायालय की व्यवस्था में कुछ भी नहीं था, क्योंकि 1893 हो या 2019 का नवंबर हो, तथ्यों में कोई परिवर्तन नहीं आया है। परिवर्तन किस बात का आया है? व्याख्या का परिवर्तन है, पुनर्निरीक्षण का परिवर्तन है, देखने की दृष्टि का परिवर्तन है। वस्तुतः उच्च शिक्षा का कार्य नई दृष्टि से विश्व व्यवस्था को, विश्व की वस्तुओं को, विश्व के ज्ञान को देखने की क्षमता पैदा करना है। हम नई संभावनाओं को सामने रख करके, नई दृष्टि से देख सकते हैं या नहीं। गांधी भी बार-बार भारतीय शिक्षा के संदर्भ में प्रत्येक बालक के अंदर इस क्षमता के विकास की बात करते हैं।

शिक्षा का स्वावलंबी और स्वायत्त होना, इस प्रकार से नए ढंग से

दुनिया को देखना, नए ढंग से दुनिया को व्याख्यायित करना और इसकी क्षमता को प्राप्त करने के लिए आवश्यक है। जब शिक्षा पराश्रित होगी तो आश्रयदाता की इच्छाओं के अनुरूप होगी। शिक्षा, जिस पर आश्रित होगी उस आश्रयदाता का सत्य, शिक्षा का सत्य होगा, भारत के अंदर शिक्षकों से यही अपेक्षा है। यद्यपि हम सभी शिक्षक उसी सत्ता के क्रीतदास हैं, तथापि हमसे अपेक्षा है, क्योंकि हमको थोड़ी बहुत स्वायत्तता प्राप्त है। हमारे पास अधिकार है कि हम सत्य बोल सकते हैं। सत्य पर चल सकते हैं, इसका अधिकार अभी नहीं मिला है, लेकिन सत्य बोल सकते हैं, सत्य पर चल सकने का आग्रह बना सकते हैं, यह अधिकार हमको प्राप्त है। ये अधिकार जो हमको प्राप्त हैं, वस्तुतः भारत की शिक्षा व्यवस्था को, भारत के अनुरूप, भारत के लोगों के अनुरूप, भारत के अंतिम आदमी के हितवाली शिक्षा व्यवस्था बनाने की दृष्टि का प्रारंभ उसी से हो सकता है।

हमारी सारी शिक्षा व्यवस्था मिलकर विज्ञान और तकनीक के क्षेत्र में एक आविष्कार नहीं कर सकी है; हालाँकि हमने कुछ बेसिक चीजें खोजी हैं, इस आधुनिक विज्ञान के क्षेत्र में भी भारत ने दुनिया में कुछ चीजें दी हैं। जगदीश चंद्र बसु को याद कीजिए—वनस्पतियों में जीवन-मरण का सिद्धांत, यह विचार कैसे आता है? भारत की सांस्कृतिक परंपरा का यह परिणाम है। उस आस्था को वह वैज्ञानिक परीक्षण द्वारा सिद्ध करते हैं। आस्था के रूप में पेड़-पौधे, पशु-पक्षी सबमें प्राण हैं, यह भारत में अनादिकाल से चला आ रहा है। उसको युक्ति के आधार पर या प्रयोग के आधार पर सिद्ध नहीं किया गया था। यह विचार इसीलिए भारतीय मन में आता है।

हरगोविंद खुराना को याद करिए—'जींस थ्योरी', गुणसूत्रों का माता-पिता के माध्यम से संक्रमण होता है और यह रक्तमज्जा नहीं है, इससे कुछ अलग है और यह पीढ़ियों-पीढ़ियों तक अंतरित होता रहा है। यह भारत की परंपरा में पारंपरिक रूप से स्वीकार्यता का पक्ष रहा है। इस स्वीकार्यता के पक्ष को वैज्ञानिक प्रयोगों द्वारा सिद्ध करके वैज्ञानिक पक्ष का रूप दिया गया। हम याद करें चंद्रशेखर सुब्रमण्यम के ब्लैक होल थ्योरी को, ये ब्लैक होल क्या

है ? केवल फोर्स है, मॉस नहीं है, जिसमें प्रकाश भी जा करके लौटता नहीं है। याद करिए, 'नासदीय सूक्त' कहता है कि सत् भी नहीं था, असत् भी नहीं था। केवल कृष्ण (अंधकार) था, क्योंकि उसमें प्रकाश भी डूब जाता है, लौटता नहीं है। वह उस वैदिक सूक्त का बोध, विज्ञान के अनुभवात्मक रास्ते और युक्ति द्वारा परीक्षित करके प्रतिपादित किया गया है।

दुनिया के किसी भी सांस्कृतिक समूह को, ज्ञान के संधान द्वारा नवीन संभावनाएँ उसी से प्राप्त हो सकती हैं, जो उसकी परंपरा में चला आ रहा है। उनके पुनर्उद्‌घाटन, सत्य के पुनर्भाष्य द्वारा ही संभव होता है। अगर हम सत्य के पुनर्उद्‌घाटन, पुनर्भाष्य की क्षमता और उसका साहस जगा सकनेवाले शिक्षक बनें तो वस्तुतः भारत को विश्वगुरु, विश्ववंद्य और शिक्षा के क्षेत्र में, ज्ञान के क्षेत्र में भारतीय ज्ञानपरंपरा को केंद्रीय ज्ञान प्रणाली के रूप में स्थापित करने में कोई भी नहीं रोक सकता है।

□

2

सभ्यता की विरासत और भविष्य की सभ्यता

भारत का स्वधर्म और भारत का स्वबोध, भारतीय मन और भारतीयता पर आक्षिप्त है, आधृत है। सभ्यता-दृष्टि को समझने के लिए, जो मैंने पहली पुस्तक पढ़ी थी 'दृष्टि दोष तो विकल्प कैसे'। उस सभ्यता और सभ्यता को सही दृष्टि से कैसे देखें और जब सही दृष्टि से देखते हैं तो जो सही सभ्यता दृष्टि है, वह वैकल्पिक नहीं है, वह अपरिहार्य है और इसके लिए पूरे देश में एक विमर्श का आह्वान करनेवाले, भारत के स्वधर्म और स्वराज की वैचारिकी की परंपरा को आगे बढ़ानेवाले रामेश्वर मिश्र पंकज की पुस्तक 'राष्ट्रीय विमर्श का आह्वान' को पढ़ना चाहिए। देश भर में विमर्श किन मुद्दों पर आवश्यक है। समग्रता में विमर्श कैसे हो सकता है। देश को, समाज को और दुनिया को बाँट करके, टुकड़े में देख करके एक-एक हिस्से में सोच करके, अर्थात् यांत्रिक तरीके से सोच करके, यांत्रिक नियम की दृष्टि से सोच करके, आर्कमिडीज द्वारा प्रतिपादित सभ्यता-दृष्टि के आलोक में, उसमें डार्विनियन विकासवाद की छौंक देते हुए, मनुष्य की सभ्यता को नहीं समझा जा सकता है। उसको समझना हो तो एक पुस्तक पर्याप्त है—'राष्ट्रीय विमर्श का आह्वान'।

यहाँ दो चीजें बहुत जरूरी हैं, इसको मैं जॉर्गन या जुमले में कहूँ तो इस देश में औपनिवेशिक मानसिकता से मुक्ति, अर्थात् दो विशिष्ट मोह से मुक्ति है। एक तो गोरी चमड़ी की श्रेष्ठता का, जो मोह इस देश को है, उससे मुक्ति की आवश्यकता है। वह तो एक बोझ के साथ आया था, 'व्हाइट मैन बर्डन' के साथ उन्होंने उस बोझ को फेंक मारा हमारे ऊपर और हम उस बोझ को लेकर

व्यर्थता का बोझ अपने सिर पर उठाए हुए जिम्मेदारी का जो बोध दिखा रहे हैं, उससे मुक्ति की आवश्यकता है। दूसरा है—विदेशी डिग्री, यानी विदेशी शिक्षा का। उनके विश्वविद्यालयों की परंपरा से जो बात निकली है, वह वैज्ञानिक है। वास्तव में यह उतनी ही अवैज्ञानिक है, जितनी उनकी वैज्ञानिक प्रविधि। प्रो. कुसुमलता केडिया ने फिलिप केपरा के साथ काम किया है। ताओ फिजिक्स की रचना के समय फिलिप केपरा के साथ प्रो. केडिया काम कर रही थीं। फिलिप केपरा ने भी पश्चिम की पूरी वैज्ञानिक दृष्टि पर प्रश्नचिह्न खड़े किए हैं। विज्ञान और वैज्ञानिक अभिवृत्ति के आधार पर सभ्यता का निर्माण और वह सभ्यता ऐसी, जो चार सौ साल नहीं चलती है। शुरू होती है एक सभ्यता की दृष्टि, जो चलती है हजार-बारह सौ साल। एक चलती है पाँच-छह सौ साल और एक चार सौ साल पूरे होते-होते ध्वस्त हो जाती है और हमारी आँखों के सामने सभ्यता के समापन और नई विश्व व्यवस्था के निर्माण की घोषणा करते हैं। ये वैसे ही हैं कि यह सिनेमा नहीं चला है तो हम नया बनाते हैं और वह हमारे समक्ष सिनेमा को प्रोजेक्ट कर रहे होते हैं। वे अलग-अलग चित्रों को जोड़ रहे हैं और हमें एक चलता हुआ जीवंत विश्व-चित्र दिखाई दे रहा है, इस दृष्टि से मुक्ति की जरूरत है। यही भारतीय सभ्यता को समझने का तरीका हो सकता है, इसको समझना हो तो आज मैं इतना ही कहना चाहता हूँ कि एक नारा पिछली सरकार के समय चला था कि सब्सिडी छोड़ो, आप छोड़ेंगे सब्सिडी तो जलेगा किसी के घर में चूल्हा। कोई किसी के घर नहीं गया यह कहने के लिए कि सब्सिडी छोड़ो, किसी के पास कोई कागज नहीं भेजा गया कि सब्सिडी छोड़ो। लोगों को लगा कि हमें सब्सिडी मिल रही है और लाखों-लाख लोगों ने छोड़ा, उसमें सब अमीर लोग नहीं थे। इसमें किसी सरकार की सफलता की बात नहीं है। यह इस देश के लोगों का स्वभाव है, उस स्वभाव को जानकर, उसकी पहचान कराना कि तुम वह हो जो भोग और त्याग दोनों को साथ लेकर चलते हो 'तेन त्यक्तेन भुञ्जिथा', अर्थात् ईश्वर द्वारा दी गई वस्तुओं पर सबका अधिकार है। उनका आवश्यकतानुसार सभी को उपभोग करना चाहिए, किंतु आवश्यकता से अधिक संचय नहीं करना चाहिए।

भारतीय सभ्यता–दृष्टि इस जगत् का निषेध नहीं है। इस जगत् की पूर्णतः स्वीकृति करते हुए अपने जीवन के लिए जो आवश्यक है, उसको स्वीकार करते हुए, जो शेष बचता है, खिलांश बचता है, उसको अपने से अलग आत्मवत् लोगों के लिए और आनेवाली पीढ़ियों के लिए संरक्षित करनेवाली त्याग करती है, एक तरह से यह इस देश में चल रहा है। पूरी दुनिया के राष्ट्र इकट्ठा होते हैं और कहते हैं कि क्लोरोफ्लोरो कार्बन बहुत बढ़ रहा है। इस प्रकार की गैसें धरती में बढ़ रही हैं, जो इंडस्ट्रियल सोसाइटी और उपभोक्तावाद के कारण पैदा हुई हैं और निर्मल अंतरिक्ष टूट रहा है और उसमें छेद हो रहा है। दुनिया का जो सबसे बड़ा राष्ट्र है, वह मुस्कुराकर कहता है कि दुनिया जाती है तो जाए, हम अपने नागरिकों के जीवन स्तर में एक प्रतिशत की भी कटौती करने को तैयार नहीं हैं।

एक तरफ राष्ट्र के स्तर पर लोक कल्याणकारी राज्य की अवधारणा को प्रस्तुत करनेवाले संविधान में इसको सबसे पहले जगह देनेवाले, वेलफेयर स्टेट के आधार पर और प्लुरिज्म के आधार पर संविधान को बनानेवाले, सेकुलेरिज्म के आधार पर संविधान को बनानेवाले राष्ट्र के राष्ट्राध्यक्ष की यह गर्वोक्ति है, दूसरी तरफ पिछड़ा कहा जानेवाला, एक समय असभ्य और बर्बर कहा जाता था, लेकिन आजकल केवल पिछड़ा कहते हैं। यह अंतर तो आया है। आज भारत को असभ्य और बर्बर कहने का साहस दुनिया की कोई सभ्यता नहीं कर सकती है, क्योंकि उनको लगता है कि अंततः त्राण तो वहीं प्राप्त होने वाला है, इसलिए उनको असभ्य कहेंगे, बर्बर कहेंगे तो स्वीकार कैसे करेंगे। इसमें उनको कोई संशय नहीं है।

दुनिया की सारी सभ्यताएँ, उस समय वैकल्पिक दृष्टि के विकल्प के रूप में प्रस्तुत रही हैं, वह दुनिया की भवितव्यता के रूप में तो प्रमाणित है, किंतु त्याग की दृष्टि न होने के कारण से ये सारी कायनात केवल मनुष्य के उपभोग के लिए निर्मित है। उसको बेहिसाब और बेशुमार उपभोग करने का अधिकार है। यही उसका अधिकार है, इसलिए वह अंतरिक्ष में छेद कर सकता है, पर्वत को तोड़ सकता है। इन सबको करते हुए दुनिया नष्ट हो जाती है तो हो

जाए। यह ऐंद्रिक संवेदनाओं की सभ्यता मनुष्य की सभ्यता नहीं हो सकती है। मनुष्य की सभ्यता संवेदनशीलता की सभ्यता है। मनुष्य की सभ्यता ऐंद्रिकता की सभ्यता नहीं है। अंततः मनुष्य को परदुःखकातरता की दृष्टि के साथ जीवन जीने का प्रशिक्षण लेना ही होगा; शायद तब तक देर हो चुकी होगी, जाने कितने पारमाणविक ऊर्जा के विकिरण और उससे आनेवाली समस्याओं से पीढ़ियों-पीढ़ियों को नष्ट करनेवाली घटनाएँ हम देख चुके होंगे। हिरोशिमा से शुरू हुई इस प्रक्रिया में हर साल छोटी-बड़ी घटनाओं के हम साक्षी हैं।

यह कथित औद्योगिक क्रांति के बाद की विकसित हुई सभ्यता है। इस सभ्यता का उत्तर गांधी ने तो 1909 में बड़े साफ शब्दों में दिया था कि ये रहेगा तो मनुष्य नहीं रहेगा। मनुष्य को ही रहना है, स्वराज वाले मनुष्य को रहना है। आत्मराज वाले मनुष्य को रहना है। संपूर्ण रूप से स्वतंत्र मनुष्य को रहना है, इसलिए इसको जाना चाहिए और इसको जाना ही होगा, लेकिन तब हम सब और हमारी जैसी जाने कितनी सभ्यताएँ—चाहे वह अफ्रीकी सभ्यता हो या दक्षिण अमरीकी सभ्यता हो, चीन की सभ्यता हो या भारत की सभ्यता हो। इस सभ्यता के जो महान् बुद्धिजीवी लोग हुए हैं, उनको यह विश्वास नहीं हो रहा था कि विकल्प हो सकता है। केवल गांधी को हो रहा था और उन्होंने जो अनवरत यत्न किए, उस यत्न में गांधी हैं, विनोबा हैं, दीनदयाल हैं, जयप्रकाश नारायण हैं, नानाजी देशमुख हैं, ये सारे लोग सभ्यता का स्वरूप भारतीय दृष्टि से क्या होगा, इसके लिए वे अपने-अपने स्थानों पर प्रयोग कर रहे थे।

गांधी ने ही शुरू किया था, आश्रम के अंदर भारत की हिंद स्वराज की, जो सभ्यता दृष्टि है, उसको एक समूह में जिया जा सकता है, इसको चरितार्थ करके दिखाएँगे, अपनी आश्रम व्यवस्था में दिखा रहे थे। वे प्रयोग लगातार चल रहे हैं। उसकी व्याप्ति भी बढ़ी है, विस्तार भी बढ़ा है, लेकिन एकेडमिया के क्षेत्र में अभी भी अविश्वास का वातावरण है। जब तक विश्वविद्यालयों के अंदर से यह अविश्वास का वातावरण नहीं खत्म होगा, जब तक विश्वविद्यालयों के अंदर से आत्मविश्वास का वातावरण, आत्मबोध का वातावरण निर्मित नहीं होगा, तब तक वस्तुतः दुनिया को त्राण देने के लिए, जो आवश्यक सभ्यता

दृष्टि है, वह पारंपरिक सभ्यता दृष्टि है, वह सनातन सभ्यता दृष्टि है। वह भविष्य की सभ्यता दृष्टि है, क्योंकि वही एकमात्र विकल्प है या कहा जाए कि वही एकमात्र सत्य है, जिसको गांधी ईश्वर से भी ऊपर की स्थिति में रख रहे हैं और उस सत्य की प्राप्ति के लिए विश्वविद्यालयों में भी वि-औपनिवेशीकरण या औपनिवेशिक मानसिकता से मुक्ति की कोशिशें होनी चाहिए। हाँ, आशा की किरण दिखाई दे रही है, आशादीप हमारे पास है, लेकिन अब परिवर्तन हो गया है या हो जाएगा, इस प्रकार का विश्वास नहीं है। क्यों विश्वास नहीं है, जहाँ से वास्तव में परिवर्तन होना चाहिए, वहाँ परिवर्तन की सुगबुगाहट अभी कमजोर है, अपरिपक्व है। हमने इस परिवर्तन को अकादमिक जगत् में स्थान नहीं दिया है। जब हमारे पास सभ्यता थी, अनमोल सभ्यता थी, आज भी अनमोल सभ्यता है, लेकिन वह गायब हो गई है, दिखती नहीं है। खोजने की शुरुआत करनी पड़ेगी। खोजते कैसे हैं, कोई सामान जहाँ से गायब होता है, सामान्य आदमी भी वहीं से खोजने की शुरुआत करता है। ऐसा तो कोई-कोई रविदास जैसा करता है, गायब कहीं हुआ हो, हम अपने कठौते से निकालकर दिखाएँगे तो खोजने की शुरुआत 1857 में बने विश्वविद्यालयों से हुई है, गायब वहीं से हुआ है। 1857 और उसके बाद बने विश्वविद्यालयों से गायब हुआ है, तो खोजने की शुरुआत भी वहीं से करनी पड़ेगी। यह बात अलग है कि वहाँ से गायब हुआ है, लेकिन रविदास की तरह उसे निकालना तो कठौते से ही पड़ेगा। वह चाहे किसी नदी में गायब हुआ होगा या किसी नहर में गायब हो गया होगा, अंततः उसको बह करके गंगा में ही जाना होगा और गंगा विश्वास है, श्रद्धा है, परदुःखकातरता है, करुणा है, ममतामूलक समता की दृष्टि है। अपने पड़ोसी के कल्याण के लिए किया हुआ संकल्प है तो हर कठौते से वह गायब सभ्यता दृष्टि निकलने वाली है। हर घर से, हर रसोईघर से वह सभ्यता-दृष्टि निकलने वाली है, लेकिन इसकी शुरुआत विश्वविद्यालयों से करनी पड़ेगी, क्योंकि जहाँ से गायब हुआ है, वहाँ से न खोजनेवाले लोगों को भी मूर्ख कहा जाता है, अगर दूसरी जगह से खोजने लगेंगे तो पश्चिम वाले कहेंगे कि इनको तो खोजने की भी वैज्ञानिक प्रणाली की जानकारी नहीं है, इसलिए ये कालखंड

है, जब सौ–डेढ़ सौ वर्षों से यह प्रयोग परीक्षित हो गया है।

सौ–डेढ़ सौ वर्षों में सभ्यता की, जो दुर्गति हुई है। यूरंडपंथी सभ्यता की होड़ मची है। यह अवधारणा वहीं से आती है कि पूरी दुनिया के केंद्र में मनुष्य है। इस धरती के अंदर कोई दुनिया नहीं है और इसके केंद्र में मनुष्य है और 'मैन इज द मिजर ऑफ ऑल थिंग्स'। मनुष्य सभी चीजों का मापदंड है, इसलिए मुझे जो अच्छा लगता है, वह मैं करूँगा। मैं ताकतवर हूँ और मुझे अच्छा लगता है, इसलिए दूसरों से भी वैसा ही करवाने का मुझे अधिकार है। यही अवधारणा इस सभ्यता की निर्मिति की अवधारणा है। इसके विपरीत मैं ताकतवर हूँ और मुझे अच्छा लगता है। उसके बाद भी मैं नहीं कर सकता हूँ। मुझे जो करना है, वह लोकसंग्रह की दृष्टि से करना है, लोक कल्याण की दृष्टि से करना है। श्रीमद्‌भगवद्‌गीता में अर्जुन ने सवाल किया कि यह जो ब्राह्मी स्थिति को प्राप्त कर लिया, स्थितप्रज्ञ समस्त ज्ञानों को प्राप्त कर लिया हुआ मनुष्य है, इसको पाप नहीं लगेगा तो कहा कि हाँ, पाप तो नहीं लगेगा, फिर कहा कि यह कुछ भी कर सकता है। करने को तो कुछ भी कर सकता है, लेकिन करेगा यह वही, जो लोक संग्रह के लिए आवश्यक होगा, समस्त लोक के सुख और समस्त लोक के कल्याण के लिए जरूरी होगा। इस प्रकार की दृष्टि भीतर फैले हुए संसार और अंदर फैले हुए संसार के बीच की विरोधाभासी दृष्टि नहीं है, बल्कि समरूपता की दृष्टि है। यह तादात्म्य दृष्टि द्वैध से मुक्ति है, हम अपने लिए चाहते कुछ और हैं और दूसरों के लिए चाहते कुछ और हैं। यह इस सभ्यता की जो स्वाभाविक परिणति है। इससे मुक्ति का एक विमर्श होना चाहिए।

दुनिया का जो महाभारत है, महाभारत, यानी धर्म का युद्ध। धर्म का युद्ध, अर्थात् आवश्यकता पड़े तो धर्मार्थ अपने बंधुओं को भी दंडित करना है। युद्ध की नीति और नियम बनाने के लिए शत्रु के साथ भी संवाद करने की मानसिकता ही महाभारत है और यह तभी संभव होगा, जब विश्वविद्यालय जगेंगे, उच्च शिक्षा के अधिष्ठान जगेंगे। जगाने वाले बहुत हैं, लेकिन जो जागरण के केंद्र हैं, उनमें एक चुप्पी है, मेरी कोशिश यही थी कि इस चुप्पी को तोड़ने के लिए गांधी के डेढ़ सौवें वर्ष से उचित समय नहीं हो सकता है। गांधी को केवल एकादश व्रत

में नहीं देखना है। गांधी को संपूर्ण विश्व की सभ्यताओं के संघर्ष के आलोक में देखना है और संघर्ष से मुक्ति प्राप्त करते हुए लोक-कल्याण की सभ्यता की निर्मिति कैसे होगी, यह इतिहास को जाने बिना संभव नहीं है, क्योंकि हमें इतिहास से ही भ्रमित किया गया है और जहाँ से भ्रमित किया गया है, जिन्होंने भ्रमित किया है, उन्हीं के कागजों से और वहीं से हमारी इतिहास दृष्टि को, हमारी सभ्यता-दृष्टि को ठीक करने, उसकी चिकित्सा करनेवाले चिकित्सक की जरूरत है। हम बात गांधी की करते हैं और दस्तावेज ब्रिटिशर्स के देते हैं। वे बात भारत की परंपरा की करते हैं, लेकिन उस पर उनकी उस समझ को सामने लाते हैं, जो हमसे छिपाया गया हो। यह कैसे हो सकता है कि किसी वस्तु को समझने की दो दृष्टि हो सकती हैं—एक मैं अपने लिए समझता हूँ और दूसरा वह है कि मैं दूसरों के लिए समझता हूँ, यही उपभोक्तावादी दृष्टि है, व्यापारीकरण है, यही बाजारीकरण है, यही उपभोक्ताजनित-आस्वादजनित मनुष्य को साधन बनाने की सभ्यता है। इस सभ्यता को उन्हीं के उपकरणों से तोड़ने और अपने साधनों द्वारा वास्तविक सभ्यता की स्थापना के सूत्र देनेवाले व्यक्ति की स्मृति में भारत की राष्ट्रीय आकांक्षाओं का नया विमर्श है और यह सिर्फ भारत की राष्ट्रीय आकांक्षाओं का विमर्श नहीं है। यह संपूर्ण विश्व को त्राण देने का विमर्श है। संपूर्ण विश्व को बचा लेने का विमर्श है। संपूर्ण मानवता को सद्गुणों के साथ जोड़ करके आनेवाली पीढ़ियों के लिए श्रेष्ठतम विश्व देनेवाली जीवन प्रणाली की स्थापना का विमर्श है।

□

3

संपोष्य और निरंतर जीवन-दृष्टि की है आवश्यकता

आधुनिक प्रौद्योगिकी के दौर में हम भौतिकतावादी होते जा रहे हैं। आधुनिकता का कोई एक भौतिकवादी आयाम नहीं है। आधुनिकता में भी एक आध्यात्मिक तत्त्व है, लोकोत्तर तत्त्व है और जब हम कह रहे हैं तो ध्यान में रखना चाहिए कि स्वस्थ मनुष्य की पहचान करने के लिए यूनेस्को जब आध्यात्मिक स्वास्थ्य को एक महत्त्वपूर्ण विशिष्टता के रूप में चिह्नित करता है तो यह मानना पड़ेगा कि दुनिया में केवल भौतिक दृष्टि से मनुष्य के लिए सोचने की प्रणाली नहीं है। ये एक प्रकार का विचार हो सकता है और जहाँ-जहाँ यह विचार शक्तिशाली हुआ है और उन सभी स्थानों में उसका प्रतिकार भी हुआ है। इस तरह से एक सर्वांगीण जीवन प्रणाली भी विकसित हुई।

उत्तर आधुनिकता का उभार भी, जो तंत्रवत् भौतिक व्यवस्था है, उसका प्रतिरोध है। जहाँ तक भारतीय दर्शन का प्रश्न है, भारतीय दर्शन समग्रता की दृष्टि में है। मनुष्य की सर्वांगीण उन्नति की दृष्टि में है, यह कोई कोरी भौतिकता नहीं है और न ही कोरी आध्यात्मिकता, लेकिन सिर्फ दोनों का संतुलन भी नहीं है। भारतीय दर्शन में एक समंजित जीवन-दर्शन है। भारतीय दर्शन व्यक्ति, परिवेश और जीवन को समझने की एक ऐसी दृष्टि देता है, जिसमें त्रिआयामी विश्व में चौथे आयाम की खोज हो। दरअसल यह इंद्रियानुभव के संसार से परे ऐंद्रिक ज्ञान की सीमाओं का अतिक्रमण करते

हुए लोकोत्तर निःशब्दता की प्राप्ति करने का उपक्रम है।

भारतीय दर्शन के विकास चित्र को देखेंगे तो यह विशुद्ध जड़वाद से प्रारंभ होता हुआ आत्माद्वैत में परिणति को प्राप्त करता है, इसलिए भारतीय परंपरा में विभिन्न दार्शनिक दृष्टियों के बीच एक-दूसरे के प्रत्याख्यान की खंडन की परंपरा तो है, लेकिन संघर्ष नहीं है अपितु समावेशन की प्रक्रिया है, क्योंकि सत्य का एक निश्चित मॉडल नहीं है। निश्चित मॉडल का न होना बार-बार स्वीकार किया गया है। सत्य तो एक ही है, लेकिन ज्ञान की सीमा, समझ की सीमा से उसका जब प्रकटीकरण होता है तो उसे सीमा में आवृत्त कर बहुरूप में समझा जाता है।

आज दुनिया भर में भारतीय जीवन प्रणाली के प्रति आकर्षण बढ़ा है। उपभोक्तावादी जीवन-दर्शन के कारण विश्व के समक्ष उत्पन्न हुई समस्याओं के समाधान के प्रति संवेदनशील लोगों की चिंताएँ बढ़ी हैं। एक संपोष्य और निरंतर जीवन-दृष्टि की आवश्यकता सब महसूस कर रहे हैं। संपोषण के साथ निरंतरता भारतीय दर्शन का आधार है। इस संपूर्ण विश्व को किसी निश्चित तिथि, स्थान, काल, भूगोल और किसी खास किस्म के इतिहास में न बाँधने की स्वाभाविक वृत्ति ही भारतीयता है और यही इसकी भूमिका भी है।

जब आज मानविकी, दर्शनशास्त्र, सामाजिक विज्ञान आदि को अपने काल, अपने काल की समस्या, अपने परिवेश, समाज और राष्ट्र के साथ जोड़ने की बात करते हैं तो ऐसा लगता है कि यह कटा हुआ है। वस्तुतः यह कटा हुआ नहीं है, बल्कि ओझल हुआ है, कुछ दिग्भ्रम हुआ है। आधुनिकता की विश्व व्यवस्था ने ऐंद्रिक सुखवाले समाज के जीवन को बेहतर बनाने का जो आश्वासन दिया था, उसमें मानवीय संवेदना का पक्ष गौण हो गया है। 'स्व' और 'स्वत्व' खोया है, इसलिए सारा संकट पहचान का है। पहचान तो करनी होगी—समाज की, परिवेश की, काल की और समाज तथा परिवेश को आतृप्त करनेवाले चिरंतन राष्ट्र की। आधुनिकता ने जो बुराइयाँ दी हैं, उसमें सबसे बड़ी बुराई तात्कालिकता की है, पीछे और आगे के मनुष्य के विचार न करने की है। राष्ट्रीय-राष्ट्रीयता का तत्त्व इस विखंडित दृष्टि को चिरंतन

आधार देता है अब इसे 'नेशन' की अवधारणा से नहीं समझा जा सकता है।

नेशन की अवधारणा पर अभी युद्ध जारी है, लेकिन राष्ट्र हजारों-हजार वर्षों के बाद भी हर एक भारतीय मन के विचार में रचा-बसा विचार है। राज्य और नेशन की अवधारणा से परे मनुष्य की सांस्कृतिक एकात्मकता और विविध प्रकार की बोलियों, भाषाओं और आदतों के बीच भिन्नता रखने तथा वैभिन्न के साथ भिन्न-भिन्न भागों में रहने वाले लोगों के बीच जो एकसूत्रता है उसको प्रकाशित करनेवाला तत्त्व है।

□

4

भारतीय परंपरा : विरासत के वैश्विक बोल

आज भारतीय राष्ट्रवाद और पाश्चात्य राष्ट्रवाद के बीच एक प्रकार का द्वंद्व चल रहा है। यह द्वंद्व मूल रूप से दो प्रकार की दृष्टियों का है, एक स्टेट-नेशन की दृष्टि है, राष्ट्र-राज्य की अवधारणा है, जिसमें विविधताओं को खत्म करते हुए एकता की तलाश की जाती है, यह यूरोप ने स्वीकार किया था और उसका परिणाम यह हुआ कि यूरोप में अभी तीन-चार सौ वर्षों के अंदर मूल रूप से राष्ट्रीयता का स्वरूप उभरकर सामने आया है, जो एक आर्थिक राष्ट्रवाद के रूप में, एक राजनीतिक राष्ट्रवाद के रूप में उभरकर सामने आता है।

राष्ट्रवाद जो मनुष्य की गरिमा, मनुष्य की संवेदनशीलता का विचार नहीं कर सकता है, वास्तव में वह राष्ट्रवाद अलग किस्म का है। भारतीय दृष्टि इससे अलग है, जो अर्थशास्त्र और राजनीतिशास्त्र से परे है। यहाँ एकता तो है पर महत्त्वपूर्ण यह है कि वह एकता किस प्रकार से विविधता के रूप में अभिव्यंजित होती है और उस विविधता का संरक्षण कैसे होना चाहिए? स्वीकृति कैसे होनी चाहिए? राष्ट्र की अवधारणा इससे संबंधित है। यह धरती, जल और विविध भाषाएँ मनुष्य को जोड़ने की अवधारणा है, इसलिए राष्ट्र भारतीय संदर्भों में कोई राजनीतिक इकाई नहीं है।

यदि भारतीय संदर्भों में राष्ट्र को एक राजनीतिक इकाई माना जाए

तो भारत की आजादी के आंदोलन का धरातल इसमें से नहीं तलाशा जा सकता है, लेकिन ब्रिटिशों के आने के पूर्व भारत अनेक था, राज्य की दृष्टि से, शासन की दृष्टि से, प्रभुसत्ता के नियंत्रण की दृष्टि से किंतु भारत की आजादी के लिए अपने-अपने स्थानों पर सब लड़ रहे थे। कोई अपने राज्य की स्वतंत्रता के लिए नहीं लड़ रहे थे। 1857 की क्रांति में भिन्न-भिन्न रियासतों और राज्यों के राजा जो लड़ाई लड़ रहे थे, उनका लक्ष्य था कि भारत में एक साम्राज्य बनेगा और वह भारतीय जीवन के मूल्यों के आधार पर बनेगा। बहादुरशाह जफर के नेतृत्व में जब कुछ समय के लिए दिल्ली में आजादी की एक सरकार स्थापित हुई थी, जो पहला फरमान जारी किया गया, उसमें एक भारत की दृष्टि थी।

उपासना पंथ से परे इस धरती के लिए राज्य की स्थापना ही इसकी दृष्टि थी। यह धरती राष्ट्र के रूप में पहले भी थी और बाद में भी रही। 26 जनवरी, 1930 को कांग्रेस ने जब संपूर्ण स्वतंत्रता का प्रस्ताव पारित किया तो राष्ट्र की स्वतंत्रता का प्रस्ताव पारित किया, अगर राष्ट्र-राज्य की अवधारणा पर विचार करें तो भारत राष्ट्र नहीं था, लेकिन कांग्रेस ने अध्यक्ष को 1930 से राष्ट्रपति कहने की परंपरा शुरू की और कांग्रेस के लोगों द्वारा निर्वाचित कांग्रेस अध्यक्ष जवाहरलाल नेहरू भारत के पहले राष्ट्रपति हुए, यह शायद लोगों को ध्यान में नहीं है और 1930 के बाद से लगातार कांग्रेस के अध्यक्ष को राष्ट्रपति कहा जाता रहा तो वह राष्ट्र की अवधारणा राजनीतिक तो नहीं रही, एक भू-सांस्कृतिक राष्ट्र की दृष्टि थी।

सन् 1905 में बंग विभाजन के समय आंदोलन खड़ा हुआ और पूरा देश क्यों उद्वेलित होता रहा। किसी दूर स्थान की घटना को लेकर देश का जन क्यों उद्वेलित होता है। मनुष्य हैं तो छोटे-मोटे विवाद-झगड़े होते रहते हैं, लेकिन स्थायी रूप से एक आंदोलन के रूप में उभरकर हमारे सामने आता रहा है। एक जन और एक राष्ट्र की अवधारणा को इस देश के कम लोगों ने स्वीकार किया है, यूरोप अभी इसको प्राप्त नहीं कर सका है,

जहाँ से राष्ट्रीयता का सारा आधार हम लोगों ने लेने की कोशिश की, उस यूनाइटेड किंगडम में भी नहीं हो सका है। अभी तक आयरिश नेशनलिज्म और स्कॉटिश नेशनलिज्म की समस्या का समाधान इंग्लिश नेशनलिज्म के लोग नहीं कर सके हैं। भारत में ऐसे किसी नेशनलिज्म की समस्या नहीं खड़ी हुई है।

प्रधानमंत्री नरेंद्र मोदीजी के नेतृत्व में भारत तो जीत रहा है, भारत विकसित हो रहा है। कुछ लोग, जिनको विकसित विजेता भारत पसंद नहीं है, जो भारत दुर्दशा का वर्णन करने से नहीं अघाने वाले लोग हैं। उनको कठिनाई हो सकती है, पर यह सही बात है कि विगत छह वर्षों में भारत के प्रति पूरी दुनिया का विश्वास बढ़ा है और केवल बाजार के कारण विश्वास बढ़ा है, ऐसा नहीं है। भारतीय युवक पूरी दुनिया में सभी बड़े राष्ट्रों के विकास में जो योगदान दे रहे हैं, केवल उसके कारण से नहीं बढ़ा है।

भारत की सामरिक शक्ति बढ़ी है। भारत का आत्मबल बढ़ा है। भारतीय जीवन-दृष्टि के प्रति दुनिया का विश्वास बढ़ा है। इस नाते भारत जीतता हुआ दिखाई दे रहा है। यह सच है कि इन छह वर्षों में ऐसा इसलिए हुआ है, क्योंकि नरेंद्र मोदी जैसा नेतृत्व था। ये सारी चीजें पहले भी थीं, मोदी के पहले भी थीं, लेकिन एक ऐसा नेतृत्व जो आशा, विश्वास और प्रतिबद्धता का संबल बन सकता है, जब प्राप्त होता है तो लोग उसका अनुसरण करते हैं। पिछले आम चुनाव के परिणाम ने बताया कि मोदी के ऊपर जन-जन का विश्वास है और बाद में इसको मोदी के विकास के स्थान पर राष्ट्रवाद के विकास की विजय के रूप में प्रकाशित करने की कोशिश की गई, जैसे राष्ट्रवाद कोई गाली हो, अमेरिकी नेशनलिज्म ठीक है, ब्रिटिश नेशनलिज्म भी ठीक है, चाइनीज नेशनलिज्म भी ठीक है, यहाँ तक कि जो नेशनलिज्म नहीं है, ऐसा पाक नेशनलिज्म भी ठीक है, लेकिन भारतीय राष्ट्रीयता को लेकर प्रश्न, उन्हीं लोगों द्वारा क्यों खड़े होते हैं, आखिर भारत में आते हुए राष्ट्रीयता खराब चीज क्यों हो जाती है?

भारत की राष्ट्रीयता जबकि पॉलिटिकल नेशनलिज्म नहीं है, बल्कि कल्चरल नेशनलिज्म है। हिंदी में राष्ट्र शब्द व्यवहृत होता है। इसका मूल राज है। राज शासन के अर्थ में नहीं प्रयुक्त होता है, शोभन के अर्थ में प्रयुक्त होता है। 'राजृ दीप्तौ' इस अर्थ में प्रयुक्त होता है, अगर यह राष्ट्रवाद की विजय है तो दीप्तिमान राष्ट्र की विजय है, सुशोभित होनेवाले राष्ट्र की विजय है और जब राष्ट्र दीप्तिमान होता है, सुशोभित होता है तो राष्ट्र का जन भी समृद्ध होता है, गौरवशाली होता है। जीतता हुआ भारत सबको दिखाई दे रहा है, पूरी दुनिया को दिख रहा है, कुछ लोगों ने आँख पर पट्टी बाँधकर यह जरूर कहना शुरू किया है कि घुप्प अँधेरा है। कुछ लोग वैचारिकी की दृष्टि से पूरी दुनिया में खोखले साबित हो गए हैं।

दुनिया के बुद्धिजीवियों का जिन पर से विश्वास उठ गया है और जो वास्तव में समाज के अंतिम आदमी के शोषण के साधक के रूप में विकसित हुए थे और इस कारण से पूरी दुनिया से उखड़ गए हैं, भारत में अब वे चिल्लाने की कोशिश कर रहे हैं कि यह ऐसे राष्ट्रवाद का उदय है, जो फासिज्म को जन्म देगा। भारतीय राष्ट्रीयता न तो किसी पंथ के कारण हो सकती है और न तो किसी प्रकार के फासिज्म का कारण हो सकती है। भारत तो तब से सेक्युलर राष्ट्र है, जब सेक्युलर शब्द भी दुनिया के शब्दकोश में नहीं आया था। उसको समझना हो तो रसखान के शब्दों में समझें, 'ताही अहिर की छोहरिया छछिया भर छाछ पे नाच नचावै', यह तो ऐसा देश है, जो ईश्वर को भी पंथ निरपेक्ष कर देता है। दुनिया के किसी और देश में होता तो यह ईश्वर निंदा होती और जिंदा जला दिया गया होता। दुनिया की अन्य किसी संस्कृति में यह बात कही नहीं जा सकती है, लेकिन भारत है, जहाँ ईश्वर को मट्ठे पर नाच नचानेवाला, कवि संत के रूप में मुसलमान होते हुए भी हिंदू संत के रूप में पूजा जाता है। आज भी उसकी समाधि में, वृंदावन में, गोकुल में फूल चढ़ाया जाता है तो इस दृष्टि का अपलाप कर रहे हैं। ये जो भारतीय संस्कृति है, हिंदी के माध्यम

से विकसित हुई है, कबीर जैसे संत से विकसित होती है, जो सभी प्रकार की कुरीतियों को, धार्मिक हो या सामाजिक, कहता है कि यह धर्म नहीं है, यह नृशंसता है, यह अत्याचार है, यह हिंसा है, यह मिथ्याचार है। उसको ईश्वर के अवतार के रूप में, ब्रह्म के अवतार के रूप में भारतीय परंपरा पूजती और मानती है।

□

5

एकसूत्रता और एकात्मकता पर आधारित राष्ट्र की है जरूरत

राष्ट्र शब्द संस्कृत के 'राज्' धातु से बना है, लेकिन यहाँ राज शब्द का अर्थ शासन के लिए नही हैं अपितु 'राजृ दीप्तौ', यानी दीप्तिमान या सुवासित होने के अर्थ में है। समंजित होने के अर्थ में राष्ट्र है और इस प्रकार की राष्ट्रीयता का विचार भारत की दर्शन सरणि में अंदर तक पिरोया हुआ है, यह दार्शनिक दृष्टियों के वैभिन्नय की स्वीकृति है। भारत में दर्शनों के भेद को स्वीकार नहीं किया है कि बहुत प्रकार के दर्शन हैं, ऐसा नहीं है। पंचशिख का वचन है कि 'एकं हि दर्शनं ख्यातिरेव दर्शनम्', यानी प्रख्यापित होना, ज्ञापित होना, अभिव्यंजित होना, ज्ञानमय होना और चिन्मय होना, यही दर्शन है। शेष जो दर्शनों का विभाजन है, भेद-मात्रात्मक है, दृष्टि भेद तत्त्वभेद नहीं है।

भारतीय दर्शन की दृष्टि ही है, जो विविधताओं को स्वीकृति देती है। विविध प्रकार की भाषाएँ, विविध प्रकार के आचार-व्यवहार, आदतें, खान-पान वाले मनुष्य इस धरती को सुशोभित करते हैं, इसकी स्वीकृति देती है। ये जो द्वैराश्य भेद पर आधारित दार्शनिक दृष्टि है, आई ऐंड दाउ (I and thou) पर आधारित दार्शनिक दृष्टि है, वह भारतीय दर्शन का यथार्थ नहीं है। भारतीय दर्शनशास्त्र का तर्कशास्त्र व लॉ ऑफ एक्सक्लूडेड मिडल (Law of excluded middle) पर नहीं है, बल्कि इसके विपरीत लॉ ऑफ इनक्लूडेड मिडल (Law of included middle) पर आधारित है। वह पहले ही मानता है कि हमको और उसको जोड़नेवाला कोई तत्त्व है, जो

जोड़नेवाला है, उसको पहचानना है तो राष्ट्रीयता के लिए दृष्टि आवश्यक है। भारतीय राष्ट्रीयता के लिए तो अत्यंत आवश्यक है, किंतु कठिनाई यह है कि राष्ट्र पर हिंदी साहित्य में कम चर्चा हुई है। यह राष्ट्र कैसे है ? एक राष्ट्र कैसे है ? इस पर कम चर्चा हुई है। इसके विपरीत में राष्ट्र क्यों नहीं, इस पर अधिक चर्चा हुई है। यह तो नकारात्मकता है। नकारात्मकता के आधार पर कोई रचना खड़ी नहीं हो सकती है। यदि यह नकारात्मकता का भाव स्वतंत्रता आंदोलन के पूर्व भारतीय जन में होता तो भारत को आजादी नहीं मिलती। सब लड़ रहे थे देश की आजादी के लिए, राष्ट्र के लिए। वैचारिक मतभेदों के बाद भी इस राष्ट्र की आजादी के लिए लड़ रहे थे। इस राष्ट्र के लिए संघर्ष करनेवाले लोगों के रास्ते तो अलग-अलग थे पर लक्ष्य था—स्वतंत्र राष्ट्र। स्वतंत्रता के बाद राष्ट्र का लक्ष्य गायब हो गया। एक राष्ट्र नहीं, इसकी सिद्धि का अभियान सा चल गया, फिर परिस्थितियाँ बदली हैं।

भारत का युवा किसी भी पंथ का, कोई भी भाषा बोलनेवाला हो, आज वह एक नया भारत गढ़ना चाहता है और नया भारत 'मेकिंग ऑफ न्यू नेशन' नहीं, बल्कि 'न्यू मेकिंग ऑफ दि नेशन' है, वह एक नए राष्ट्र निर्माण की प्रक्रिया नहीं है, बल्कि जो राष्ट्र है, उसको प्रकाशित करने की है, इसलिए प्रदीप्त भारत पूरी दुनिया में दिख रहा है, इसको और अधिक प्रकाशवान बनाने के लिए स्वाभाविक है कि तत्त्व दृष्टि की आवश्यकता है और यह तत्त्व दृष्टि भारत की अनादि संस्कृति से मिलेगी।

भारतीय मूल्यों की अस्मिता का संकट भारत में है, विदेशों में नहीं। विदेशों के लिए भारतीय संस्कृति संजीवनी है। दुनिया की कोई भी संस्कृति दूसरी संस्कृति को नहीं निगलती है। यहाँ जो आया, केवल उसकी अपनी सभ्यता थी और वह भी सभ्यता के बाह्य लक्षण ही है। संस्कृति पर जब सभ्यता का आक्रमण होता है तो एक प्रकार की खिचड़ी बनती है और जब खिचड़ी होती है तो उसमें सभी तत्त्वों का विद्रूपण तो होता ही है। यह अलग बात है कि आज यूरोप या पश्चिम में यह मान लिया कि संस्कृति नाम की कोई महान् या कोई विराट् व्यवस्था नहीं है। संस्कृति तो शुद्ध रचना है। शुद्ध

रचना है तो विराट् रचना उसको ढकेगी। सन् '80 के दशक के बाद यह असर जोर से चला। सैमुएल हटिंगटन जब 'क्लैश ऑफ सिविलाइजेशंस' की बात करता है तो संस्कृतियों के अस्तित्व का निषेध है। आज समस्या यह है कि पश्चिमी संस्कृति और भारतीय संस्कृति के बीच द्वंद्व कहीं नहीं है। द्वंद्व है—धार्मिकता और अधार्मिकता के बीच। हाँ, यहाँ सावधान जरूर रहना होगा कि धार्मिकता और अधार्मिकता कहना होगा तो यह उपासना और पंथ केंद्रित नहीं है। धार्मिकता वही है, जिसे सम्राट् अशोक अपने शिलालेखों में लिखता है कि 'अपासिनवे बहुकयाने दया दाने सचे सोचये मादवे साधवे च', अर्थात् कम पाप करना, कल्याण करना, दया-दान करना, सत्य बोलना, पवित्रता से रहना, स्वभाव में मधुरता तथा साधुता बनाए रखना। यह हमारा मूल्य है, यही मूल्य संस्कृति का निर्माण करता है। यह मूल्य सभी उपासना पंथों में दिखाई देता है। इसके विपरीत जो सभ्यता-दृष्टि विकसित हुई है, वह नितांत व्यक्तिवादी है और मैं कहूँ कि यह ट्रांजिशन फेज में पश्चिम में ह्यूमैनिज्म (Humanism) का कंसेप्ट आया है कि 'मिजर ऑफ ऑल थिंग्स' (Measure of all things)। उसकी पूरी व्याख्या में यह सिर्फ जीवन-प्रणाली, खान-पान, आदतें, व्यवहार आदि संस्कृतियाँ हैं, यह तो संस्कृति को न समझने जैसा है।

संस्कृति तो मनुष्य को बेहतर बनाने की प्रक्रिया है। यह स्थिति मात्र नहीं है, कोई समय, कालखंड भी ऐसा नहीं है, जिससे यह मान लिया जाए कि जिसने संस्कृति जैसे सर्वोच्च, स्वरूप को प्राप्त कर लिया है। यह तो प्रवहमान नैरंतर्य है, प्रवाही निरंतरता है—जैसे नदी में अनगढ़ पत्थर पानी के थपेड़े खाते हुए, एक-दूसरे पत्थरों से टकराते हुए चमकीले बन जाते हैं और एक समय ऐसा आता है, जब वे किनारे आते हैं तो उन्हें रत्न समझ करके हाथों-हाथ ले लिया जाता है। संस्कृति उसी प्रक्रिया से बनती है। संस्कृतियाँ तो निरंतर मानवीय चेतना के संघात का परिणाम है। यह कोई कृत्रिम स्थिति नहीं है। वस्तुतः इसको समझेंगे तो संस्कृति को समझे बिना पश्चिम और भारत के बीच जो टकराव दिखाई दे रहा है, वह इसी कारण समझ में नहीं आ रहा है।

दोनों की प्रतिबद्धताएँ अलग-अलग हैं, दोनों की प्रतिश्रुति भी अलग-अलग हैं, इसलिए न तो भारतीय संस्कृति यूरोपीय संस्कृति को समाप्त कर सकती है और न ही यूरोपीय संस्कृति भारतीय संस्कृति का खात्मा कर सकती है। खतरा तो अपने को भूल जाने का है।

'हम कौन हैं' इसकी विस्मृति हमेशा मूल्यों की विस्मृति से होती है। इसको भौतिक संदर्भ में और आर्थिक संदर्भ में भी देख सकते हैं। आत्म विस्मृति और पर स्वीकृति द्वारा हमने जो पाया है, इसकी हम लोगों ने बड़ी कीमत चुकाई है। आत्मबोध, विस्मृति के गर्भ में चला गया है तो हमारी प्राप्ति मूल्यहीन हो गई है। यही इतिहासबोध है, इतिहासबोध विकृत होता है तो मूल्यदृष्टि ओझल होती है; और जब मूल्यदृष्टि ओझल होती है तो संस्कृति पराभूत हो जाती है। भारतीय संस्कृति को खतरा इस पराभूत मानसिकता मात्र से नहीं है, बल्कि मूल्य श्रेष्ठता के गौरव की विस्मृति और आत्मबोध के अभाव से भी है। वह कोई दिन नहीं आनेवाला जब सम्राट् अशोक ने जो धर्मदृष्टि दी, वह निरर्थक हो जाए। वस्तुतः वह मूल्यदृष्टि है। अपापी होना, लोगों का कल्याण करना, सच बोलना, पवित्र रहना, दान करना इत्यादि मूल्य दुनिया से खत्म हो गए हैं ? ये मूल्य दुनिया से खत्म नहीं हो सकते हैं। भारतीय संस्कृति में इन मूल्यों की चिंता है। हाँ, यह सबका जीवन कैसे बन सके, इसके लिए यत्न करने पड़ेंगे। एकसूत्रता और एकात्मकता पर आधारित राष्ट्र के लिए युगानुरूप यत्न करने पड़ेंगे।

□

6

विश्व में गूँज रही भारती

विश्व हिंदी दिवस हिंदी के अंतरराष्ट्रीय स्वरूप को जानने और पहचानने का अवसर है। हिंदी एक साधारण भाषा नहीं है। यह केवल भारत में सबसे ज्यादा बोली जानेवाली भाषा ही नहीं, अपितु आज दुनिया की सबसे बड़ी भाषा है। हिंदी और हिंदी के विविध प्रारूपों, पर्यायों की गिनती की जाए तो यह 130 करोड़ लोगों की भाषा है। यह धरती पर सर्वत्र बोली और समझी जानेवाली भाषा है। दुनिया की सबसे बड़ी भाषा मंडेरियन को संख्या की दृष्टि से चाहे जो स्थान दे दिया जाए, बोलनेवालों की संख्या की दृष्टि से हिंदी के बाद ही उसका क्रम है। हिंदी एशिया में बोली जाती है। सऊदी अरब से लेकर बांग्लादेश तक हिंदी का एक बड़ा संसार है तो कैरेबियन द्वीप समूह और उत्तर अमेरिका, इंग्लैंड, कनाडा, ऑस्ट्रेलिया महाद्वीप में, न्यूजीलैंड में विशिष्ट किस्म के हिंदीक्षेत्र हैं, जहाँ ऐसे लोगों की एक बहुत बड़ी संख्या है, जिनकी दूसरी-तीसरी-चौथी भाषा हिंदी है।

यूरोप के विविध देश, जिन्होंने कभी हम पर शासन किया था, आज हिंदी के प्रभाव क्षेत्र में हैं। दुनिया के पच्चीस-तीस देशों में हिंदी बोली-सुनी जाती है, लेकिन आज भी हिंदी को क्षेत्रीय भाषा के रूप में ही मान्यता प्राप्त है, जनपदीय भाषा के रूप में मान्यता प्राप्त है, इसे अंतर महाद्वीपीय और अंतरराष्ट्रीय भाषा नहीं माना जाता है। हिंदी का अंतरराष्ट्रीय स्वरूप केवल जनभाषा के रूप में विकसित हो तो यह सही अर्थों में अंतरराष्ट्रीय नहीं होगा। यह परिदृश्य विविध क्षेत्रों में हालाँकि बदला है। व्यापार का क्षेत्र उसमें सबसे बड़ा है। आज बहुराष्ट्रीय कंपनियों को हिंदी जाननेवाले लोगों की जरूरत है,

लेकिन भाषा के इस फैलाव और प्रभाव को हिंदी भाषा की ताकत नहीं माना जा सकता, यह तो हिंदी जन के बीच विकसित हो रहे बाजार की ताकत है। इसके बावजूद हिंदी का एक स्याह पक्ष यह भी है कि हिंदी के समक्ष बहुत सारी समस्याएँ हैं। इस मामले में तो भारत बहुत कमजोर राष्ट्र है। हम हिंदी को यू.एन. की भाषा बनाना चाहें, विश्व की भाषा बनाना चाहें, उलटकर कोई आपसे यह सवाल पूछे कि 'क्या आप इसे भारत की भाषा बना सके हैं?' वह कठिन नहीं है, इतनी बड़ी संख्या है दुनिया भर के अन्य देशों में, जो हिंदी को सहयोग करती है।

संयुक्त राष्ट्र की भाषा हिंदी हो सकती है, लेकिन वह वास्तव में संयुक्त राष्ट्र की भाषा हो पाएगी क्या? अगर चाइनीज संयुक्त राष्ट्र की भाषा बनी तो इसके पीछे चीन के लोगों ने मंदारिन को पूरे चीन की भाषा बना दिया। हमने हिंदी को भारतीय बनाया क्या? यह सबसे बड़ा लक्ष्य है। संयुक्त राष्ट्र की भाषा होना तो रुपए-पैसे का खेल है, वोट बैंक का खेल है और संयुक्त राष्ट्र की भाषा हो जाने से कामकाज उस भाषा में होने ही लगता है, अरैबिक और चाइनीज में कितना कामकाज संयुक्त राष्ट्र में होता है, यह हम सब जानते हैं, इसलिए संयुक्त राष्ट्र की भाषा होना एक सपना है, भाषा के गौरव के लिए। इस दृष्टि से सोचना एक बात है, लेकिन वास्तव में अंतरराष्ट्रीय भाषा बनने के पूर्व इसे राष्ट्रीय भाषा तो बनना ही पड़ेगा और राष्ट्रीय भाषा के रूप में हिंदी संपूर्ण भारत की भाषा—भारती वाक् के रूप में, भारती वाणी के रूप में जब बनेगी तभी यह संभव है, इसलिए भारत के लोगों की जिम्मेदारी है कि हिंदी विश्व भाषा बने, उसके पहले यह भारती भाषा बने।

हिंदी जब राजनयिक संबंधों और कूटनीति, विज्ञान और तकनीक के शिक्षण की भाषा के रूप में विकसित होगी तभी वैश्विक संदर्भ में अंतरराष्ट्रीय भाषा की मान्यता प्राप्त करेगी। कुछ लोगों को यह लगता है कि यदि हिंदी संयुक्त राष्ट्र संघ की भाषा हो गई तो अंतरराष्ट्रीय भाषा हो जाएगी, किंतु यह सच नहीं है और न ही इसमें सच होने की कोई संभावना है, क्योंकि जो सभी भाषाएँ संयुक्त राष्ट्र संघ की भाषाएँ हैं, वे सभी अंतरराष्ट्रीय भाषा नहीं हैं। क्या

अरबी अंतरराष्ट्रीय भाषा हो गई है ? हो भी नहीं सकती, क्योंकि अंतरराष्ट्रीय भाषा होने के लिए मनुष्य की आवश्यकताओं की पूर्ति की क्षमता उस भाषा में होनी चाहिए, जो अरबी में नहीं है। हिंदी में है, लेकिन विकसित नहीं हुई है।

हिंदीवालों का दायित्व है कि इसके विकास के लिए यत्न होने चाहिए। हिंदी के विकास के यत्न का तात्पर्य केवल कथा साहित्य, काव्य और नाट्य साहित्य, कहानी, उपन्यास, निबंध, आलोचना आदि का प्रचुर लेखन ही नहीं है, अपितु इस यत्न का तात्पर्य है कि योजनाबद्ध रूप से हिंदी में विश्व का समग्र ज्ञान, चाहे वह विज्ञान का हो, तकनीक का हो या समाज विज्ञान का हो, निखर करके सामने आए। ज्ञान के नवोन्मेष के साधन विकसित हों। चुनौती तो यह भी है कि डिजिटलाइजेशन के इस कालखंड में नए माध्यमों पर भाषा की सक्षमता और सुसंगतता प्रमाणित हो, क्योंकि कागज पर लिखने के दिन बीत गए। आज डिजिटल माध्यमों ने रोमन लिपि और अंग्रेजी को वैश्विक भाषा में परिवर्तित कर दिया है तो कृत्रिम मेधा के क्षेत्र में हो रहे नित नूतन अनुसंधान चीनी भाषा को तकनीक की भाषा के रूप में परिवर्तित कर रहे हैं। विश्व स्तर पर हो रहे सामाजिक परिवर्तनों को आकार देने में हिंदी तभी सक्षम हो सकती है, जब इसे डिजिटल संसार की भाषा के रूप में विकसित किया जाए।

इसके लिए जरूरी है कि ऐसी भाषा प्रौद्योगिकी का विकास हो कि हिंदी में तकनीक को समर्थन मिले। चिंता का विषय यही है कि जब पूरी दुनिया हिंदी जानना समझना चाहती है, हिंदी में भाषा शिक्षण उपेक्षित है। एक सौ तीस करोड़ भारतीय और दुनिया भर में 15 से 20 करोड़ विशाल जनसमूह हिंदी में पढ़ना चाहता है, हिंदी में बोलना चाहता है और हिंदी में व्यवहार कर रहा है। उसको बदलते विश्व के साथ हिंदी से जोड़कर रखना एक बड़ी चुनौती है। भारत के संदर्भ में भी विचार किया जाए तो हिंदी अंतरराष्ट्रीय कूटनीति और अंतरराष्ट्रीय संबंधों के विकास का सबल माध्यम हो सकती है। हिंदी भारत के चारों ओर के देशों में सहजता से समझी जानेवाली भाषा है, जन के द्वारा स्वीकार्य भाषा है, इसलिए पड़ोसी देशों के साथ संबंध के विकास का

सबल माध्यम भी है हिंदी। नेपाल, भूटान, बांग्लादेश, म्यांमार और पाकिस्तान वे देश हैं, जिनका अधिकांश जन हिंदी समझता है। हिंदी का यह विस्तार इन देशों के सांस्कृतिक परिवेश को अत्यंत सरलता के साथ भारत की संस्कृति के साथ जोड़ता है।

हिंदी के आधार पर मॉरिशस, मेडागास्कर, फिजी, सूरीनाम, त्रिनिडाड, गयाना जैसे देशों के जन के साथ अंतरराष्ट्रीय स्तर पर साझा संबंध विकसित हो सकता है। जब यूरोपीय भाषाएँ जनभाषा से आदर्श भाषा में संक्रमित होने के लिए संघर्षरत हैं, ऐसे में पूर्वी यूरोप के देशों के लिए भी हिंदी आदर्श भाषा का एक उत्तम विकल्प है। इन सबके लिए जरूरत है कि हिंदी भाषा में मशीनी अनुवाद, मशीन के लिए पढ़ने योग्य सामग्री का निर्माण और हिंदी की विशाल ज्ञान संपदा का डिजिटलाइजेशन, डिजिटल प्लेटफॉर्म पर सफल भाषा संशोधक इत्यादि आवश्यक सुविधाओं और संसाधनों का विकास किया जाए। यह एक ऐसी चुनौती है, जिसको अंतरराष्ट्रीय स्तर पर हिंदी को स्थापित करने के लिए हिंदी भाषा के अध्येताओं को स्वीकार करना पड़ेगा। तकनीक से समानांतर रह कर हिंदी विश्व भाषा नहीं बन सकती है। यह तकनीक के साथ ही संभव है, इसलिए हिंदी भाषा को युग की आवश्यकता के अनुरूप तकनीक के नए व्याकरण की आवश्यकता है। इस चुनौती को पार कर हम निश्चित रूप से हिंदी को भारती वाक् के रूप में विश्व में गुंजायमान कर सकते हैं।

□

शिक्षा का भारतीयकरण और भाषा की राजनीति

7

जीवन को त्राण देनेवाली हो भारतीय शिक्षा

जगत् और अपने परिवेश के संदर्भ में मनुष्य की जो समझ विकसित होती है, वह उसकी परंपराओं और उसके सांस्कृतिक परिवेश से कटकर नहीं होती है। मनुष्य अपने सामाजिक-सांस्कृतिक परिवेश की परिधि में सोचने के लिए बाध्य होता है। इस दृष्टि से बात करें तो हमारी परंपरा मानती है कि जब संपूर्ण प्रलय हो जाता है, तब भी खिल अंश शेष रह जाता है और उस खिल अंश से फिर एक नई सृष्टि रचित होती है। भौतिक स्तर पर विचार करें तो इस जगत् का, जो क्रम है—बीज से वृक्ष होने का क्रम, अपनी भूमिका को पूरा करके वृक्ष समाप्त हो जाता है, लेकिन उसके बीज से वैसा ही वृक्ष निकलता है।

सन् 1791 से 2019 तक भारत में शिक्षा नीति, शिक्षा प्रौद्योगिकी, शिक्षा की भाषा, शिक्षा के स्वरूप, शिक्षा की पैडागॉजी को, इन सब पर विचार करने की दृष्टि से ढेरों समितियाँ बनी हैं। उन ढेरों समितियों के बीच व्यावर्तक रूप में देखा जाए तो उसमें से दो दृष्टियाँ दिखाई देती हैं—एक, जो भारत को यहाँ के परिवेश के अनुरूप भारत के जन की आकांक्षा के अनुरूप, भारत की शिक्षा को बनाने की दृष्टि से सुझाव देती है और दूसरी, जो विश्व के पैमाने पर भारत की भूमिका क्या हो सकती है? भारत की, जो वैश्विक भूमिका है, उस भूमिका को निर्धारित करने की दृष्टि से या विश्व में अपनी पहचान को स्थापित करने की दृष्टि से भारत की शिक्षा दृष्टि क्या हो सकती है? यह दोनों का समवेत रूप होना चाहिए।

भाषा की नीति को लेकर भी यही सवाल खड़े होते हैं। उसमें सबसे बड़ा सवाल—त्रिभाषा फॉर्मूला, जब से इस देश की शिक्षा नीति में आया है, तब से वह संघर्षरत है। त्रिभाषा फॉर्मूला के संदर्भ में अपने आप में विचार करें तो एक स्तर पर जिस त्रिभाषा फॉर्मूला की बात होती है उस स्तर पर भाषा सीखना किसी शिशु या बालक के लिए कठिन काम नहीं होता है। वह एक साथ तीन-चार भाषाएँ सीख सकता है। कॉस्मोपॉलिटन सिटी में तो तीन-चार भाषाएँ सीखते हुए हर बच्चा तीन-चार भाषाओं के मध्य लगातार संक्रमित होता रहता है और वह तीन-चार भाषाएँ सहजता से सीख लेता है। यदि उसकी कोई शिक्षण की प्रविधि स्थापित की जाती है, जो काल एक लंबे अंतराल में होता है, उसको छोटा किया जा सकता है। इस व्यावहारिक भारतीय परिदृश्य के साथ किसी भी शिक्षा नीति ने भाषा नीति पर चर्चा नहीं की है, अगर हम भाषा की बात छोड़ दें, बोलियों (डायलेक्ट्स) पर आते हैं तो शायद ही कोई भारतीय है, जो दो प्रकार की बोली नहीं बोलता है। कोई भारतीय भाषा ऐसी नहीं है, जिसमें तीन-चार तरह की न्यूनतम बोलियाँ नहीं हैं, अर्थात् भाषा को सीखना, भाषा के विविध रूपों को सीखना, भारत में जन्म लिए हुए व्यक्ति के लिए, शिशु के लिए, बालक के लिए एक स्वाभाविक प्रक्रिया का हिस्सा है, सामाजिकीकरण और सांस्कृतिकीकरण की प्रक्रिया का हिस्सा है। उसके लिए शैक्षिक प्रक्रियां की बहुत आवश्यकता नहीं है, लेकिन हमने जो शिक्षा का स्वरूप और शिक्षा का ढाँचा बनाया है, शिक्षा का वह ढाँचा शैक्षिक प्रक्रिया में एक ओर मनुष्य को उजाड़ता है, दूसरी तरफ शिक्षा के क्षेत्र से बाहर, विद्यालय व महाविद्यालय परिसर से बाहर सामाजिकीकरण की प्रक्रिया चलती है, यानी सामाजिकीकरण और शैक्षिक प्रक्रिया के बीच अंतर को बढ़ाता है, वह एक बड़ी कठिनाई है। यह कठिनाई भारत की शिक्षा नीति के अंदर जान-बूझकर लाई हुई है। वस्तुतः शिक्षा परिसर एक साथ मनुष्य के सांस्कृतिकीकरण, सामाजिकीकरण और शैक्षिक प्रक्रिया द्वारा बेहतर मनुष्य के निर्माण के साधन होने चाहिए थे, अगर ऐसा होता तो भाषा जैसे प्रश्न, जो मनुष्य के सामाजिकीकरण, उसके सांस्कृतिकीकरण से अधिक जुड़े हुए हैं;

शिक्षा की प्रक्रिया की अपेक्षा हल हो गए होते।

हमने यह मान लिया कि शिक्षा का तात्पर्य, भाषा का तात्पर्य मातृ और मातृ शिक्षा का माध्यम किसी भाषा में ही प्रस्तुत किया जा सकता है, लेकिन भाषा का प्रश्न समाज निर्माण से जुड़ा है। भाषा का निर्माण संस्कृति निर्माण से जुड़ा है। भाषा का प्रश्न मूल्यबोध से जुड़ा है। भाषा का प्रश्न भारत जैसे बड़े देश में, एक राष्ट्र के रूप में उभरने से भी जुड़ा है। भारतीय संविधान में, जब भाषा का प्रश्न उठ रहा था तो बहुत सारी भाषाओं को लेकर और उस भाषा के आधार पर बननेवाली सारी आदतों, व्यवहारों, खान-पान को हमने संस्कृति के रूप में समझने की गलती की थी। यह यूरोसेंट्रिक सोशियोलॉजी की स्वाभाविक कमजोरी है। इससे बाहर संस्कृति के स्वरूपों को नहीं पाना और इसके कारण से जो गलती हुई थी, उन गलतियों पर ध्यान दिलाते हुए बाबासाहेब डॉ. आंबेडकर ने कहा था कि भारत के अंदर कलह के बिंदु बहुत हैं, कलह पैदा करनेवाले वर्ग बहुत हैं, उन वर्गों के नेता इस संविधान सभा में मौजूद हैं और उनमें से एक का नेता मैं भी हूँ, लेकिन यह सब होते हुए भी भारत के राष्ट्रीयकरण की जो प्रक्रिया है, उस प्रक्रिया का पूरा होना और भारत का एक राष्ट्र के रूप में उभरकर आना, इसकी भवितव्यता है, यह अवश्यंभावी है, यह होकर ही रहेगा, लेकिन भाषा के प्रश्न ने इस भवितव्यता की गति को धीमा किया है, यद्यपि यह रुका तो नहीं है।

राष्ट्र के एकात्म भाव को समझने की कोशिशें भारतीय जन में लगातार तेजी से चली हैं, लेकिन भारत की शिक्षा प्रणाली का इसमें योगदान नगण्य है, यह तो नकारात्मकता है। शिक्षा प्रणाली मनुष्य निर्माण की सबसे बड़ी प्रक्रिया है, वहीं भारतीय शिक्षा प्रणाली राष्ट्र व राष्ट्रीय जीवन निर्माण के साथ ही राष्ट्रीय जीवन जीने योग्य व्यक्ति निर्माण में नकारात्मक, असफल रही हो, परंतु उसके बाद भी यह निर्बाध जारी हो? यह कैसे हो पाया है? इसका कारण बहुत साफ है कि भारत की जीवन शक्ति संस्कृति है। संस्कृति केवल खान-पान, आदत, व्यवहार, बोली और भाषा नहीं है, बल्कि एक जीवन-पद्धति है।

सन् 1917 में दुनिया के बड़े हिस्से में एक भाषा का देश, एक भाषा का राष्ट्र खड़ा करने की कोशिश की गई थी और 30-40 वर्षों में उन्होंने उसको लगभग पा लिया था, लेकिन 1978-79 ई. में उसी राष्ट्र के एक राज्य आर्बीनिया में एक भूकंप आया था और उसी राष्ट्र के दूसरे राज्य अजरबैजान के लोगों ने आर्बीनिया के लोगों के भूकंप की त्रासदी पर खुशियाँ मनाई थीं। दो महीने के बाद वहाँ भी भूकंप आया। लाखों लोग आर्बीनिया से अजरबैजान गए। ईश्वर न्याय करता है, तुम्हारे साथ भी हो गया। भाषा के आधार पर, सभ्यता के आधार पर एक प्रकार की जीवन-प्रणाली के निर्माण की जो कोशिश की गई थी, उस कोशिश का उदाहरण है। संपूर्ण भारत के अंदर हजारों वर्ष के इतिहास में कोई एक घटना या कोई एक अवसर भारतीय समाज के अंदर से नहीं दिखाया जा सकता है। राजनीतिक विद्वेष और उस विद्वेष के आधार पर जन-विरोधी कृत्यों की बात छोड़ दी जाए, लेकिन जन के द्वारा एक भू-भाग के एक क्षेत्र में आई हुई किसी प्राकृतिक आपदा पर दूसरे भू-भाग या दूसरे क्षेत्र के दूसरी भाषा और दूसरे प्रकार के खान-पान, आदत और व्यवहार वाले नागरिकों ने अन्य के दुःख में खुशियाँ मनाई हों, ऐसा कोई उदाहरण नहीं मिलता। इसके विपरीत उन परिस्थितियों में भाषा नहीं जानता, बोली नहीं समझता है, रूप-रंग नहीं जानता है, उनकी आस्थाओं को नहीं जानता है, उनकी श्रद्धा प्रणाली को नहीं जानता है, फिर भी उसकी मदद के लिए खड़ा होनेवाला समुदाय इस देश का नागरिक है। इस ताकत को समझे बिना जब प्रश्न खड़े किए जाते हैं तो उन प्रश्नों का उत्तर मिलना मुश्किल है।

भाषा संबंधी प्रश्न भी भारत की इस भावात्मक एकता, इस सांस्कृतिक प्राण तत्त्व को समझे बिना कि यह देश भाषा की दृष्टि से अलग होने के बाद भी, खान-पान, आदत-व्यवहार, आस्था प्रणालियों से अलग होने के बाद भी कोई एक चीज, कोई एक अमूर्त किंतु नित्य प्रत्यय है, जो निरंतर इस देश-समाज के लोगों में बह रहा है, जो उन्हें एक जन, एक आत्म रूप में भाषित करता है। भाषित करने का सबसे बड़ा साधन तो भाषा ही है। भाषा के सिवाय

कोई प्रकाश कर नहीं सकता है। भाषा के बिना दुनिया में जीवन मुश्किल हो जाएगा, सारा ज्ञान एक ही दिन में नष्ट हो जाएगा। शिक्षा में भाषा के सवाल पर बहस के पीछे का सबसे बड़ा कारण यही लगता है। दूसरा विषय आता है कि हम किसके लिए शिक्षा दे रहे हैं। शिक्षा के लक्ष्य क्या हैं? इस बार की शिक्षा नीति में इसे थोड़ा स्पष्ट करने की कोशिश की गई है कि एक सक्षम व्यक्ति, एक सक्षम समाज और एक समर्थ राष्ट्र बनाने की प्रक्रिया में शिक्षा की क्या भूमिका है? इसको परिभाषित करने की कोशिश पहली बार शिक्षा नीति में की गई है अन्यथा एकांगी दृष्टि से हम विचार कर रहे थे और व्यक्ति सामने था। उस व्यक्ति के रूप में अन्य जो सामाजिक-सांस्कृतिक राष्ट्रीय भूमिकाएँ हैं, ये गौण थीं, नहीं तो दूसरी तरफ पूरे राष्ट्र को, पूरे भारतीय समाज को अंतरराष्ट्रीय परिदृश्य पर किस प्रकार से प्रस्तुत किया जा सकता है, ये प्रश्न थे, यानी दो ही प्रश्न थे—पहला व्यक्ति था और दूसरा अंतरराष्ट्रीय परिदृश्य पर इस देश की परिस्थिति थी। इन दोनों को लेकर भाषा के जो प्रश्न थे, उन प्रश्नों का समाधान करने की कोशिश की जा रही थी। उसके कारण शिक्षा का स्वरूप चाहे जैसा बना हो, भाषा की समस्याएँ खड़ी हुई हैं। व्यक्ति का शिक्षण तो किसी भी रूप में हो जाएगा। कोई भी भाषा सिखा दीजिए, चलेगा, लेकिन हमको दुनिया में खड़ा होना है, दुनिया के सामने आना है और दुनिया में विकसित हो रहे ज्ञान-विज्ञान में हमारी भी भूमिका बननी चाहिए, इसके लिए भाषा का प्रश्न महत्त्वपूर्ण है।

मैं शिक्षाविदों से थोड़ा अलग होकर साधारण आदमी की तरह सोचता हूँ। 70 वर्षों से हम आजाद हैं, हमारी शिक्षा प्रणाली है, हमारा शासन है, हमारा विधान है, हमारी अपेक्षाएँ हैं, हमारी आकांक्षाएँ हैं और हम सबकी जेब में तरह-तरह के उपकरण हैं—सेलफोन से लेकर पेन तक। उपकरण, जो हमारी जेब में हैं, हमारे शरीर पर है, इसमें से किसी भारतीय मन की कल्पना का उपकरण है क्या? हर रोज दुनिया में सैकड़ों पेटेंट होते हैं, उसमें भारतीयों की हिस्सेदारी एक पेटेंट प्रतिदिन की है क्या? दुनिया में एक अंतरराष्ट्रीय भाषा को अपने ज्ञान-विज्ञान की भाषा बनाने मात्र से हम विश्व विजयी राष्ट्र

के रूप में पूर्णता प्राप्त कर सकते हैं! तो जो अपनी पूरी भाषा और संस्कृति, सभ्यता को भूल करके उस भाषा के अनुरूप जीवन ही नहीं जी रहे हैं, सपने भी उसी में देख रहे हैं। उनकी मातृभाषा के रूप में अंग्रेजी जो परिवर्तित हो गई है। ऐसे वेस्टइंडीज के देशों का योगदान दुनिया के पैमानों पर है क्या? स्पेनिश को जिन लोगों ने अपनी मातृभाषा के रूप में परिवर्तित कर लिया है। ऐसे दक्षिण अमेरिकी देशों की भी पूरी दुनिया के पैमाने पर राजनीतिक दृष्टि से, तकनीकी दृष्टि से और वैश्विक सामरिक ताकत होने की दृष्टि से कोई भूमिका है क्या? अफ्रीका के देशों की भी कोई वैश्विक भूमिका है क्या? वे अपनी भाषा, अपनी संस्कृति, अपनी उपासना प्रणाली को भूल गए हैं। उन्होंने उसी अंतरराष्ट्रीय भाषा को अपने चिंतन की भी भाषा बना लिया है।

ये जो सामान्य रूप से पूरी दुनिया के पैमाने पर दिख रहा है, जब हम शिक्षा की नीति का आकलन करते हैं और अंतरराष्ट्रीय स्तर पर अंतरराष्ट्रीय भाषा की वकालत और अंतरराष्ट्रीय स्तर पर भारत की भूमिका ठीक ढंग से निर्धारित हो सके, इस प्रश्न का जब हम विवेचन करते हैं तो पूरी दुनिया में जिस अंतरराष्ट्रीय भाषा को अपनी जीवन की भाषा स्वीकार किए हुए समाज, संस्कृतियाँ और राष्ट्र सैकड़ों वर्षों से जी रहे हैं, उनकी कोई वैश्विक भूमिका नहीं बन सकी है, इस बात को हम ध्यान में क्यों नहीं लाते हैं? फिर बात करूँगा, खत्म हो गए कोरिया की, द्वितीय विश्वयुद्ध के बाद समाप्त हो गए जापान की। ओपियम वॉर से उभरे हुए चायना की भी बात की जानी चाहिए। वैचारिकी के आधार पर, दृष्टिकोण के आधार पर या साम्राज्य विस्तार के आधार पर चाहे हमारा उससे जितना भी विरोध हो, लेकिन अपने राष्ट्रीय जीवन में जो उसकी प्रगति है, ओपियम वॉर के बाद नष्ट हो गई। चीन की जो प्रगति है और वैश्विक स्तर पर ज्ञान-विज्ञान के क्षेत्र में जो उसकी भूमिका या योगदान है, उन योगदानों की चर्चा होती है क्या? तो हम देख सकते हैं कि शिक्षा के क्षेत्र में एक प्रकार की औपनिवेशिक मानसिकता विद्यमान है।

हम औपनिवेशिक मानसिकता में जी रहे लोग हैं। हम अपने लिए 'टर्म ऑफ रेफरेंस' सदा अपने से बाहर रखकर सोचनेवाले लोग हो गए हैं। इस

कारण प्रश्न खड़ा होता है, क्योंकि शिक्षा नीति आई तो एक बड़ी बहस चली थी कि एक तरफ दक्षिण के लोग कह रहे थे कि हिंदी थोप दी जाएगी। दूसरी तरफ उत्तर भारत के हिंदी हर्टलैंड के लोग कह रहे थे कि हिंदी अनिवार्य थी, उसकी अनिवार्यता समाप्त हो जाएगी। यह न थोपने का विषय है और न ही अनिवार्यता को समाप्त करने का। आवश्यकताओं और अपेक्षाओं को समझते हुए तदनुकूल शिक्षा और सोच की भाषा के निर्धारण का प्रश्न है। इसको राजनीति की आँखों से नहीं देखा जा सकता है, क्योंकि संसदीय लोकतंत्र की सबसे बड़ी समस्या क्या है? वहाँ राजनीति, जो नीति बनाती है वह सौ साल का नहीं सोचती है। वहाँ तो शॉर्ट टर्म गोल (लक्ष्य) की बात होती है। तत्क्षण लाभ पहुँचाकर व्यक्ति को हम अपने अनुकूल बना सकें, यही सोच होती है। राजनीति का स्वभाव ही पूरी दुनिया में चल रहा है। कोई इस स्वभाव से सफल हो गया है, इस नाते से वह अच्छा नहीं है, क्योंकि जो सफल हो गया है, उसने पूरी दुनिया के लिए खतरा पैदा किया है तो प्रश्न कई हैं।

एक भारतीय होने के नाते हमारी जिम्मेदारी है, इस विश्व बिरादरी का व्यक्ति होने के कारण भी हमारी जिम्मेदारी है। अपने सांस्कृतिक समूह में अपने सामाजिक परिवेश का व्यक्ति होने के नाते भी हमारी जिम्मेदारी है। इन जिम्मेदारियों का आकलन करते हुए और इन जिम्मेदारियों की पूर्ति में निश्चित रूप से शिक्षा की महती भूमिका है, क्योंकि प्रक्रिया तो यही है—'एजुकेशन इज द ऑनली मैन मेकिंग प्रोसेस'। जब हम मनुष्य के निर्माण की प्रक्रिया की बात करेंगे तो औपचारिक शिक्षा हो या अनौपचारिक शिक्षा हो, शिक्षा का स्वरूप यही है। दूसरी महत्त्वपूर्ण बात है कि जब हम शिक्षा नीति की बात कर रहे हैं तो एक और चीज की बात करनी है। हममें से बहुत सारे लोग एक खेल जरूर देखते हैं। आजकल क्रिकेट की चर्चा हो रही है, मुझे तो सीख ऐसी ही चीजों से मिलती है। पुस्तकों से तो रणनीति समझ में आती है, शिक्षण के लिए कोई चीज समझ में नहीं आती है। प्रौद्योगिकी हो सकती है, रणनीति हो सकती है, लेकिन आजकल ज्ञान मिलना थोड़ा कठिन हो गया है। आजकल प्रौद्योगिकी का विकास ऐसा है कि मैदान पर खिलाड़ी जो बोल रहा होता है,

वह भी हमको सुनाई दे रहा होता है। ग्यारह खिलाड़ी, जो पूरे भारतवर्ष से चुनकर आते हैं, विभिन्न भाषाओं को बोलने वाले लोग हैं। जब विरोधी खेमे के लिए उनको रणनीति बनानी होती है, दूसरे खिलाड़ी को बताना होता है तो किस भाषा का प्रयोग कर रहे होते हैं? यूरोप के अंदर जब एशियाई लोग विशेषकर दक्षिण एशियाई लोग आपस में मिल रहे होते हैं तो अधिकतर किस भाषा का प्रयोग कर रहे होते हैं?

मजेदार बात है कि जिसको हमने कहा कि इस देश में थोपने की साजिश नहीं चलेगी। दुनिया के पैमाने पर जा कर सिर्फ भारतीय नहीं, यह संपूर्ण साउथ ईस्ट एशिया के देश उसी भाषा को स्वीकार करके संवाद करते हैं। इन सब चीजों को तिरोहित करते हुए इन सारे जीवंत उदाहरणों को दरकिनार करते हुए हम अंकगणितीय आधार पर भाषा के प्रश्न को हल करना चाहते हैं। यह कोई सवाल नहीं है कि 57.7 प्रतिशत हिंदी बोली जाती है या 70 प्रतिशत। 110 करोड़ को हिंदी से विरोध नहीं है कि 130 करोड़ को नहीं है कि 70 करोड़ को नहीं है, ये सारे प्रश्न अंकगणितीय प्रश्न हैं। ये सारे यथास्थितिवाद को बनाए रखने के प्रश्न हैं, अगर शिक्षा यथास्थिति को बनाए रखने का साधन या उपकरण है तो उससे व्यर्थ कोई भी चीज नहीं हो सकती है।

शिक्षा आदर्शों की पहचान और तदनुकूल आदर्शों को प्राप्त करने के प्रशिक्षण का रास्ता या माध्यम नहीं है तो ऐसी शिक्षा मनुष्य जाति के लिए सर्वाधिक निरुपयोगी है, किंतु शिक्षा तो ऐसी है नहीं। हमने तो शिक्षा को, शिक्षा के रूप में न समझ करके प्रशिक्षण के रूप में समझा था। हम चाहे जो कहें ये ब्रिटिशर्स बड़े चालाक थे एजुकेशन को लेकर, एजुकेशन लैंग्वेज पॉलिसी को लेकर नहीं। टेक्नोलॉजी पढ़ाने के लिए दुनिया में पहला पॉलिटेक्निक का इंस्टिट्यूशन उन्होंने भारत में स्थापित किया, इंग्लैंड में नहीं किया, जिसको आजकल रुड़की इंजीनियरिंग कॉलेज, बाद में रुड़की आई.आई.टी., आजकल रुड़की यूनिवर्सिटी के रूप में जाना जाता है। यह भारत के अंदर ही नहीं, दुनिया के अंदर पहला पॉलिटेक्निक कॉलेज था और इस प्रयोग के बाद ब्रिटेन में पॉलिटेक्निक और ग्रामर स्कूल का कंसेप्ट आया। उन्होंने पॉलिटेक्निक की

स्थापना की जो मुहिम चलाई, वह अपने इंग्लैंड के स्कूल में नहीं चलाई, उन्होंने वेल्स में चलाई, स्कॉटलैंड में चलाई, आयरलैंड में चलाई। अपने यहाँ वह ग्रामर स्कूल चला रहे थे, क्योंकि उन्हें शिक्षा देनी थी, अगर शिक्षा होगी तो नए लक्ष्यों का निर्माण होगा, अगर शिक्षा होगी तो उन लक्ष्यों को प्राप्त करने के लिए उचित यत्नों की तलाश करनी होगी और तब तकनीक के विकास और उसकी समझ के लिए बहुत यत्न की आवश्यकता नहीं होगी। उन्होंने टेक्नोलॉजी विकसित की। उन्होंने यूरोप के लोगों को बताया कि इंग्लैंड का राज्य कैसा है तो लोक कल्याणकारी राज्य है, पब्लिक वेलफेयर स्टेट है, जो दो-तिहाई दुनिया के शोषण पर आधारित था। हम उस संस्कृति और उस भाषा के आधार पर यदि भारतीय समाज का निर्माण करना चाहते हैं तो जिस प्रकार की एक राष्ट्रीय जीवन में हमको असफलताएँ प्राप्त हुई हैं, उन असफलताओं के सिवाय और कुछ भी प्राप्त नहीं होगा।

मुझे नहीं लगता है कि उच्च शिक्षा में अंग्रेजी के लिए कोई जगह बनती है। माध्यमिक शिक्षा में भी नहीं बनती है। मुझे बता दें कि भारत को एक-दो-तीन जो नोबेल पुरस्कार मिले हैं, कौन दून स्कूल का है, कौन लॉरेंस स्कूल का है ? कोई भी नहीं है तो उनके पैमाने पर भी, उनकी भाषा के माध्यम से जो शिक्षा की प्रणाली हमने विकसित की है उसमें आ नहीं सकती है और हमको दिख रहा हो कि शिक्षा की प्रणाली वही संभव है, जो दुनिया के अन्य नष्ट हो गए, हमारे साथ ही नष्ट हो गए, हमारे साथ ही उदित हुए, आजाद हुए, अपने पैरों पर खड़े हुए दुनिया के तमाम देशों ने अपनी भाषा, अपनी जबान में अपने समाज की आवश्यकताओं को समझते हुए वैज्ञानिक तथा तकनीकी लक्ष्य के साथ सांस्कृतिकीकरण और सामाजिकीकरण की शिक्षा प्रणाली जो विकसित की थी, वह कहाँ पहुँचे हुए हैं ? हम अंतरराष्ट्रीयत्रा के आधार पर कहाँ जाएँगे ? अंग्रेजी बोलने से सोमालिया होने की संभावनाएँ हैं, नामीबिया होने की संभावनाएँ हैं। अंग्रेजी बोलने के आधार पर रोडेशिया या जिंबाब्वे होने की संभावनाएँ बढ़ी हैं तो अब यह प्रश्न उठता है कि इस देश की समस्या का समाधान अंग्रेजी कर सकती है क्या ? यह तो संभव नहीं है। फिर मैं कहूँगा

बाबासाहेब डॉ. भीमराव आंबेडकर ने संविधान सभा में इस बात की पेशकश की थी कि इस देश की भाषा—राष्ट्रभाषा, राजभाषा, राजकीय भाषा सभी एक होनी चाहिए, वह हिंदी हो सकती है, वह संस्कृत हो सकती है, वह गुजराती हो सकती है, वह तमिल हो सकती है, मराठी हो सकती है, तेलुगु हो सकती है। कोई प्रश्न नहीं उठता है।

अब विचार करना है कि इस देश के लिए सहजता से कौन-सी भाषा हो सकती है। बाज़ार और व्यापार के लिए हिंदी चाहिए। बहुराष्ट्रीय कंपनियाँ आती हैं तो आजकल उन्हीं अधिकारियों का चयन करती हैं, जो हिंदी में कुछ रचनात्मक (क्रिएटिव) कर सकते हैं। नोबेल पुरस्कार प्राप्त करनेवाले लगभग सभी भारतीय अपनी प्राथमिक शिक्षा अपनी मातृभाषा में प्राप्त करनेवाले लोग हैं। साहित्य में तो एक ही भारतीय को नोबेल मिला है, वह भी बांग्ला भाषा में था तो हम इन चीजों पर विचार करें कि सांस्कृतिकीकरण की दृष्टि से भी मनुष्य निर्माण नहीं कर सकते हैं। हम तकनीक और औद्योगिक विकास की दृष्टि से भी शिक्षा में तय किए हुए लक्ष्य को प्राप्त नहीं कर सकते हैं, तथापि वह मजबूरी क्या है कि अपनी संस्तुतियों में हमको दबी ज़ुबान से अंग्रेजी की आवश्यकता को स्वीकार करना पड़ता है। राष्ट्र तुष्टीकरण से नहीं बनते हैं, गृहयुद्ध से भी नहीं बनते हैं। यूरोप मानता है कि गृहयुद्ध से ही राष्ट्रों का निर्माण होता है, लेकिन हमने यह नहीं माना है कि गृहयुद्धों से राष्ट्र का निर्माण होता है, हमने यह भी नहीं माना है कि तुष्टीकरण से राष्ट्र का निर्माण होता है और यही दो कारण है कि हम मृत्यु से डर रहे हैं और तुष्टीकरण हमारा स्वभाव सा हो गया है।

भाषा के सवाल पर जन लड़ने के लिए तैयार नहीं है। इस शिक्षा नीति में जो आया है, इसमें लोकतांत्रिक समाज की कुछ मजबूरियाँ हो सकती हैं, लेकिन एक शिक्षाविद् के रूप में जब हम सुझाव दे रहे होते हैं तो हमारी मजबूरियाँ क्या हैं? जिस देश में अध्यापक भी सत्य को स्वीकार करना और सत्य को बोलना बंद कर देगा, फिर सत्य की स्वीकृति की संभावनाएँ कहाँ बनती हैं और वह राष्ट्र तथा समाज कहाँ जाएगा? तो यह हो सकता है,

अभी दिख रहा है कि त्रिभाषा का, जो फॉर्मूला 2016 में सी.बी.एस.ई. ने 'थ्री लैंग्वेज फॉर्मूला' को स्वीकार किया तो तब भी यह बड़ा बवंडर मचा था कि हिंदी तो गई। मातृभाषा अंग्रेजी और हिंदी सहित समस्त भारतीय भाषाओं में से कोई एक अब तमिलनाडु में पढ़ रहे आदमी से विचार करिए, वह क्या करेगा? ज्यादा से ज्यादा वह तमिल लेगा, अंग्रेजी लेगा, क्योंकि आजकल 'वी.आर. तमिल ऐंड इंग्लिश स्पीकिंग पर्संस' ऐसा कहने की आदत बन गई है, वह तो अपनी तमिल भी भूलते जा रहे हैं और कभी-कभी अच्छी तमिल में भाषण हो जाए तो उसका अंग्रेजी में अनुवाद करना पड़ता है, इन परिस्थितियों में आया हुआ समाज है तो वह अंग्रेजी लेगा। स्वाभाविक है उनके पास कोई विकल्प ही नहीं है अंग्रेजी के सिवाय तो तीसरी भाषा क्या होगी? भारत के बाहर की तो नहीं होगी, चुनेगा भी नहीं, अगर उसको बहुत नजदीकी दिखेगी तो मलयालम ले लेगा, कन्नड़ ले लेगा, तेलुगु ले लेगा। उसको अपने शैक्षिक जीवन के विकास में अवसर दिखेंगे तो हिंदी ले लेगा। हिंदी भाषी क्षेत्र में चले जाइए, मातृभाषा क्या होगी? हिंदी होगी, क्योंकि भोजपुरी, मैथिली उसमें नहीं है, 22 भारतीय भाषाओं में है, लेकिन सी.बी.एस.ई. ने जो फॉर्मूला दिया था, उसमें मैथिली या भोजपुरी नहीं है तो हिंदी ले लेगा। अंग्रेजी फिर मध्यम में आती है और फिर कौन-सी भाषा लेगा तो उसको लगेगा कि हिंदी के साथ संस्कृत की बड़ी नजदीकी है। चलो, वह ले लेते हैं और यही वह कारण है।

हमने शिक्षा नीति बनाते समय तकनीक की भाषा क्या होगी, इस पर विचार नहीं किया था और तकनीक की भाषा सर्वाधिक तकनीक के लिए निरुपयोगी अंग्रेजी को हमने 'लैंग्वेज ऑफ टेक्नोलॉजी' के रूप में स्वीकार कर लिया है, जिनको फिजिक्स, केमेस्ट्री, बायोलॉजी सबके लिए अलग आइडियल लैंग्वेज का विकास करना पड़ा था। वह एक ऐसी भाषा है, जो 1903 तक खुद इंग्लैंड में टेक्नोलॉजी की भाषा नहीं थी। फिलॉसफी की भी भाषा नहीं थी। न तो उसमें चिंतन होता था और न ही विज्ञान की पढ़ाई होती थी। पहली पुस्तक अंग्रेजी में जिसको फिलॉसफी की पुस्तक कहते हैं, 1903 में छपी—जी मूर की 'प्रिंसपिया इथिका'। टाइटल फिर भी अंग्रेजी का नहीं बन सका।

हमने मान लिया कि अंग्रेजी तकनीक की भाषा है, वैश्विक भाषा है वगैरह–वगैरह। ऐसा मान कर इस प्रकार से शिक्षा नीति के निर्धारकों ने प्राथमिक रूप से जो भाषाओं की पहचान, भाषा की ताकत की पहचान, भाषा के स्वरूप की पहचान की गलती की है। उस गलती के कारण राजनीति को भी बल प्राप्त हुआ है कि वह विभाजित कर सकती है। यह सही पहचान कि तकनीक की जो भाषा है, विज्ञान की जो भाषा है, वही भाषा सर्वोत्तम हो सकती है, जिसमें साधारण और आदर्श भाषा के बीच भेद न हो, जो हम रोज की बातचीत के रूप में व्यवहार करते हैं। वहीं यदि विज्ञान की भाषा के रूप में व्यवहृत हो सकती है, उपयोग में आ सकती है तो वस्तुतः वही वैज्ञानिक शिक्षण की सर्वोत्तम भाषा है। अंग्रेजी दुनिया की सर्वाधिक असफल भाषाओं में से एक है, इसलिए अंग्रेजी पढ़कर जर्मनी में शोध करने का अवसर नहीं मिलता है, फ्रेंचवालों को भी नहीं मिलता है और अंग्रेजी वालों को फ्रांस में भी शोध करने का अवसर नहीं मिलता है। इन सभी देशों में उनकी भाषा को सीखना बाध्यकारी है। फ्रांस में भौतिकशास्त्र विषय पर शोध करनी हो तो आपको फ्रेंच सीखनी पड़ेगी। जर्मनी में आपको जर्मन सीखनी पड़ेगी, क्योंकि फ्रेंच और जर्मन भी उतनी ही तकनीकी भाषा हैं, जितनी अंग्रेजी है अथवा तीनों नहीं हैं, इसलिए उन्होंने आदर्श भाषा विकसित की, जिसको हिंदी भाषा में पढ़नेवाला भी पढ़ सकता था, अंग्रेजी में पढ़नेवाला भी पढ़ सकता था, जैसे मैथमेटिक्स। मैथमेटिक्स जो प्रतीकों की भाषा है, पूरा एडवांस साइंसेज और टेक्नोलॉजी इसी प्रकार के प्रतीकात्मक और आदर्श भाषा पर विकसित है। उच्चतर विज्ञान और तकनीक का अध्ययन इस प्रतीकात्मक भाषा के सिवाय अन्य किसी भाषा से संभव ही नहीं है। केवल और केवल दुनिया में संस्कृत एक ऐसी भाषा थी, जिसमें इस प्रकार का अंतर करने की जरूरत नहीं है कि कोई प्रतीकात्मक और आदर्श भाषा होगी। कोई साधारण प्राकृतिक भाषा होगी। कोई एक साहित्यिक भाषा होगी, कोई एक विधिक भाषा होगी। इस प्रकार के भेद की जहाँ संभावनाएँ थीं, हमारे पास इस प्रकार के भेद से परे सर्वोत्तम भाषा उपलब्ध है। शायद नहीं हो सकता था, लेकिन कम–से–कम

इस भ्रम से तो मुक्ति प्राप्त हो सकती थी कि अंग्रेजी विश्व के पटल पर खड़े होने के लिए हमारी भाषा है। वस्तुतः अंग्रेजी केवल और केवल कॉमनवेल्थ का सदस्य होने की भाषा है और कॉमनवेल्थ के सदस्यों की बात की जाए तो दुनिया के विकास में निचले पायदान से खड़े हुए राष्ट्रों की सूची बनाई जाए तो नीचे से पचास तक कॉमनवेल्थ सदस्य ही दिखाई देते हैं। इन प्रश्नों का उत्तर शिक्षा नीति यदि राष्ट्र के विकास के लिए, यदि समाज के विकास के लिए, सांस्कृतिक पहचान के निर्माण के लिए, मूल्यों की पहचान, मूल्यों के निर्धारण, मूल्यों के उन्मेष के लिए है तो इसकी प्रतिपूर्ति का साधन जिससे हो सकता था, वह विमर्श हुए बिना मात्र व्यावहारिक होने के कारण इसको स्वीकार कर लिया जाना चाहिए। यह हम सौ वर्ष, हजार वर्ष तक के राष्ट्र के भविष्य के निर्धारण के लिए शिक्षा की नीति नहीं बना रहे हैं। संयोग है कि थोड़ी चीजें इस शिक्षा नीति में दिखाई गई हैं।

दरअसल यह शिक्षा नीति नहीं है, बल्कि शिक्षा नीति का प्रारूप है। यह प्रारूप ढाई वर्षों की मेहनत का परिणाम है। एक तरह से कहा जाए तो साढ़े चार वर्षों की मेहनत का परिणाम है, क्योंकि इसके पूर्व भी प्रारूप को बिना समाज में लाए हुए ही कुछ लोगों ने ठीक न मानते हुए खारिज किया था और इसके बाद एक लंबी चर्चा के बाद यह आया है। इसको एक नीति में बदलने के लिए यदि हम सैकड़ों-हजारों वर्षों के लिए भारत के संबंध में शैक्षिक नीति का निर्माण करना चाहते हैं, शिक्षा के लिए भाषा नीति का निर्माण करना चाहते हैं तो यह कोई जल्दीबाजी का विषय नहीं है। व्यापक सुझावों की जरूरत पड़ेगी और सच यह है कि नीति ऐसी बननी चाहिए कि जन सहमत हो जाएँ। ये वास्तव में उसके कल्याण की नीति है, उसके परिष्कार की नीति है। जब तक जन को यह अनुभव न हो जाए कि यह उसकी अपनी आत्मा से अभिव्यक्त हुई नीति है, तब तक उस नीति का क्रियान्वयन नहीं होना चाहिए। इस विश्वविद्यालय के पक्ष से जन नीति के पक्ष में सुझाव भेजूँगा। नीतिगत विषयों में यह पॉलिसी डॉक्यूमेंट ही है, विजन डॉक्यूमेंट है, एक्शन प्लान नहीं है। इसको एक्जीक्यूट करने की जिम्मेदारी शिक्षकों पर ही आनेवाली है,

क्योंकि शिक्षा की स्वायत्तता और शिक्षकों द्वारा संपूर्ण शिक्षा क्षेत्र नियंत्रित हो, नियमित हो—इसकी संभावनाओं का यह नीति पत्र है। इसमें भारत को समझने की दृष्टि से, भारत के लोगों को शिक्षित करने की दृष्टि से और शिक्षा ही मात्र नहीं है। पढ़ना-लिखना, जोड़ना-घटाना—यह जो शिक्षा का स्वरूप है, इसकी अपेक्षा भारतीय संदर्भों में, भारतीय दृष्टि से शिक्षा को परिभाषित करते हुए स्वामी विवेकानंद कहते हैं कि मनुष्य की अंतर्निहित पूर्णता की अभिव्यक्ति का साधन है, प्रक्रिया है—शिक्षा। इस प्रक्रिया का मेकैनिज्म तैयार हो सके, इसके कुछ बिंदु तो इसमें दिखाई देते हैं, लेकिन यह बात कहनेवाला विवेकानंद कलकत्ता विश्वविद्यालय का स्नातक है, लेकिन मृत्यु के दिन तक पाणिनि की अष्टाध्यायी अपने संन्यासियों को अपने आश्रम में पढ़ानेवाला संन्यासी है—विवेकानंद। पूरी दुनिया के विकास की भवितव्यता करते हुए सैमुअल हटिंगटन जिस बात को 'द क्लैश ऑफ सिविलाइजेशन ऐंड द रिमेकिंग ऑफ न्यू वर्ल्ड ऑर्डर' में बीसवीं शताब्दी के अंतिम दशक 1993 में कहता है कि मैं दुनिया में महायुद्ध देख रहा हूँ और वह तीन प्लेयर्स की बात करता है, उसमें दो प्लेयर्स बदस्तूर जारी हैं। तीसरा प्लेयर जो त्राण देने वाला था, जिसे बौद्ध संस्कृति के रूप में व्याख्यायित करते हैं, वह गायब हो गया है। वह सौ वर्षों में किन आधारों पर गायब हुआ है। उसको गायब करने का कारण, यह मनुष्य को न समझते हुए मनुष्य की भाषा और मनुष्य के अंदर जो अंतर्निहित पूर्णता है, उसकी अभिव्यंजना के साधन के रूप में भाषा को न समझते हुए एक प्रकार का मनुष्य बनाने की जो शिक्षा प्रणाली रही है, उसको जाता है। यही कारण था कि एशिया का बड़ा हिस्सा, यूरोप का वह हिस्सा, जो बौद्ध धर्म पर चलनेवाला था, जो अहिंसा की बात करता था, जो मूल्यों की बात करता था, जो कर्तव्य पर जोर देनेवाला, कर्म पर जोर देनेवाला, इस जगत् में करुणा को मूल्य देनेवाला हिस्सा था, वह हिस्सा गायब हुआ है। उसके स्थान पर एक-दूसरे प्रकार की संघर्षों की चिंतन प्रणाली ने स्थान लिया है और वह संघर्ष दुनिया में बदस्तूर जारी है।

पूरी दुनिया में इन सौ वर्षों में हम जिस शिक्षा प्रणाली की दौड़ में जाना

चाहते हैं, जिस भाषाई आधार पर पूरी दुनिया में हम अपनी पहचान बनाना चाहते हैं, उसका परिणाम रहा है। इन बातों का चिंतन अवश्य होना चाहिए। भारत की शिक्षा प्रणाली को दिशा देनेवाले लोग इन छोटे से समूह के बीच से तैयार होंगे। ऐसे ही छोटा सा समूह इस पॉलिसी को भी बनाने वाला है, इसलिए संख्या महत्त्वपूर्ण नहीं है, विचारों का मूल्य महत्त्वपूर्ण है।

□

8

शिक्षा का हिस्सा बने हमारी विरासत

शिक्षा का उद्देश्य प्रथमतः मनुष्य का निर्माण करना है और मनुष्य का निर्माण अस्मिता और गरिमा बोध से ही होता है। भारतीय शिक्षा सैकड़ों वर्षों से इस दृष्टि से असफल रही है, क्योंकि अस्मिता-बोध और गरिमा-बोध इतिहास-बोध पर निर्भर करते हैं। पूर्वजों के मान-अपमान की गाथाएँ और जय-पराजय की स्मृतियाँ किसी भी समूह में सहज रूप से प्राप्त होती हैं। इसके साथ एक और चीज प्राप्त होती है, जो हमारे पूर्वजों द्वारा हमें उत्तराधिकार के रूप में मिलती है, वह है हमारी विरासत। उसकी विशिष्टता यह है कि उसमें अपमान या पराजय की कोई जगह नहीं होती। विरासत कोई संग्रहालय की वस्तु नहीं है। वह जीवंत थाती है, जो अपने पूर्वजों से जोड़कर हमें स्पंदित और आनंदित करती है। इस विरासत की शिक्षा नहीं दिए जाने पर हमारा पारंपरिक जीवन अंधरूढ़ियों का शिकार हो जाता है।

भारत विविधताओं का देश है। यह विविधता केवल भाषा, बोली, खान-पान, वेशभूषा की ही नहीं है, अपितु विरासत का भी वैविध्य है। अपने ही पूर्वजों की सृजनधर्मिता और कृतित्व में वैविध्य के आधार पर संघर्ष की स्थिति भी बनती है। भारत में ऐसा हुआ भी है। विरासत सबकी होती है, लेकिन समय के साथ परंपरा को, इतिहास को, विरासत को साझा समझा जाने लगा। भारतीय विरासत चाहे ज्ञान सिद्धांत के रूप में हो, विविध प्रकार के कौशल के विकास के रूप में हो, स्थापत्य के रूप में हो वह साझी नहीं, सबकी है। जब सब सबका है तो हेय कुछ भी नहीं है, लेकिन जो हमारा है, वह हमारे लिए किस तरह उपादेय है, यह जानना जरूरी है। विरासत

हमें प्राप्त होती है, उसे हम गढ़ नहीं सकते, इसीलिए विरासत को समझने के लिए शिक्षण आवश्यक है। दुर्भाग्य से भारत में विरासतें और परंपराएँ साझेपन के आधार पर समझी गईं। हिस्सेदारी के आधार पर समझी गईं। जब हिस्सेदारी आएगी तो अपने हिस्से का दुर्गुण भी लेकर आएगी। यही हुआ हमारे देश में। हमने परंपरा को बाँट दिया, विरासत को बाँट दिया।

भारत की विरासत को कैसे समझा जाए, इस पर सर्वोच्च न्यायालय का निर्णय आया है। अयोध्या में रामलला को विधिक पक्ष स्वीकार करना और उसके आधार पर भारत में सबकी विरासत के रूप में रामलला को स्वीकृत करनेवाला निर्णय विरासतों को देखने की एक सम्यक् दृष्टि देता है। राम को कुछ लोग ईश्वर, कुछ इमामे-हिंद मानते हैं तो यह स्वीकृति को साझा करना है, लेकिन जब सब उन्हें अपना पूर्वज, पूर्वजों में श्रेष्ठतम स्वीकार करते हैं तो यह परंपरा और इतिहास के गौरव से स्वयं को गौरवान्वित करना है। इसके लिए एक विशिष्ट प्रकार की शिक्षा का स्वरूप सामने लाना होगा, जिसमें यश और कीर्ति का इतिहास होगा, जय का इतिहास होगा। जो कुछ हमारे लिए गौरवशाली है, उसका भी अपना कोई न कोई इतिहास होगा। इसका यह आशय नहीं कि जय के साथ पराजय का इतिहास नहीं होगा। यश-कीर्ति के साथ अपनी गलतियों-अपयश का इतिहास नहीं होगा, किंतु दोनों शिक्षण के लिए होंगे, ताकि गलतियों को सुधारा जा सके और कलंक के हिस्से का प्रायश्चित किया जा सके। यह स्वाभाविक तौर पर जीवंत समाज करता रहा है, लेकिन कहीं-न-कहीं हम वर्षों तक अंधकार में रहे हैं। स्पष्ट लक्ष्य के न होने का यह अंधकार है। जब तक प्रकाशपुंज के रूप में सामने कोई लक्ष्य नहीं होता है तब तक मनुष्य अँधेरे में हाथ-पाँव मारता रहता है। विरासत, परंपरा, मान बिंदु—ये ही वे लक्ष्य है, जहाँ मनुष्य जाना चाहता है, बल्कि उसके भी पार जाना चाहता है। बेहतर बनने और बनाने के लिए श्रेष्ठ रचना चाहता है, लेकिन उसके लिए विरासत को जानना और मानना पड़ेगा।

समाज को जीवंत परंपरा और विरासत के अनुकूल बनाना पड़ेगा,

इसलिए जरूरी है कि आज भारत में शिक्षा को उस अधिष्ठान पर खड़ा किया जाए, जिसके मूल में हजारों-हजार वर्ष से भारतीय जन द्वारा तप और बलिदान द्वारा श्रेष्ठतम सांस्कृतिक परंपराएँ विकसित हुईं। ये सांस्कृतिक परंपराएँ, अद्वितीय दर्शन और सबको समाविष्ट करते हुए सबके हित का विचार करनेवाली संस्कृति निर्मित हुई, वही भारत की विरासत है। उस विरासत का एक छोर स्थापत्य में मिलता है, जहाँ अनगढ़ और जड़ पत्थर से ऊपर उठते हुए मंदिर के कलश के रूप में विशुद्ध चेतना विद्यमान रहती है।

एक पुरातत्त्ववेत्ता जमीन के नीचे दबी हुई दुनिया में खोज करते हुए किसी पत्थर, सिक्के, शिलालेख या प्रतिमा के रूप में ऐसा खजाना पा लेता है, जिसमें गौरवशाली इतिहास झाँकता है। मोहनजोदड़ो की योगी प्रतिमा से लेकर सारनाथ की बुद्ध प्रतिमा में ज्ञान की गौरवशाली विरासत का दर्शन भी सहज होता है। विरासत को समझने के लिए लोक जीवन की ध्वनि को समझते हुए शिक्षण की आवश्यकता है, वरना विरासत के आधार पर लड़ाई होगी। हमें नहीं भूलना चाहिए कि हम विरासतों के आधार पर लड़े हैं। वर्ष 1857 के पहले भी लड़ते थे, फिर साथ आ जाते थे। वर्ष 1857 के बाद जब विरासतों के बोध से विहीन शिक्षा मुख्यधारा की शिक्षा हो गई, प्रधान शिक्षा हो गई तो हम विरासत के आधार पर लड़ने लगे। अपनी-अपनी विरासत को साझा बनाने के लिए लड़ने लगे। भाषा के स्तर पर हम सब जो हम थे, मैं और तुम के रूप में सामने आने लगे।

अयोध्या पर सर्वोच्च न्यायालय के निर्णय के बाद आज विरासतों को समझने के लिए पूरे देश में एक दृष्टि बनती हुई दिखाई दे रही है। पूर्वजों के महनीय कृतित्व में विश्वास जगाने और गलतियों को सुधारने की जिम्मेदारी भी हमारी है। इन जिम्मेदारी को पूरा करने के लिए शांतिपूर्ण सामाजिक सह-अस्तित्व में जैविक स्पंदन होगा, इसलिए घरौंदों से बाहर निकालने और त्राण देनेवाली शिक्षा की जरूरत है। उस शिक्षा की जरूरत है, जो भारतीय जनों को विरासत की सारस्वत महत्ता का बोध कराए, शील का संस्कार दे, शिष्ट मर्यादाओं और आदर्शों की ओर उन्मुख करे। तभी वैचारिक और ऐतिहासिक

दीनता से मुक्ति मिलेगी और शिक्षा राष्ट्रीय अस्मिता की पहचान का उपक्रम बनती नजर आने लगेगी। वह शिक्षा देशवासियों को परंपरागत धार्मिक, नैतिक और सामाजिक मूल्यों के प्रति सुमुख भी बनाएगी।

(दैनिक जागरण)

□

9

समकालीन दौर में शिक्षा की चिंता

समकालीन दौर में शिक्षा पर विमर्श किए जा रहे हैं। नव कोरोना वायरस की महामारी ने संपूर्ण विश्व सभ्यता के सामने अनेक प्रश्न खड़े किए हैं। ज्ञान केंद्रित समाज के वैश्विक भ्रम को ध्वस्त कर दिया है। दुनिया का समूचा ज्ञान-विज्ञान एक विषाणु से परास्त सा हो गया है। एक तरह से समकालीन सभ्यता के सभी उपागम व्यर्थ सिद्ध हो गए हैं। समूची मानव प्रगति पर लॉकडाउन हो गया है। यही स्थिति शिक्षा की भी है। प्राइमरी स्कूल से लेकर विश्वविद्यालय तक सब पर तालाबंदी है। भारत जैसे युवा देश के लिए मानव विकास और आर्थिक प्रगति के साथ-साथ सामाजिकीकरण का एकमात्र सहारा शिक्षा है, किंतु दशकों से उपेक्षित शिक्षा वायरस के प्रहार से बिखर गई है। ऐसे में शिक्षण संस्थाओं के सामने गहरा अँधेरा है। भारत के बाल, तरुण, युवा विद्यार्थियों को अपने भविष्य के सपने सजाने के लिए आवश्यक शिक्षा मिलेगी? देश में आर्थिक गतिविधियों को शुरू करने की चिंता सभी को है पर जिसके बल पर आनेवाले 30-40 साल आर्थिक गतिविधियाँ चलने वाली हैं, उस पर चर्चा नहीं हो रही है।

एक सहज रास्ता निकालने की कोशिश की गई है। कक्षाएँ नहीं चल सकती, समूह में शिक्षण नहीं हो सकता। प्रत्यक्ष शिक्षण की हजारों वर्षों की परीक्षित प्रणाली से पढ़ाई नहीं हो सकती तो ऑनलाइन विकल्प खुला हुआ है। भारत जैसे देश के लिए ऑनलाइन शिक्षा, शिक्षा के आभासी पर्याय तथा वैकल्पिक साधन तो हो सकते हैं पर यह शिक्षा का मुख्य पर्याय नहीं हो सकते, ठीक वैसे ही जैसे भोजन में चटनी और अचार भूख जगा सकते हैं,

स्वाद निर्मित कर सकते हैं, पर न भूख को शांत कर सकते हैं, न पोषण को। कोरोना के इस कालखंड में शिक्षण के सभी डिजिटल माध्यम वैसे ही हैं, जैसे अकाल में अन्न के अभाव में भूखे मनुष्य को विटामिन के कैप्सूल पर जिंदा रखने की कोशिश की जाए। भारत जैसे देश के लिए यह भी विचार करना होगा कि शिक्षा केवल बौद्धिक क्षमता, कौशल और तकनीकी दक्षता के लिए नहीं है, अपितु वह मनुष्य निर्माण और मनुष्य के सामाजिकीकरण की प्रक्रिया भी है।

सोशल डिस्टेंसिंग की सभ्यता में आभासी विश्व के अध्ययन-अध्यापन में आनेवाली पीढ़ियों का सामाजिक शिक्षण कैसे होगा। क्या ऑनलाइन का पर्याय वर्तमान पीढ़ी को आभासी जगत्, आइसोलेशन में रहनेवाला व्यक्ति नहीं बना देगा? मनुष्य के स्थान पर मशीन को शिक्षक के रूप में देखनेवाले लोग किसका अनुसरण करेंगे? श्रेष्ठ मनुष्य बनने की प्रक्रिया में सहस्राब्दियों से चले ब्लैकबोर्ड से व्हाइट बोर्ड के रास्ते होते हुए मदरबोर्ड पर विकसित हुई शिक्षा कितनी संवेदनहीनता का समाज बना सकती है, इसका अनुभव पूरी दुनिया ने किया है।

कोरोना के छोटे कालखंड में सभ्यता की यांत्रिकता के संकट ने मानव-मूल्यों को तार-तार किया है। यदि आनेवाले दिनों में इस वायरस से लड़ते हुए सोशल डिस्टेंसिंग को लंबे समय तक चलाना होगा तो तात्कालिक रूप से शिक्षा को छोड़कर सभ्यता की सभी व्यवस्थाएँ चल जाएगी पर शिक्षा जो सहजीवन, सहअस्तित्व और समानुभूति की सामाजिक मूल्य व्यवस्था का एकमात्र उपागम है, वह नहीं चल पाएगी और यदि एक वर्ष भी ऐसा हो गया तो वैश्विक स्तर पर सामाजिक व्यवस्था हो जाएगी, क्योंकि एक वर्ष का समय एक पूरी पीढ़ी को आभासी जगत् का मनुष्य बना देगा। मानविकी और समाजविज्ञान नष्ट हो जाएगा और केवल विज्ञान-तकनीक के आधार पर मनुष्य का निर्माण नहीं हो सकता। यह आवश्यक है पर इससे अधिक आवश्यक है—मनुष्य। मनुष्य यंत्र मानव न हो जाए, इसके रास्ते तलाशने होंगे और रास्ता यही है कि शिक्षा को केवल सरकार के भरोसे नहीं छोड़ा

जाना चाहिए, बल्कि उसे सामाजिक उत्तरदायित्व के रूप में जन चेतना का हिस्सा होना चाहिए।

सभ्य, सुसंस्कृत मनुष्य बनाना प्रत्यक्ष शिक्षण से ही संभव है। प्रत्यक्ष शिक्षण तभी संभव हो पाएगा, जब आर्थिक गतिविधियों की अपेक्षा शैक्षिक गतिविधियों को प्रारंभ करने के प्रति गंभीरता दिखे। केवल वर्तमान की सहूलियतों के लिए मनुष्य के भविष्य को अनदेखा नहीं किया जा सकता। मानव सभ्यता का इतिहास वर्तमान में कष्ट सहकर भविष्य को सुखमय बनाने का इतिहास है और सभी कालों में शिक्षा इसका एकमेव साधन रही है पर ज्ञान केंद्रित विश्व के कालखंड में यह उपेक्षित है, इसके दुष्परिणाम हमें एक अँधेरे में डूबती मानव सभ्यता के रूप में भोगने पड़ सकते हैं, अतः यह वह समय है, जब भविष्य को सुखमय बनाने के यत्न किए जाएँ और शिक्षा को समग्रता में प्रारंभ किया जाए, जिसमें प्रत्यक्ष शिक्षण के साथ अन्य पर्यायों की संभावना तो हो, पर पर्यायों में ही शिक्षित होने की बाध्यता न रहे।

(लोकमत समाचार, 22 मई, 2020)

□

10

खत्म हो जाएगी भाषा की राजनीति

'निज भाषा उन्नति अहै, सब उन्नति कौ मूल। बिन निज भाषा-ज्ञान के, मिटत न हिय कौ सूल।' भारतेंदु हरिश्चंद्र की ये पंक्तियाँ हिंदी का वास्तविक संदर्भ हैं। उन्होंने इन पंक्तियों के माध्यम से जिस उद्‌देश्य को परिकल्पित किया है, वह हिंदी का यथार्थ और विस्तार है। निस्संदेह आज हिंदी वैश्विक भाषा के रूप में स्थान बना रही है, लेकिन जब हम हिंदी की वैश्विक स्थिति की बात करते हैं तो हमें उन मानदंडों को सामने रखना होता है, जिससे आधुनिक तकनीक के समय में कोई भाषा अपना स्थान ग्रहण करती है।

भारत में भाषाई संकट, यह कल्पित प्रश्न है, कृत्रिम है, बनाया हुआ है। इसका कोई राजनीतिक आधार तो हो सकता है, परंतु जन में नहीं है। वस्तुतः जब से हम लोग भाषा की बहुलता को लेकर चिंतित हुए हैं, अनेक भाषाएँ लुप्त हो गई हैं। विविध जनजातियों की भाषाएँ लुप्त हो गई हैं, जिसमें कुछ महत्त्वपूर्ण भाषाएँ नष्ट हुई हैं। पाकिस्तान आक्रांत जम्मू-कश्मीर के एक बड़े क्षेत्र में बोली जानेवाली भाषा 'बल्ती' का अस्तित्व नहीं रहा। गिलगित में बोली जानेवाली 'शीना' का अस्तित्व नहीं रहा और सैकड़ों, हजारों भाषाएँ भारत सहित एशिया के तमाम देशों से लुप्त हो चुकी हैं, क्योंकि उनके पास लिपि नहीं है।

लिपि की श्रेष्ठता के आधार पर भाषा की श्रेष्ठता लाने की रोमन परंपरा है। भाषाई साम्राज्यवाद की परंपरा ने बहुत कुछ बदल दिया है और आज के संदर्भों में बात करें तो ऐतिहासिक बहुप्रचलित भाषाओं के समक्ष भी खतरा उत्पन्न हुआ है। हिंदी के जाने कितने प्रारूप समाप्त हो गए। एक हजार वर्षों

के हिंदी के इतिहास को देखें तो 60-70 वर्षों से लगातार हिंदी के विविध प्रारूपों के खात्मे का अभियान चला है। हिंदी की विविध बोलियों को अलग भाषा के रूप में पहचान दिलाकर विभाजन किया गया, हिंदी के मानकीकरण के अभियान के दौरान भी, जो शैली की विभिन्नताएँ थीं, सभी खत्म हुई हैं। इसके विपरीत जिनका विस्तार करना था, उनमें समानता नहीं होने पर भी एक मान लिया गया। उदाहरणस्वरूप भारत में बोली जानेवाली अंग्रेजी और ऑस्ट्रेलिया में बोली जानेवाली अंग्रेजी, लेकिन इस सबको दुनिया ने एक भाषा के रूप में लिया।

हिंदी भाषा के विकास को लेकर हमें सबसे पहले जिस बात को समझना है, वह है—भाषा का तकनीकी पक्ष। आज का समय समृद्ध डिजिटल प्लेटफॉर्म का है और जो भाषा डिजिटल प्लेटफॉर्म पर नहीं चल सकती, उसका जिंदा रहना मुश्किल है। हिंदी इस मानक पर बहुत आगे निकल चुकी है। आज की हिंदी दुनिया की बड़ी भाषाओं के समानांतर डिजिटल प्लेटफॉर्म पर चलते हुए श्रेष्ठतम साबित हो रही है। जब हम किसी भाषा की विकास प्रक्रिया की चर्चा करते हैं तो हमें ध्यान रखना चाहिए कि भाषा का विस्तार कोई जड़ प्रक्रिया नहीं, अपितु एक विकासशील प्रक्रिया है, जो निरंतरता में होती है। हिंदी की विशेषता है कि यह समय के साथ होनेवाले परिवर्तनों को स्वीकार भी कर रही है। यही वजह है कि भारत समेत दुनिया के जिस हिस्से में भी भारतवंशी हैं, वहाँ हिंदी किसी-न-किसी रूप में मौजूद है।

हमें इस भ्रम से भी बाहर निकलना चाहिए कि भारत के गैर-हिंदी प्रदेशों में हिंदी को लेकर किसी तरह का संघर्ष और विरोध है। इसमें सिर्फ दृष्टि का अंतर है, जैसे ही हिंदी के विरोध की बात होती है, हमारे मन में गुजरात और महाराष्ट्र नहीं आते, बल्कि हम सीधे दक्षिण को देखते हैं। तमिलनाडु में हिंदी के लिए विरोध बिल्कुल नहीं है, बल्कि वहाँ सिर्फ भाषाई राजनीति के दुष्परिणाम देखने पड़ रहे हैं। उम्मीद यही करनी चाहिए कि जिस तरह से राजनीति से 'जाति की राजनीति' बाहर होती जा रही है, वैसे ही भाषा की राजनीति भी धीरे-धीरे खत्म हो जाएगी।

पूरे स्वाधीनता आंदोलन में हिंदी को लेकर किसी भी तरह का न तो विरोध रहा है और न ही ऐसा कोई भाव। स्वाधीनता आंदोलन के समय हिंदी देश की जुबान के रूप में विकसित हुई, लेकिन स्वतंत्रता के बाद इसका रूप भी बदलता गया। अंतरराष्ट्रीय स्तर पर ज्ञान-विज्ञान को बनाए रखने के लिए अंग्रेजी को बनाए रखने का निर्णय किया गया। यह भी अहम सवाल है कि जब भारत आजाद हुआ उस समय कई ब्रिटिश उपनिवेशों को आजादी मिली। इनमें अफ्रीका भी था। अफ्रीकी देशों ने अंग्रेजों की न सिर्फ भाषा, बल्कि संस्कृति को भी हू-ब-हू स्वीकार कर लिया। अब यह सोचना चाहिए कि विकास की दृष्टि से वे आज कहाँ खड़े हैं? वे सभी अविकसित राष्ट्रों की गिनती में हैं। अब एशिया के कुछ देशों के संबंध में भी जानना चाहिए। कोरिया, जापान और चीन भारत के आसपास ही आजाद हुए और आज कहाँ खड़े हैं? जब इजराइल उदित हुआ तो उसके पास अपना कुछ भी नहीं था, लेकिन उसने 'हिब्रू' में ही काम करने का निर्णय लिया। आज दुनिया में प्रतिवर्ष सर्वाधिक पेटेंट करानेवाला देश इजराइल है। भारत में जो भी तकनीक इस्तेमाल होती है, वह या तो चीन-जापान की है या फिर कोरिया की। हमने वही भाषा सीखी, जो अंग्रेजों की थी। ऐसा क्यों हुआ, इस पर भी विचार करना चाहिए।

आज हिंदी जहाँ खड़ी है, उस पर गर्व किया जा सकता है, लेकिन हिंदी के तकनीकी पक्ष को लेकर बहुत कुछ करने की जरूरत है। हिंदी को लेकर नए सॉफ्टवेयर, शब्दकोश आदि और विकसित करने होंगे। कोई भी भाषा न तो सरल होती है और न ही कठिन। सरल और कठिन होना शब्दों के प्रयोग पर निर्भर करता है। जो शब्द प्रयोग में होते हैं, वे आसान हो जाते हैं और जिनका प्रयोग नहीं होता, वे कठिन लगने लगते हैं। हिंदी के विस्तार के लिए शब्दों को और आसान करना होगा। आज हिंदी का दायरा लगातार बढ़ रहा है, जिसे सही दिशा में और आगे बढ़ाने की आवश्यकता है।

हिंदी को अंतरराष्ट्रीय भाषा के रूप में विकसित करने का सपना, भारत का बहुत पुराना सपना है। बिना किसी सरकारी प्रयास के केवल पूरे देश में और दुनिया में वे भारतीय, जो हिंदी बोलते हैं, हिंदी से प्यार करते हैं, हिंदी

जानना चाहते हैं, सीखना चाहते हैं, उनके लगाव और ललक के कारण हिंदी का मान बढ़ा है। अब लगाव और ललक रखनेवाले लोगों तक उचिंत अध्ययन सामग्री पहुँचे, इसके लिए हमें नेटवर्किंग करनी होगी। दुनिया के तीस से अधिक देश हैं, जहाँ हिंदी बहुत लोकप्रिय भाषा है। सरकार के संरक्षण के बिना भी हिंदी बाजार और परिवार में व्यापक स्तर पर चलती है और अभी तो चमत्कार हुआ है। सऊदी अरब ने हिंदी को तृतीय राजभाषा के रूप में स्वीकार कर लिया है तो इस चमत्कार के क्षण में हमारी जिम्मेदारी भी बढ़ती है कि केवल भाषा के रूप में हिंदी को न समझा जाए। जो भारतीयता की संस्कृति है, जो भारत की बहुलवादी जीवन प्रणाली है, भारत की जो समन्वयकारी दृष्टि है, प्रकृति के साथ मनुष्य के रिश्तों को एक विशिष्ट आध्यात्मिक आकार देनेवाली जो जीवन प्रणाली है, वह हिंदी के माध्यम से पूरे देश में और दुनिया में जानी चाहिए। अगर ये भेजने का प्रयास होता है तो हिंदी का कहीं भी विरोध नहीं होता। भारत के अंदर अगर हिंदी का विरोध है तो केवल भाषा के नाम पर है, संस्कृति के नाम पर नहीं है। कोई तुलसी, कबीर, रसखान या मीरा का विरोध नहीं करता। हिंदी इनके माध्यम से जब जाती है, इनकी जीवन-दृष्टि में जाती है तो अविरोधपूर्वक जाती है।

हमने हिंदी को सिर्फ सरकारी कामकाज की भाषा के रूप में पूरे भारत में ले जाने की कोशिश की। इस नाते जिनको सहूलियत थी अंग्रेजी में काम करने की, जो औपनिवेशिक मानसिकता से इस देश को चलाए रखना चाहते थे, उन लोगों ने हिंदी के विरुद्ध वातावरण बताया। आज गांधी की दृष्टि, विनोबा की दृष्टि पूरे विश्व को त्राण देनेवाली दृष्टि हो सकती है। उस दृष्टि के साथ जब हिंदी भाषा जाती है और वह दृष्टि हिंदी भाषा के माध्यम से ही जा सकती है तो हिंदी की भी स्वीकार्यता बनेगी और भारतीयता की भी स्वीकार्यता बढ़ेगी।

(राजस्थान पत्रिका, 14 सितंबर, 2019)

□

11

हिंदी भाषा में है बड़ी संभावनाएँ

आज हममें एक प्रकार की ग्रंथि समा गई है कि हिंदी पढ़कर रोजगार नहीं मिलेगा, यह एक प्रकार से मिथ्या है। हिंदी का फलक विस्तृत है। आज हिंदी भाषी क्षेत्रों में भी अध्ययन-अध्यापन का तरीका बदला है, जिसका असर हिंदी पर पड़ा है। व्याकरण हिंदी का कारखाना है और अनुशासन भी। यदि आप में अनुशासन नहीं हो तो आप शब्दों के साथ नहीं खेल सकते हैं। जब ऐसा होता है तो भाषा अपने आप में बोझिल हो जाती है। हिंदी के साथ दिक्कत यह रही है कि यहाँ शब्द जनमे, पले-बढ़े और लंबे समय तक इस्तेमाल हुए और फिर एक-एक कर मर गए। जब हिंदी को उन्हीं शब्दों की जरूरत पड़ती है तो अंग्रेजी से उधार लेने की नौबत आन पड़ी। हिंदी से जुड़े चिंतकों को इस दिशा में कार्य करना होगा, हालाँकि अंग्रेजी ने भी हिंदी के कई शब्दों को अपनाया है।

सत्तर वर्षों में हिंदी भाषा की विशेषज्ञता रखकर उसकी उच्च शिक्षा के क्षेत्र में काम करनेवाले लोगों ने भाषा पर विचार किया है क्या? साहित्य और भाषा के बीच कोई भेद है कि नहीं! आजादी के बाद लगातार काम होना भाषा की दृष्टि से हिंदी के क्षेत्र में बंद हुआ और पिछले 30 वर्षों से तो भाषा की दृष्टि से हिंदी के क्षेत्र में कोई कार्य नहीं हुआ है, अगर किसी भाषा में सात्मीकरण की शक्ति बढ़ानी है, भाषा में शब्द-संपदा का विस्तार करना है तो यह एक निरंतर प्रक्रिया है। उस निरंतर प्रक्रिया की दृष्टि से कार्य हुआ है क्या?

देशभर में हिंदी का प्रयोग होना चाहिए, हिंदी में पढ़ाई होनी चाहिए।

इसकी माँग सब जगह चल रही है। हिंदी का व्यवहार होना चाहिए वगैरह-वगैरह और आज अखबार भरे पड़े हैं। इसमें भी कोई कारण नहीं है कि सब होते हुए भी हिंदी का विस्तार हुआ है। ये सब होते हुए भी हिंदी सभी भारतीय भाषाओं को साथ ले करके बढ़नेवाली भाषा बनी है क्या? आज हिंदी डॉमीनेशन, जैसी अवधारणा टूट रही है, अगर हिंदी ने अंग्रेजी को भी भारतीय भाषा स्वीकार करते हुए उसके साथ भी वैसा व्यवहार किया होता तो उसका भी डॉमीनेशन टूट गया होता। अब ये क्यों नहीं होता है, इसलिए नहीं होता है क़ि हम स्लोगन तो कर रहे होते हैं कि यह बहुभाषिक समाज है। यह सच है, लेकिन बहुभाषिक समाज तब होगा, जब समाज के हर हिस्से में बहुभाषिकता हो, ऐसा है क्या? यदि शासकीय प्रयासों को छोड़ दिया जाए, हिंदी फिल्मों और रेलवे को छोड़ दिया जाए तो वास्तविक संदर्भों में इस देश में बहुभाषिकता है क्या? हिंदी के बड़े अध्यापक उसमें से कितने अपनी हिंदी के अतिरिक्त अन्य भाषाएँ जानते हैं, अगर वह हिंदी भाषी क्षेत्र से नहीं हैं तो यह वह सवाल है, जिसका उत्तर महात्मा गांधी अंतरराष्ट्रीय हिंदी विश्वविद्यालय को देना पड़ेगा, क्योंकि हिंदी के एक-दो विश्वविद्यालय तो और बन गए हैं और एक की घोषणा कोलकाता में हो गई है, फिर भी इन सारी चीजों को लेकर निश्चित रूप से इस विश्वविद्यालय की जिम्मेदारी बनती है क्या? ये जो 20 वर्षों का कार्यकाल है, हमने इस कार्यकाल में बहुभाषिकता को बढ़ाया है क्या? इसको जगह दी है क्या?

निश्चित रूप से हिंदी को राजभाषा बनाना, उस स्तर पर तो इस देश के भावनाओं की अभिव्यक्ति भी नहीं थी। एक तरह से विधि द्वारा हिंदी को राजभाषा बनने का, जो अवसर प्राप्त हुआ है, उसको राजनीति ने किस ढंग से खत्म किया है! भाषा के आधार पर राज्य बनाने की जो प्रक्रिया थी, उसने भारत में भाषाई राष्ट्रवाद के सिद्धांत को क्षेत्रीय स्तर पर उतार दिया। 1930 में कांग्रेस जब संपूर्ण स्वतंत्रता की घोषणा करती है तो उस अधिवेशन की भाषा हिंदी है। वह नेहरूजी की अपनी हिंदी है, गांधीजी की अपनी हिंदी है, मालवीयजी की अपनी हिंदी है। हिंदी के रूप-भेद हैं, लेकिन उस पूरे पंजाब

में हो रहे, लाहौर में हो रहे, उस अधिवेशन की भाषा हिंदी है। कोई उसको जातीय भाषा कहता है, कोई उसको हिंदुस्तानी कहता है, कोई उसको हिंदी कहता है, लेकिन इस देश में जब संपर्क की, संवाद की, शिक्षा की एक भाषा हो।

1904-05 ई. में जब काशी हिंदू विश्वविद्यालय की संकल्पना हो रही थी, मालवीयजी ने हिंदी के माध्यम से पढ़ने-पढ़ाने के लिए पहला विश्वविद्यालय बनाने का निश्चय किया था, लेकिन उसके लिए चार्टर नहीं मिला। तत्कालीन वायसराय ने जब साफ शब्दों में मालवीयजी को बता दिया तो उसके स्वरूप में परिवर्तन आया। उसके साथ ही 1909 में जब हिंदी साहित्य सम्मेलन की शुरुआत हुई तो उसके पहले अध्यक्ष भी मालवीयजी बने और दसवें के अध्यक्ष भी मालवीयजी ही रहे। पहले से दसवें के बीच वह हिंदी के भाषिक विकास का मूल्यांकन दसवें सम्मेलन के अधिवेशन में प्रस्तुत करते हैं। वहाँ पर वह हिंदी को केवल हिंदी के रूप में नहीं, समस्त भारतीय भाषाओं के साथ हिंदी के विकास की बात करते हैं। आजादी के बाद फिर एक बार समस्त भारतीय भाषाओं को साथ लेकर हिंदी के विकास की बात आई है। यह हिंदी के पक्ष में सकारात्मक पहल है। आज आँकड़ों से कह सकते हैं कि देश में पैंसठ प्रतिशत लोग कम-से-कम मातृभाषा के खाने में हिंदी लिख रहे हैं। घरों में हिंदी कितनी है, मालूम नहीं, लेकिन हिंदी अगर वास्तव में देश की भाषा के रूप में, राज्य की भाषा और विधान की भाषा को छोड़ दें, समाज की भाषा के रूप में, जो स्थिति 15 अगस्त, 1947 में थी, क्या उस स्थिति में भी है या उस स्थिति से नीचे चली गई है? लगातार हमारी शिक्षा नीति में भी हिंदी पीछे गई है। हमारे सामाजिक व्यवहार में भी हिंदी नीचे गई है। हिंदी का भाषिक व्यवहार समाज में सम्मान का कारण नहीं है। हिंदी भाषी क्षेत्रों में भी क्या वह सच्चे अर्थों में भाषा बन सकी है? यदि यह नहीं हुआ तो इसकी जिम्मेदारी किसकी बनती है?

हमने यह समझा कि रोजगार के लिए अंग्रेजी जरूरी है, अंतरराष्ट्रीयता के लिए भी अंग्रेजी जरूरी है। हिंदी के लोगों ने यह सवाल खड़े नहीं किए

कि दुनिया में अंग्रेजी बोलनेवालों से मुकाबला कर रहे जो लोग हैं, सब अंग्रेजी नहीं बोलनेवाले लोग ही हैं। चीन मुकाबला कर रहा है। जापान मुकाबला कर रहा है, इजराइल मुकाबला कर रहा है। ये सब मुकाबला कर सकनेवाले देश विज्ञान की दृष्टि से, तकनीक की दृष्टि से, व्यापार की दृष्टि से, साहित्य की दृष्टि से, कलाओं की दृष्टि से, अर्थात् सभी प्रकार से अंग्रेजी से मुकाबिल हैं। यूरोप के कई सारे देश ऐसे हैं, जो विशेषज्ञता अपने विशेषज्ञों के अध्ययनार्थ अनुवादकों से वाङ्मय का अंग्रेजी में अनुवाद कराते हैं। उनके यहाँ अंग्रेजी में काम करनेवाले वैज्ञानिक तकनीकविद् नहीं हैं। वहाँ मात्र अनुवादक हैं, लेकिन यह तब होता है, जब भाषा के क्षेत्र में काम होता है। साहित्य—चाहे शास्त्रीय साहित्य हो, लोक-साहित्य हो या जन-साहित्य हो, साहित्य के आधार पर संपूर्ण व्यवस्था नहीं चलती है। जीवन का आनंद चलता है। हिंदी तो आज भी आनंद देनेवाली भाषा है, इसलिए भारत में राजनीति में बने रहना है तो आप कितने भी अहिंदी भाषी हों, आपको हिंदी जाननी पड़ेगी। देश में कई ऐसे प्रधानमंत्री आए, जो इस नाते ही नहीं चल सके, क्योंकि वे हिंदी नहीं जानते थे। देश चल सके, समाज चल सके, इसके लिए भी भाषा जरूरी है। समाज केवल भावनाओं के आधार पर नहीं चल सकता है, उसके लिए एक विशिष्ट हिंदी की आवश्यकता है। वह राज्य की भाषा बनती है कि नहीं बनती है, सरकार की भाषा बनती हैं कि नहीं बनती है, सत्ता प्रतिष्ठान में उसको स्थान मिलता है या कि नहीं मिलता है। इसकी अपेक्षा वह व्यापार, तकनीक, संप्रेषण और स्वाभिमान की भाषा बनती है कि नहीं बनती है, ये बहुत ही महत्त्वपूर्ण हैं। हिंदी को व्यापार की भाषा बनना पड़ेगा, उसे विज्ञान और तकनीक की भाषा बनना पड़ेगा, उसे संप्रेषण की भाषा बनना पड़ेगा और इन सबको मिला करके उसे मनुष्य के स्वाभिमान की भाषा बनना पड़ेगा।

हिंदी में सारी क्षमताओं के होते हुए भी कहीं हिंदी भाषी होने में स्वाभिमान का बोध नहीं होता है। इस स्वाभिमान के अभाव के कारण से देश के समक्ष समस्या है, पता नहीं है, हम अपने विश्वविद्यालय में ये स्वाभिमान

का प्रभाव अपने स्नातकों में भर पा रहे हैं या कि नहीं, अगर हम ऐसा कर पा रहे हैं तो वास्तव में एक भाषा के विश्वविद्यालय के रूप में एक हिस्से को पूरा कर रहे हैं। दूसरा हिस्सा, कहीं ऐसा तो नहीं है कि स्वाभिमान का प्रभाव केवल हम हिंदी के लिए भर रहे हैं। हम उसके साथ ही अन्य भारतीय भाषाओं के प्रति उपेक्षा और उससे भी कुछ अलग कहना उन भाषाओं के लिए अपमान होगा, उस प्रकार का वातावरण तो नहीं निर्मित कर रहे हैं। थोड़ा हिंदी का प्रयोग करनेवालों को देखें तो हिंदी साहित्य में राममनोहर लोहिया के पहले 'इल्यूजन' शब्द कहीं मिलता है क्या? मराठी में संपूर्ण महाराष्ट्र में भी नहीं मिलता है, केवल कोंकणी क्षेत्र में इसका प्रयोग मिलता है, लेकिन आज देश में वह स्वीकार किया जानेवाला शब्द है।

आज युवा को समझना है तो योजन शब्द से अधिक संप्रेषित कर सकनेवाला कोई शब्द नहीं है। लगातार प्रयोग से भाषा का परिष्कार होता है। केवल तकनीक से नहीं होता है। अंग्रेजी का जो थोड़ा-बहुत विस्तार हुआ है, इसी विस्तार के कारण से हुआ। उन्होंने प्रयोग पर बल ज्यादा दिया। शब्दों की निर्मिति के लिए तकनीक पर बल कम दिया। उनका यही मानना है कि आप शब्द बनाओ, हम चलाएँगे। व्यापार तो ऐसे चलता है, उत्पादन करनेवाला व्यापार नहीं करता है, अगर भाषा को ही जन-जन तक ले जाना है तो उसके विपणन की तकनीक विकसित करनी पड़ेगी। उसके विपणन के रास्ते निकालने पड़ेंगे और ये विपणन के रास्ते निकलेंगे कैसे? हमारे पास जो जिम्मेदारी है, उसके हिसाब से हमने अपने में परिवर्तन किया, क्या हम केवल चौकी पर बैठ करके उपदेश करनेवाले बड़े पंडित हैं और उस उपदेश के बदले मिलनेवाले पारिश्रमिक (दान-दक्षिणा जो कुछ भी कहें) से अपना पेट पालनेवाले लोग हैं।

राजा रामपाल सिंह 01 नवंबर, 1885 से प्रतापगढ़ के कालाकाँकर से हिंदी दैनिक 'हिंदोस्थान' समाचार-पत्र निकालते थे, की चर्चा हुई। मालवीयजी का भाषण सुनकर राजा रामपाल सिंह ने उन्हें संपादक के रूप में आमंत्रित किया था। मालवीयजी भी नौकरी की तलाश कर रहे थे, चालीस

रुपए महीने की नौकरी कर रहे थे, साठ रुपए तनख्वाह हो गई थी। उनको दो सौ रुपए प्रति माह का ऑफर किया। उस कालखंड में दो सौ रुपए बहुत बड़ी रकम थी, लेकिन मालवीयजी ने कहा कि मेरी दो शर्तें हैं—एक तो, संपादन के क्षेत्र में आप हस्तक्षेप नहीं करेंगे और दूसरा, आप में जो एक-दो गड़बड़ आदतें हैं, उससे मुझे बच करके रहना है, इसलिए आप सूर्यास्त के बाद मुझे नहीं बुलाएँगे। एक दिन राजा रामपाल सिंह ने मालवीयजी को सूर्यास्त के बाद बुला लिया, बाद में उनको यह बात ध्यान में आई, क्षमा-याचना की। मालवीयजी ने कहा, शर्त का उल्लंघन हो गया, अब तो मैं गया। उसका भाषा के साथ कोई संबंध नहीं था। हिंदी के प्रचार के साथ कोई संबंध नहीं था। पत्रकारिता के साथ कोई संबंध नहीं था और वहाँ बुला करके उनको किसी प्रकार का संपादकीय लिखो, इस प्रकार के निर्देश भी नहीं दे रहे थे, लेकिन सुविधा और सेवा से ऊपर का जीवन-मूल्य था।

भाषा, सभ्यता और संस्कृति का निर्माण करती है। हमने भाषा को, सभ्यता और संस्कृति के प्रमाण के रूप में प्रस्तुत करने के प्रयास कम किए हैं, बल्कि हमने भाषा को संघर्ष के माध्यम के रूप में ज्यादा प्रयुक्त किया है। समाज में विद्रूपताओं के चित्रण के रूप में अगर भारत के अंदर किसी एक भाषा में प्राधान्य भाषा के रूप में कहा जाए, सामाजिक विडंबनाओं पर मात्र चर्चा करनेवाली भाषा के रूप में कहा जाए तो पिछले तीस-चालीस वर्षों में इस देश में हिंदी साहित्य के माध्यम से हिंदी भाषा इस रूप में आई है। 'सरस्वती' की चर्चा कर सकते हैं, 1936 में बंद हो गई 'सरस्वती' पत्रिका भी। साप्ताहिक ह़िंदुस्तान निकला करता था, 'धर्मयुग' निकला करता था। आज इस प्रकार की स्तरीय पत्रिकाओं का अकाल है, लेकिन सुविधा और सेवा से ऊपर का जीवन-मूल्य था।

केवल भाषा की दृष्टि से और भाषा के माध्यम से एक संस्कृति के निर्माण की दृष्टि से और वह निश्चित रूप से सामासिक संस्कृति ही होगी। संस्कृति जब बनती है तो वह सामासिक होती है। संस्कृति जब निर्मिति की प्रक्रिया में लगातार होती है तो सामासिक ही होती है। वह विभेदक हो ही नहीं

सकती है। विभाजक है, तोड़ती है तो संस्कृति नहीं होगी। हमने सामासिकता के नाम पर, संघर्षों के विद्रूपताओं के साहित्य का सृजन करने का प्रारंभ किया, जैसे लगता है कि समाज में कुछ अच्छा है ही नहीं। बाद में ये पत्रकारिता में भी आ गया। गांधीजी ने तो बहुत पहले कल्पना कर कह दिया कि अखबार में तो ये सब छपना ही नहीं चाहिए, क्योंकि ये सफाई कर्मचारी की रिपोर्ट के सिवाय इन अखबारों में कुछ है नहीं, कहाँ-कहाँ गंदगी है, यही समाज को बताते हैं। यही भाषा के साथ हुआ। यह विश्वविद्यालयों के साथ भी हुआ है, लेकिन इन सबके बाद भी हिंदी बढ़ रही है। हम लोगों के इतने प्रकार के गड़बड़ प्रयासों के बाद भी इस देश में हिंदी बढ़ रही है। श्रीपेरंबदूर, जहाँ हिंदी के विरोध की बात आती थी, वहाँ भी हिंदी बोलनेवाले लोग मिल जाएँगे। जिस चिकमंगलूर को सबसे पिछड़े इलाकों में घोषित किया गया था, बेल्लारी को सबसे पिछड़े इलाकों में घोषित किया गया था, वहाँ भी हिंदी जानने, समझने, पढ़नेवाले लोग मिलते हैं।

दुनिया भर में तीस ऐसे देश हैं, जहाँ पर हिंदी पढ़ाई जाती है। हिंदी बोलनेवालों का एक समूह है, केवल पढ़ाई नहीं जाती है। ग्रीक या लैटिन की तरह नहीं है कि केवल पढ़ाई जाती है, बोलनेवाले नहीं हैं। दुनिया में एक बड़ा हिस्सा है, जो हिंदी बोलता है, हिंदी समझता है। वह हिस्सा मंडेरियन-चाइनीज से बड़ा है। हमने उसकी पहचान नहीं की है, वह नेपाल के अंदर है, वह बांग्लादेश के अंदर है। वह भूटान के अंदर है। वह श्रीलंका के अंदर पूरे सिंहल के इलाके में है, वह कर्नाटक में भी है, वह आंध्र प्रदेश में भी है, वह तमिलनाडु में भी है, वह केरल में भी है। इन सबकी गिनती, यहाँ इन प्रदेशों में जो हिंदी बोलनेवाले हैं, हिंदी भाषियों के रूप में इनकी गिनती होती है तो स्पष्ट है कि इतने बड़े जनसमूह की भाषा, दुनिया के सबसे बड़े जनसमूह की भाषा वह कैसी होनी चाहिए, जैसी होनी चाहिए, वैसा बनाने की पहली जिम्मेदारी महात्मा गांधी अंतरराष्ट्रीय हिंदी विश्वविद्यालय की है। शायद इतनी बड़ी जिम्मेदारी किसी और को नहीं मिली होगी।

जिस क्षेत्र में दुनिया में भाषाओं की भवितव्यता है, वह ऑटोमेशन

ऑफ द लैंग्वेज है, डिजिटलाइजेशन ऑफ द लैंग्वेज है। उस पर हम लोगों को अब बहुत स्थानों से यह प्रस्ताव प्राप्त हो रहा है कि इस विश्वविद्यालय को हमसे मिलकर काम करना चाहिए, क्योंकि उनको मालूम है कि यह भारतीय भाषाओं को केंद्रित करके हिंदी का विश्वविद्यालय है। वास्तव में बहुभाषिकता का विश्वविद्यालय है, यह तैयारी हमको ही करनी पड़ेगी। अन्यों के लिए 'हिंदी दिवस' उत्सव का दिन होगा। हम सबके लिए यह दूसरे प्रकार का ही दिवस है, शिक्षा क्षेत्र से हिंदी का खात्मा हो रहा है। इस हिंदी को ले करके भारत का समाज जिस स्तर पर है, हम थोड़ा अनुभव कर सकते हैं। सब लोग अपने आसपास और अपने घर में भी अनुभव कर सकते हैं, जो हमारे घर में नहीं है, वह दूसरों के घर में क्यों होगा। हमारे घर में, इसलिए नहीं है, क्योंकि हम जान रहे हैं कि इसमें अवसरों की संभावनाएँ सीमित हैं। ऐसा हम जान नहीं रहे हैं, ऐसा हमने मान लिया है। हम उसकी पहचान नहीं कर सके हैं, इसलिए अपने घर में हिंदी को नहीं रहने देने के लिए तैयार हैं।

हिंदी के माध्यम से सभी भारतीय भाषाओं में असीम अवसरों की संभावनाएँ हैं, क्योंकि आनेवाले दिनों में भाषा तो वही चलेगी, जो डिजिटल प्लेटफॉर्म पर चल सके और यह डिजिटल प्लेटफॉर्म पर भी प्राकृतिक रूप से चल सके, यानी नैचुरल लैंग्वेज को आर्टिफिशियल लैंग्वेज के ऊपर रखने की स्थिति जिसमें हो। यह अलग बात है कि आर्टिफिशियलिरी का जमाना हो गया है। जब इंटेलिजेंस भी आर्टिफिशियल हो गई है तो अन्य किसी की बात करने की जरूरत नहीं है, लेकिन इन सबके बीच कोई एक चीज दुनिया को प्राकृतिक रूप में, यानी जैसी दुनिया है, वैसी बचाकर रख सकती है तो वह है—प्राकृतिक भाषा। हिंदी सहित सभी भारतीय भाषाओं का लाख विरोध-प्रतिरोध किया जाए, लेकिन उनको जो स्ट्रक्चर संस्कृत से प्राप्त है, वह उस दिशा में अभी सैकड़ों वर्ष तक छलाँग लगाने के लिए मानव जाति के लिए पर्याप्त है। इस नाते हमारे पास सौ वर्ष की बड़ी संभावनाएँ हैं। उन संभावनाओं को पूरा करने की दृष्टि से कैसे कर सकते हैं। हिंदी के बहाने

भारतीय भाषाओं की पहचान और अभ्युदय का दिन और यह पहचान तथा अभ्युदय केवल राजनीतिक न हो अपितु वास्तव में भाषा जिन-जिन उद्देश्यों की पूर्ति के लिए होती है, उन सब उद्देश्यों की पूर्ति इससे संभव हो सके, इसके लिए यत्न की हमारी जिम्मेदारी को याद करने का दिवस है।

□

12

युवा वर्ग और हिंदी

इस देश की विशिष्टता इस देश की युवा शक्ति है, जो हर कालखंड की समस्याओं के प्रश्न के उत्तर तलाशती है, मजबूत उत्तर देती है और नई दृष्टि, नई संभावनाओं के द्वार खोलती हैं। जब भी कोई चुनौती आई है तो इस देश के लोगों और युवाओं ने स्वीकार किया है। आज पूरी दुनिया बहुत ही ध्यान से भारत की तरफ देख रही है तो इसका कारण युवा शक्ति है, जो हर बार सपने सजाती है। उन्होंने पिछले दस-पंद्रह वर्ष पूर्व एक बार सपना सजाया कि भारत को अमीर होना है। यह उनके कारण होना है। ये जो आर्थिक परिवर्तन दिख रहा है, दूसरा कि हमने जिसको बोझ समझा था, वही हमारी ताकत थी, हमने जनसंख्या को बोझ समझा था, लेकिन मनुष्य से बड़ी ताकत, बड़ी शक्ति दुनिया में कुछ और है नहीं।

इस देश की विराट जनसंख्या ने पूरी दुनिया को बताया कि हम अपनी जनसंख्या के आधार पर दुनिया को जीत सकते हैं, अपनी मेधा के आधार पर जीत सकते हैं। भारत बड़ा बाजार है, इसके आधार पर ही ये सारी चीजें नहीं चल रही हैं। भारत बड़े जनसमुदाय का एक ऐसा देश है—जो युवा हो रहा देश है। यूरोप बूढ़ा हो रहा है, और जो बूढ़े होते हैं, वे तो मरने का रास्ता देख रहे होते हैं, इसलिए भारतीय संदर्भ को समझना होगा तो भारत को चिरंतन युवा देश के रूप में समझना होगा और यही सत्य भी है। इस देश के समग्र इतिहास को देखें तो हर प्रश्न का उत्तर युवाओं ने दिया है। राम, कृष्ण, शिवाजी से लेकर भगत सिंह, चंद्रशेखर आजाद, अशफाक उल्लाह खाँ, सुभाष चंद्र बोस जैसे क्रांतिकारी नायक इस देश में दिखाई दे रहे हैं, ये सारे

के सारे युवा हैं। विविध प्रकार की विपरीत परिस्थितियों में लड़ने का संकल्प लिए हुए लोग हैं और ऐसे युवाओं से देश भरा हुआ है।

कुछ इलीट क्लास, इलीट बिजनेस, इलीट प्रोफेशन को छोड़ दिया जाए तो भारत के अंदर अधिकांश व्यवसाय हिंदी के माध्यम से चलता है। तमिलनाडु के श्रीपेरंबदूर (जहाँ हिंदी का विरोध होता है) में भी बाजार हिंदी में चल रहा है, अर्थात् व्यवसाय तो हिंदी के माध्यम से चल रहा है। आज जो बहुराष्ट्रीय कंपनियाँ आ रही हैं, वे ऐसे मैनेजर चाहती हैं, जो हिंदी भाषा में सिद्धहस्त हों। आज उनको अपना सामान बेचने के लिए जिस स्लोगन की जरूरत है, वे सारी पंच लाइनें हिंदी में हैं तो हिंदी के माध्यम से व्यवसाय चलेगा। एक वातावरण बनाया गया कि हिंदी व्यवसाय की भाषा नहीं हो सकती है। एक बात स्पष्ट है कि अंग्रेजी भी व्यवसाय की भाषा नहीं हो सकती है। अंग्रेजी उतनी ही दरिद्र भाषा है, जितनी कि हिंदी को बताया जा रहा है। आज हिंदी में पाँच लाख से अधिक शब्द हैं। शब्दों के माध्यम की दृष्टि से हिंदी दुनिया की सबसे समृद्ध भाषाओं में से एक है। ऐसी भाषा के बारे में कहना कि इसमें व्यवसाय नहीं हो सकता, इसमें ज्ञान नहीं आ सकता, तकनीकी नहीं आ सकती, इसमें राजनीति नहीं हो सकती, यह सिर्फ हिंदी को दरकिनार करने के लिए या हिंदी के बढ़ते प्रभुत्व से घबराए हुए लोगों द्वारा हिंदी को रोकने की साजिश मात्र है। यही कारण है कि हिंदी को उच्च शिक्षा में प्रवेश नहीं दिया गया। परिणामतः अधकचरे अंग्रेजी ज्ञान के साथ हम चल रहे हैं।

हमारा मुकाबला आज कोरिया के साथ है, चीन के साथ है और ये दोनों देश अपनी भाषा में विकास कर रहे हैं, इसलिए इनके विकास की गति अति तीव्र है। कोई इनको रोकनेवाला नहीं दिख रहा है। चीनी भाषा में व्यवसाय हो सकता है, जो चीन के बाहर नहीं बोली-समझी जाती है। कोरियन में दुनिया का व्यवसाय चल सकता है, जो कोरिया के बाहर नहीं बोली-समझी जाती, जापानी में भी व्यवसाय चल सकता है और हिब्रू में भी चल सकता है। हिंदी, जो भारत सहित दुनिया के तीस से अधिक देशों में

बिना किसी कोलोनिज्म के चल रही है, वह व्यवसाय की भाषा, तकनीक की भाषा, विज्ञान की भाषा हो सकती है; हालाँकि उस दिशा में प्रयास नहीं हुआ। हमारी पहली जिम्मेदारी बनती है कि इस प्रकार के साहित्य का निर्माण करना है, वाङ्मय की रचना करनी है, जो उच्च शिक्षा के सभी प्रारूपों में हिंदी को स्थान दिला सके। इसके लिए जरूरत है कि दुनिया भर में जो ज्ञान-विज्ञान का साहित्य उपलब्ध है, उसका हिंदी में अनुवाद किया जाए और प्राथमिकता में होना चाहिए। आवश्यकता है कि प्रतिवर्ष कुछ आवश्यकता है कि सौ पुस्तकों के अनुवाद, जो दुनिया में ग्रेट बुक्स के नाम से जाने जाते हैं, सार्वकालिक महत्त्व के हैं, जैसे हजार-डेढ़ हजार पुस्तकें हैं, उनका अनुवाद पाँच वर्षों के अंदर करके एक बड़ी रिपोजेक्ट्री बनाई जाए। एक बड़ा संग्रह बनाएँ। इस दृष्टि से वर्धा विश्वविद्यालय द्वारा सकारात्मक पहल की गई है। हिंदी समय, जो वर्धा विश्वविद्यालय का वेब पोर्टल है, उस पर लगभग छह लाख पेज की सामग्री उपलब्ध है, लेकिन उसमें सिर्फ साहित्य, कला और संगीत पर जोर दिया गया अब हमें विज्ञान, तकनीक, व्यावसायिक शिक्षा पर भी जोर देना होगा और उसके लिए जो आवश्यक सामग्री है, चाहे सामाजिक विज्ञानों की हो, मानविकी की हो या विधायक विज्ञानों की है, उनको हिंदी में ले आना पड़ेगा।

हिंदीवालों को यह समझना पड़ेगा कि सिर्फ कविता, उपन्यास, नाटक, कहानी के आधार पर दुनिया नहीं चलती है, जिंदगी नहीं चलती है, इसलिए मानविकी को भी सोचना पड़ेगा, समाज विज्ञान को भी सोचना पड़ेगा और विज्ञान व तकनीक को भी सोचना पड़ेगा, चूँकि विज्ञान और तकनीक के क्षेत्र में एक तरफ से हमने जो मॉडल आधुनिकता और उत्तर-आधुनिकता का स्वीकार किया है, उसको पोषित करनेवाली भाषा हिंदी है क्या? नहीं है तो दो ही तरीके हो सकते हैं या तो अपनी दृष्टि बदली जाए या अपनी भाषा में चिंतन के स्वरूप को बदला जाए। कठिनाई यह है कि साठ-सत्तर वर्षों में हमने हिंदी को सिर्फ साहित्य की भाषा के रूप में स्वीकार किया है। यह विज्ञान की भाषा नहीं बन सकी। हिंदी को हमने केवल संप्रेषण की भाषा के

रूप में स्वीकार किया है। यह ज्ञान की भाषा नहीं बन सकी। यह विज्ञान की, ज्ञान की और संप्रेषण की भाषा बने तो यह साहित्य की भाषा के रूप में पूरी दुनिया में राज करेगी।

हमें यह सोचना पड़ेगा कि हिंदी किस प्रकार एक साथ साहित्य की भाषा, संप्रेषण की भाषा, ज्ञान की भाषा, विज्ञान की भाषा और तकनीक की भाषा, अर्थात् संपूर्णतः मानव जीवन की भाषा के रूप में उभर करके सामने आए, यह हम नहीं कर सके हैं, जो हमें करना था, लेकिन भविष्य सकारात्मक है। अभी तो संसद में भी हिंदी का बोलबाला हो गया है। नब्बे प्रतिशत कामकाज हिंदी में होने लगा है। संसद में जो होता है, वह देश में दिखने लगता है, इसलिए नहीं कि सरकार बनती है संसद से, इसलिए कि संसद में जो जाते हैं, उसको समाज श्रेष्ठ समझता है और मनुष्य का स्वभाव है कि जो श्रेष्ठ जन करते हैं, वैसा ही वह अनुकरण करता है।

इस देश के हिंदी के बड़े-बड़े लोग वैश्विक मंचों पर हिंदी का उपयोग नहीं करते। उनके घरों के अंदर हिंदी नहीं है। हिंदी के बड़े-बड़े साहित्यकारों के घर में भी हिंदी नहीं है। हिंदी घर के बाहर है तो इस प्रकार के दोहरे जीवन से हिंदी भाषा से लगाव की आशा नहीं की जा सकती है, क्योंकि भाषा के साथ एक लगाव, एक ममत्व की जरूरत पड़ती है। भाषा को जिंदा रखने के लिए बहुत कुछ गँवाना पड़ता है। आज हिंदी जिस स्थिति में है, वह उन लोगों के बल पर है, जिन्होंने हिंदी के लिए बहुत कुछ गँवाया है, वे लोग हाशिए पर आ गए हैं और मुख्यधारा में वे लोग शामिल हैं, जो हिंदी के नाम पर केवल संप्रेषण की भाषा के रूप में उस पर विचार कर रहे हैं। केवल लोगों की बोलचाल की भाषा के रूप में हिंदी का विकास कर रहे हैं।

केवल बोलचाल की भाषा के आधार पर न रोजगार बनता है और न ही व्यापार। जिस भाषा से रोजगार और व्यापार नहीं बनेगा, उसको युवा पीढ़ी क्यों स्वीकार करेगी? आखिर उसके रोटी-दाल की व्यवस्था की भी चिंता तो होनी चाहिए, वह नहीं हुई है। वह जिस क्षण होगी, हिंदी की ताकत अपनी है, हिंदी स्वयं पूरे विश्व में गूँज जाएगी, लेकिन इस देश के युवाओं को

इसका विश्वास दिलाने की जरूरत है और इसके लिए परिस्थितियाँ निर्माण करने की जरूरत है। युवाओं को रोजगार देनेवाली भाषा के रूप में हिंदी को लाना होगा। तकनीक, प्रौद्योगिकी, विधि, चिकित्सा, विज्ञान आदि की पढ़ाई को हिंदी माध्यम से कराए जाने की जरूरत है। मेडिकल में तो समस्याएँ हैं। समस्या क्या है? मेडिकल काउंसिल ऑफ इंडिया (एम.सी.आई.) इतनी महत्त्वपूर्ण संस्था है, उसके आगे किसी का वश नहीं है। भाषा और विधि दोनों एम.सी.आई. को तय करना है। यह संवैधानिक संस्था है, इस पर मैं कोई प्रश्नचिह्न नहीं खड़ा करना चाहता हूँ।

विधि की पढ़ाई स्नातक स्तर पर देश के बड़े स्थानों पर हिंदी में शुरू हुई है, लेकिन स्नातकोत्तर स्तर पर हिंदी में पढ़ाई की व्यवस्था नहीं है। उच्च न्यायालयों और उच्चतम न्यायालय में हिंदी का प्रवेश अभी ठीक से नहीं हो सका है और, इसलिए नहीं हो सका है, क्योंकि यह विभाग निरंतर एक निर्वचन प्रणाली की माँग करता है। हिंदी में विधि की निर्वचन प्रणाली का विकास नहीं हुआ है, अगर मैक्सवेल की निर्वचन प्रणाली के आधार पर ही इंस्टीट्यूट का निर्वचन होना है तो अंग्रेजी में सहज और सुलभ है, इसलिए हिंदी में निर्वचन विधि का विकास करना पड़ेगा।

विधि केवल कानून की धाराओं को रट लेने की शिक्षा नहीं है। विधि की शिक्षा विधि के अर्थबोध की शिक्षा है और विधि का अर्थबोध हमेशा एक निर्वचन की प्रणाली हैं, एक व्याख्या की प्रणाली है। अभी भारतीय विधि व्यवस्था में जो व्याख्या प्रणाली के लिए स्वाभाविक रूप में स्वीकार करते हैं, इंस्टीट्यूट के विचार के लिए तो वह मैक्सवेल है। यह अलग बात है कि मैक्सवेल की विधि की प्रणाली भारतीय परंपरा को समझने के लिए कितनी सार्थक है, मालूम नहीं, लेकिन कोई रास्ता बना नहीं है तो एक निर्वचन की प्रणाली हिंदी के अंदर विकसित करनी होगी। विधि आयोग के बहुत से प्रतिवेदनों में सुप्रीम कोर्ट, हाई कोर्ट में हिंदी नहीं आ सकती है, इसका प्रतिवेदन है। इसका मूल यही था कि केवल कानून का अनुवाद या शब्दिक अनुवाद कर देने से कानून नहीं चल सकता है।

कानून तो निरंतर नई-नई संभावनाओं के साथ संस्थाओं को जोड़ना पड़ता है, व्याख्यायित करना पड़ता है और उसके लिए जिस विधिशास्त्र की आवश्यकता है वह हिंदी का विधिशास्त्र है। हिंदी मन का विधिशास्त्र, समाज का विधिशास्त्र अभी विकसित नहीं हुआ है। विधि की पढ़ाई बिना विधिशास्त्रों के विकास के उचित दिशा में नहीं हो सकती है, इसलिए हिंदी में विधि की उच्चतर शिक्षा की व्यवस्था करनी है और उसका सम्प्रयोग न्यायालयों में भी होना है। विधि व्यवस्था में भी होना है तो हिंदी मन का विधिशास्त्र भारतीय विधिशास्त्र, भारतीय परंपरा के अनुरूप का विधिशास्त्र, भारतीय लोक मन का विधिशास्त्र विकसित करना पड़ेगा और ये हिंदीवालों की जिम्मेदारी है।

देश के जन-जन के हृदय में अभिव्यक्ति करनेवाली भाषा हिंदी है। स्वतंत्रता आंदोलन के दिनों में तमिलनाडु, केरल, आंध्र आदि अहिंदी भाषी राज्यों में हिंदी के ही गीत गाए जाते थे। यह जन आंदोलनों से उपजी भाषा है और माँ भारती को विश्व वंदना के रूप में बनाने का श्रेय भी सिर्फ हिंदी को जाता है। विरोध के बावजूद हिंदी के खिलाफ वातावरण परवान नहीं चढ़ता है, इसलिए हिंदी भारत को जोड़ती है। आज देश के सभी राज्यों में हिंदी दूसरी भाषा है और यह संपर्क व बाजार की भाषा के रूप में विकसित हुई है। दक्षिणी राज्यों के हैदराबाद, चेन्नई, पेरंबदूर, बेंगलुरू आदि शहरों में जो बाजार विकसित हो रहे हैं, उनमें हिंदी की भूमिका सबसे ज्यादा है। भोजपुरी, अवधी, बुंदेली आदि के स्वर और आलाप हिंदी के गद्य-पद्य में दिखाई देते हैं।

दुनिया के 25-30 देशों में दूसरी, तीसरी या चौथी भाषा के तौर पर हिंदी बोली या समझी जाती है, लेकिन भारत सरकार को हिंदी के लिए जो काम करना चाहिए था, वह नहीं हुआ है, सरकार को जिम्मेदारी के साथ विश्व स्तर पर हिंदी की ताकत को रखना चाहिए था, लेकिन सरकार इस काम में असफल रही, इसलिए हिंदी को अंतरराष्ट्रीय समर्थन नहीं मिल पाया। भारत में लगभग 100 करोड़ लोग ऐसे हैं, जो हिंदी जानते हैं। महज 25-30 करोड़ लोग हैं, जिनका हिंदी से परिचय नहीं है, लेकिन युवा भारत वस्तुतः 'हिंदी भारत' है। पाकिस्तान की भाषा की लिपि अलग है, लेकिन वहाँ भी लोग हिंदी

बोलते हैं। गालिब-मीर जैसे शायर भी खुद को हिंदी के शायर कहते हैं। भारत के पड़ोसी देशों में हिंदी को बोलने और जाननेवालों की संख्या भी सबसे ज्यादा है। हिंदी तो राजाश्रय से बाहर विकसित हुई है और निरंतर इसकी गति बढ़ती जा रही है।

हम यह जानते हैं कि इस देश को सरकारें नहीं चलाती हैं, इस देश को यहाँ की जनता चलाती है और इस देश की एक दूसरी विशिष्टता है कि विज्ञान और तकनीक को हर काल में चुनौती देने वाला युवा खड़ा होता है। 1965 याद कीजिए, पैटन टैंक अजेय माने जाते थे। रिकॉइललेस गन से पैटन टैंकों को तोड़ा जा सकता है, यह कल्पना भी नहीं की जा सकती है, लेकिन यह तोड़ा गया, यह इतिहास का सत्य है, वह इस देश की युवा मेधा ने किया है। एफ 16 और मिग 21 के बीच लड़ाई हो सकती है और मिग 21 से एफ 16 को गिराया जा सकता है, यह दुनिया के सामरिक युद्ध विशेषज्ञ कल्पना भी नहीं कर सकते हैं। यह भारत कर सकता है, भारत के युवा ही कर सकते हैं।

भारत विश्वगुरु है और यह दुनिया को रास्ता दिखानेवाले की श्रेणी में विश्वगुरु बनेगा तो इसके दो ही कारण हैं। एक तो भारत की सांस्कृतिक दृष्टि, जो संपोष्य विकास, मानवीय दृष्टिकोण, मानव के कल्याण की विचारधारा और संपूर्ण विश्व को उसकी विभिन्नताओं के बाद भी एक परिवार के रूप में देख सकनेवाली सामाजिक प्रणाली के कारण है। दूसरा यह भारतीय ज्ञान-दृष्टि पर आधारित है, जो प्रतिरोध पर आधारित ज्ञान-दृष्टि नहीं है और न ही प्रतिक्रिया पर आधारित, अपितु समावेशन पर, समंजन पर आधारित एक पूर्णतावादी दृष्टि है, जो मनुष्य के अंदर है तथा बाह्य जगत् में भी है। इन दोनों के बीच भेद नहीं, अभेद है। भारतीय युवा का मन यही कहता है कि वह मुश्किल से मुश्किल घड़ी में भी भारत के ध्वज को विश्व में फहराता है तो ऐसे में युवाओं से बहुत बड़ी अपेक्षा है कि वह हिंदी भाषा के संवर्धन व विकास के लिए ब्लू प्रिंट तैयार कर रोडमैप बनाएँ।

□

गांधी का स्वराज
और उनकी भारतीयता

13

वर्तमान में गांधीजी की प्रासंगिकता

गांधी को उनके कालखंड में ही लोग अप्रासंगिक कह रहे थे, लेकिन केवल भारत के लिए नहीं, बल्कि पूरी दुनिया के लिए गांधी आज भी उतने ही प्रासंगिक और जरूरी हैं, जितना शायद पहले कभी नहीं रहे। गांधी 1909 ई. में जब अपनी वैचारिकी को हिंद स्वराज के माध्यम से प्रस्तुत कर रहे थे तो एक वैकल्पिक सभ्यता, जिसमें शोषण नहीं होगा, अत्याचार नहीं होगा, किसी के प्रति कोई हिंसक भाव नहीं होगा, बल्कि करुणा, बंधुत्व और सहयोग पर आधारित होगा, इस प्रकार की सभ्यता का प्रस्ताव कर रहे थे और इस सभ्यता की स्थापना ही गांधी की दृष्टि में हिंद स्वराज है, इसीलिए गांधी चर्चिल से कह पाते हैं कि 'चर्चिल मैं आप की भी आजादी की लड़ाई लड़ रहा हूँ और मैनचेस्टर के मिल मजदूरों की भी आजादी की लड़ाई लड़ रहा हूँ।'

आज पूरी दुनिया संत्रास का शिकार है। प्रकृति और मनुष्य के बीच हुए संघर्ष के कारण अस्तित्व के संकट हैं, राज्य सत्ताओं के संघर्ष के कारण मनुष्य के समक्ष अस्तित्व का संकट है। मनुष्य ने अपनी लालसाओं का विस्तार किया है, उसके विस्तार के कारण समाज और दुनिया में अदम्य उपभोक्तावाद फैला है, उसके कारण से उसका अस्तित्व संकट में है। इन सारी समस्याओं का कोई एक उत्तर, कोई एक ताबीज है तो वह गांधी है, इसलिए गांधी की प्रासंगिकता शायद ऐसी कभी नहीं रही है। गांधी के शब्दों में 'भारत हर गरीब की आँख का आँसू पोंछनेवाली आजादी का विचार करता है।' जब आजादी का 75वाँ वर्ष मना रहे हों तो गांधी के रास्ते से ही सर्वोदय

की दृष्टि और सर्वोदय की दृष्टि के साथ विनोबा व दीनदयाल द्वारा विकसित की गई अंत्योदय की प्रविधि है।

गांधी एक दृष्टि देते हैं, जिसमें उदय का तरीका समानता पर आधारित नहीं है, सबको सर्वोच्च शिखर पर ले जाना है, जब समानता की बात करते हैं तो औसतीकरण होता है, लेकिन जब हम सबके उदय की बात कर रहे हैं तो सभी को सर्वोच्च शिखर तक ले जाना है और यह तभी संभव है, जब समाज जीवन के, राष्ट्र जीवन के अंतिम पायदान पर खड़े आदमी को, ऊपर की सीढ़ियाँ चढ़ाते हुए और हर पायदान पर खड़े व्यक्ति को उससे ऊपर की सीढ़ी और सबको अंत में शिखर तक ले जाया जाए, समाज की यह दृष्टि सर्वोदय की दृष्टि है। यह दृष्टि अंतिम आदमी के उदय के यत्न से प्रारंभ होती है। यह एक ऐसी दृष्टि है, जिसमें हाथ से हाथ मिलाकर हर आदमी प्राणिमात्र के उत्कर्ष का प्रयास कर सकता है और यही सहभागी जनतंत्र का नमूना होगा।

आज बौद्धिकों के बीच सावरकर और गांधी के बीच की सहमति–टकराव पर विमर्श किया जा रहा है। प्रयासों की दृष्टि से विरोध दिख सकता है, लेकिन लक्ष्य का प्रश्न बिना विचार किए हुए विरोध विनिश्चय नहीं हो सकता, हम जाना कहाँ चाहते हैं; सावरकर कहाँ जाना चाहते हैं और गांधी कहाँ जाना चाहते हैं? सावरकर और गांधी दोनों हिंदुस्तान हैं, ये हिंदुस्तान संपूर्ण विश्व के नेतृत्वकर्ता भूमि के रूप में उभरे, इस रूप में देखना चाहते हैं। दोनों की प्रेरणा विवेकानंद में है। गांधी बार–बार कहते हैं कि 'विवेकानंद को पढ़ने के बाद मेरी राष्ट्रभक्ति दस गुना बढ़ गई है।' गांधी को भी भारत माता की अवधारणा से कोई विरोध नहीं है। गांधी को भी गीता से ही अपनी समस्याओं के उत्तर प्राप्त होते हैं।

गांधी जब स्वदेशी की बात करते हैं, बहिष्कार की बात करते हैं, स्वावलंबन और ग्राम आधारित व्यवस्था की बात करते हैं तो यह सबकुछ भारत की परंपरा का हिस्सा है; जो भारत में राज सत्ता के विरुद्ध संतों के प्रयास से निर्मित होता है; और यह प्रक्रिया व्यक्ति निर्माण से होती है। भारत को उसका सत्त्व मिले, भारत को उसकी पहचान मिले और प्रत्येक

भारतवासी को सुख प्राप्त हो, समृद्धि प्राप्त हो और भौतिक उन्नति के साथ-साथ उसको आध्यात्मिक उन्नति के भी स्वतंत्र अवसर प्राप्त हों, इस पर गांधी और सावरकर में कहीं मतभेद नहीं दिखता है। जो मतभेद है, वह भारत की राजनीतिक आजादी के रास्ते को लेकर है। वह केवल अहिंसा से आएगा, जितने प्रकार के साधनों से आजादी आ सकती है, उन सभी साधनों को स्वीकार करना चाहिए, इसका मतभेद है; और एक आंदोलन के मतभेद को वैचारिकी के मतभेद में प्रस्तुत करने का 'कैटेगरी मिस्टेक' हुआ है। गांधी और सावरकर दोनों वैकल्पिक सभ्यता की बात करते हैं।

विकास की दृष्टि से बात करें तो गांधी के जो अहिंसा के सिद्धांत हैं और विकास का जो उनका मानक है, उस पर विचार किया जाना प्रासंगिक है कि हम जब विकास शब्द का प्रयोग करते हैं तो उसका जो रूढ़ अर्थ बना है, वह मनुष्य की भौतिक उन्नति से है। मनुष्य केवल भौतिक प्राणिमात्र नहीं है और न ही राष्ट्र केवल भौतिक रचना है, इसलिए राष्ट्र का विकास हो या मनुष्य का विकास हो, मनुष्य जिस प्रकार से शरीर, मन, बुद्धि, आत्मा का समुच्चय है और अंततः जो आत्मा का 'फोर डायमेंशन' है, मनुष्य उसको जानना चाहता है। हर व्यक्ति अपने को जानना चाहता है, अपने को जानने के साथ ही उसे लगता है कि दुनिया को जानने का रास्ता शुरू होगा।

राष्ट्रभाषा के विकास के लिए गांधीजी एक शिखर व्यक्तित्व के रूप में उपस्थित होते हैं। गांधी का आंदोलन हिंदुस्तानी और हिंदी के माध्यम से विकसित आंदोलन था, इसलिए गांधी हिंदी को भारत की भाषा बने, भारत की जबान बने—इसके लिए प्रयास करते हैं। दक्षिण के राज्यों में हिंदी स्वाभाविक तौर पर आए, इसके लिए वे दक्षिण भारत हिंदी प्रचार सभा की स्थापना करते हैं, जिसके सौ वर्ष पूरे हुए हैं। गांधी वर्धा में राष्ट्रभाषा प्रचार समिति की स्थापना करते हैं, जहाँ वैश्विक स्तर पर हिंदी के प्रचार के प्रयास किए गए। गांधी, पुरुषोत्तम दास टंडन के साथ मिलकर प्रयाग में हिंदी साहित्य सम्मेलन की स्थापना के लिए प्रयास करते हैं तो दूसरी तरफ प्रयाग में हिंदुस्तानी अकेडमी की भी स्थापना के लिए प्रयास करते हैं। इन सबसे

अलग देशभर में उच्च शिक्षा का माध्यम, विश्वविद्यालयी शिक्षा का माध्यम, हिंदी सहित भारतीय भाषाएँ हों, इसके लिए विद्यापीठों की स्थापना करते हैं। जिसमें गुजरात विद्यापीठ और महात्मा गांधी काशी विद्यापीठ, वाराणसी; इन दो विद्यापीठों के बारे में हम जानते हैं। गांधी यह ाानते हैं कि मातृभाषा के माध्यम से अगर उच्च शिक्षा दी गई तो यह देश और समाज के लिए उपयोगी होगी ही और यह अधिकतम कौशल विकास तथा ज्ञान के विस्तार के लिए भी आवश्यक है। आज हम देख सकते हैं, गांधी जो उन दिनों कह रहे थे; दुनिया में 1950 के आसपास, दो-चार वर्ष पहले या दो-चार वर्ष बाद, बहुत सारे राष्ट्रों का उदय हुआ···।

गांधी गुजराती सेठ अब्दुल्ला के केस की पैरवी करने के लिए दक्षिण अफ्रीका गए थे। वहाँ उन्होंने देखा कि गुजराती बोलने वाले कुछ व्यापारी, वकीलों से भी बात नहीं कर सकते थे, क्योंकि उनको अंग्रेजी नहीं आती थी। दरअसल गांधी वकालत करने नहीं गए थे। भारत में ही वकालत से गांधी का मन पूरी तरह से उचट चुका था, लेकिन दक्षिण अफ्रीका जाने के बाद उन्होंने एक प्रयोग किया। उन्हें लगा कि बहुत सारे ऐसे विषयों पर मुकदमें चल रहे हैं और गुजराती तथा भारतीय लोगों के आपस में मुकदमें चल रहे हैं, जिनको अदालतों के बाहर सुलझाया जा सकता था। गांधी ने उसके प्रयास प्रारंभ किए। उन प्रयासों के कारण वहाँ के समाज के बीच उनका संवाद स्थापित हुआ। उस संवाद के कारण से लोगों की वास्तविक कठिनाई, तकलीफ का उन्हें अनुभव हुआ, जिसको दूर करने के लिए उन्होंने यत्न भी किया। उस यत्न में कोई एक घटना या कारण नहीं है, गांधी की निरंतरता का विकास कारण है।

गांधी ने भारत के स्वतंत्रता आंदोलन के स्वरूप को ही बदल दिया। एक खास वर्ग में जो स्वतंत्रता के आंदोलन की गतिविधियाँ चल रही थीं, उनको खेत-खलिहान, कारखानों तक उतार दिया। मोची की रापी से लेकर निषाद की नाव तक, आंदोलन को जीवंत कर देना—यह सामान्य बात नहीं है। किसी व्यक्ति के प्रति समाज का इतने लंबे समय तक विश्वास बना रहना, कई

आंदोलनों की असफलता की बात भी ये कोई सामान्य बात नहीं है। 1915 से लेकर 1942 तक का मूल्यांकन किया जाए तो गांधी वह व्यक्ति हैं, जो जन-जन में जागरण कर देते हैं। द्वितीय विश्वयुद्ध में ब्रिटेन खस्ताहाली के दौर में पहुँच गया था। उसी समय गांधी का सत्याग्रह रूप लेना शुरू हो रहा था। गांधी ने ब्रितानी हुकूमत के समक्ष शोषण का प्रतिकार सत्य और अहिंसा के बल पर किया। द्वितीय विश्वयुद्ध दुनिया का पहला युद्ध है, जिसमें मनुष्य की अपेक्षा मशीन महत्त्वपूर्ण हो गई। ये वह युद्ध है, जिसमें तमाम प्रकार के लड़ाई के उपकरण विकसित हुए। हवाई जहाज का प्रयोग हुआ, एटम बम का प्रयोग हुआ। जब इसका विचार करेंगे और 1909 में हिंद स्वराज लिखनेवाले गांधी का विचार करेंगे तो वे इस पूरे विश्वयुद्ध के खिलाफ खड़े हैं, वह 1909 के हिंद स्वराज की भूमि पर खड़े हैं।

गांधी को मालूम है कि आज यह दुनिया सामरिक तकनीकी की दृष्टि से उस रास्ते पर जा रही है, जिससे दुनिया समाप्त की जा सकती है, इसलिए समस्याओं का समाधान आज रण क्षेत्र में नहीं हो सकता है, समर क्षेत्र में नहीं हो सकता है, इसके लिए निश्चित रूप से वह रास्ता बनाना पड़ेगा, जिससे व्यक्ति का मन बदले, मानस बदले। यह गांधी की जो दृष्टि थी, वह द्वितीय विश्वयुद्ध से पूर्व जो युद्ध हुए हैं, प्रथम विश्वयुद्ध, जिसमें न्यूनतम तकनीकी से युद्ध हुए, जिसमें मनुष्य बड़ा महत्त्वपूर्ण है। मनुष्य अपने शारीरिक कौशल-बल से लड़ रहा है, लेकिन द्वितीय विश्वयुद्ध दुनिया का वह युद्ध है, जो पूरी तरह से मशीनी हो जाता है, ऑटोमाइज्ड हो जाता है, एक बार मशीन के हाथ में ताकत आ जाती है तो मनुष्य उसके सामने कीड़े-मकोड़े जैसा हो जाता है। गांधी की इस दृष्टि को भी समझना है, इसीलिए जब पूरी दुनिया हथियारों से लड़ रही होती है, पूरी दुनिया एटम बम के आतंक में और उस आतंक के साथ लड़ रही होती है तो ऐसे में गांधी मनुष्य की अस्मिता, स्वाभिमान और उसके स्वातंत्र्य-बोध को जगाने का काम कर रहे होते हैं। गांधी की यह दृष्टि डेढ़ सौवें वर्ष में लाई जाए तो वास्तव में यह अहिंसा और करुणा पर आधारित होगी।

गांधी, दीनदयाल और विनोबा के बीच के अंतर्संबंधों की पड़ताल करें तो हम पाते हैं कि ये वैचारिकी के स्तर पर तीनों कैसे एक-दूसरे से जुड़े हुए हैं। विनोबा का जहाँ तक सवाल है, गांधी ने स्वयं उनको अपना उत्तराधिकारी घोषित किया था। एक ऐसा उत्तराधिकारी, जो गांधी से नजदीक भी रह सके और गांधी से दूर होकर भी गांधी को समझ सके। प्रतिदिन वार्त्ता भी कर सके, दिनभर के अपने यत्न अलग कर सके, सेवाग्राम के बगल में पवनार में आश्रम बनाकर रहते हैं। विनोबा छह किलोमीटर की दूरी पगडंडियों से तय करते हुए गांधी के दर्शन और वार्त्ता के लिए जाते हैं। विनोबा को गांधी अपना उत्तराधिकारी घोषित करते हैं और उस समय के गांधी के राजनीतिक उत्तराधिकारी के रूप में नेहरू को समझा जाने लगा है। नेहरू से विनोबा की भेंट गांधी के न रहने के बाद होती है, क्योंकि विनोबा, गांधी आश्रम के माध्यम से जिस प्रकार के समाज निर्माण और व्यक्ति निर्माण का स्वप्न देख रहे थे, उस स्वप्न के निर्माता हैं गांधी। विनोबा, गांधी के हिंद स्वराज के रास्ते पर चलनेवाले हैं।

दीनदयाल की बात करें तो उनकी गांधी से कभी भेंट नहीं है। भारत के सामाजिक जीवन में दीनदयाल का उदय ही तब होता है, जब गांधी नहीं रहते हैं, लेकिन विनोबा और दीनदयाल के बीच संवाद हुए हैं। अंत्योदय की अवधारणा, स्वदेशी, स्वावलंबन, सादगी, शुचिता और अपने प्रति कठोर रहते हुए शेष समाज के प्रति करुण होने की दृष्टि, यह दीनदयाल में, विनोबा के माध्यम से गांधी की ही दृष्टि अतिक्रांत होती है, इसलिए अंत्योदय की अवधारणा आती है। सर्वोदय का लक्ष्य प्रत्येक व्यक्ति की उन्नति हो, ये कोई नई धारणा तो थी नहीं। 'सर्वे भवन्तु सुखिनः, सर्वे सन्तु निरामया', यह भारत की अनादि अवधारणा है। इसी अवधारणा की बात गांधी भी कर रहे हैं, इसलिए इसका उत्तर गांधी को 'गीता' से प्राप्त होता है। विनोबा को भी गीता से ही मिलता है, दीनदयाल को भी इसके उत्तर गीता से प्राप्त होते हैं। इस पूरी अवधारणा को समझेंगे तो समाज के अंतिम आदमी के उदय के लिए विवेकानंद सबकी प्रेरणा में हैं। गांधी की प्रेरणा में हैं, दीनदयाल की भी प्रेरणा

में हैं तो समाज के अंतिम आदमी को नर के स्थान पर नारायण समझकर जब समाज जीवन में कार्य करनेवाले योग्य सामाजिक चिंतक आते हैं, तब जाकर अंत्योदय की अवधारणा बनती है। यही गांधी से लेकर दीनदयाल तक, भारत में समाज-कार्य, सामाजिक संस्कार और सामाजिक परिष्कार की दृष्टि से विचार करें तो यह वास्तविक धारा है और यह यूरोपीय आंदोलनों से, सामाजिक सुधार के यूरोपीय आंदोलन से नितांत अप्रभावित धारा है।

गांधी एक विशिष्ट जीवन-दर्शन की बात करते हैं। गांधी का 'हिंद स्वराज' आधुनिकता के खिलाफ पहला सत्याग्रह है। वह सत्याग्रह सुधार का नहीं, बल्कि पूरी तरह से नकार का था। हिंद स्वराज आधुनिकता के संपूर्ण खात्मे पर खड़ा होगा, जिसमें मनुष्य मशीन से ऊपर हो जाए। मनुष्य के संबंध में निर्णय युक्ति के आधार पर नहीं, आस्था के आधार पर हो। गांधी इसका प्रतिपादन कर रहे हैं। गांधी व्यक्ति की अस्मिता को सुरक्षित रखते हुए परिवार और समाज-कुटुंब को मजबूत आधार देने की कोशिश करते हैं और यही वह कारण है, जिससे दुनिया बचेगी। यूरोपियन मॉडल—जो कोई मॉडल हजार साल चलता है, कोई मॉडल चार सौ साल चलता है, कोई मॉडल साठ-सत्तर साल में ही खत्म हो जाता है, उसके आधार पर दुनिया नहीं बच सकती है। स्थायी संपोष्य और लोक कल्याणकारी जीवन प्रणाली नहीं बन सकती है, इसलिए गांधी के रास्ते से, गांधी की आँखों से जब भारत के परंपरागत समाज के स्वरूप को देखते हैं और उसमें जो बेहतर है, उस बेहतर के आधार पर आज की आवश्यकताओं के अनुसार समाज और देश के निर्माण करने की कोशिश करेंगे और उसके आधार पर व्यवस्थाओं का निर्माण करने की कोशिश करेंगे, तब जाकर भारत के अनुरूप और विश्व के लिए अपेक्षित जीवन प्रणाली का निर्माण हो सकेगा।

□

14

सभ्यता के मानवीकरण का यत्न है : गांधी की अहिंसा

महात्मा गांधी बीसवीं सदी के एक ऐसे चिंतक एवं प्रयोक्ता हैं, जिन्होंने अपना संपूर्ण जीवन सत्य और अहिंसा के प्रयोग में बिताया और अपने जीवन की आहुति दे दी। अहिंसा के व्यावहारिक प्रयोग ने उन्हें जगत् में महामानव के रूप में प्रतिष्ठित कर दिया। अहिंसा का सिद्धांत गांधी जीवन का श्वास था। अपने जीवन के प्रत्येक क्षेत्र (गृहस्थ, सामाजिक, आर्थिक एवं राजनीतिक) में, अहिंसक साधनों का प्रयोग करते हुए उन्होंने सत्य की साधना की। गांधी की 150वीं जयंती के निमित्त उनके समग्र जीवन-दर्शन और सभ्यता दृष्टि को समकालीन संदर्भों में देखना व समझना होगा। आज जब हम गांधी पर विचार कर रहे हैं तो स्वतंत्रता आंदोलन केंद्र में नहीं है, अपितु संपूर्ण विश्व की व्यवस्था और मानव मात्र की स्वतंत्रता का विचार महत्त्वपूर्ण है।

आज सवाल है कि यह दुनिया हमारी नई पीढ़ी को कैसे सुरक्षित मिलेगी ? सबसे बड़ा प्रश्न यह भी है कि जलवायु परिवर्तन, हिंसा, आतंकवाद, नस्लवाद आदि के दुश्चक्र से दुनिया को कैसे बचाया जा सकता है ? ईर्ष्या, द्वेष, अहंकार, लालच से मुक्त एक ऐसा विश्व आनेवाली पीढ़ी को दे सकें, जिसमें वह सुरक्षित, स्वस्थ और शांतिमय जीवन जी सके। इसके लिए यह आवश्यक है कि गांधी दर्शन को वैकल्पिक सभ्यता के रूप में समझने की कोशिश की जाए। भारत में आदि काल से ही अहिंसा की अविच्छिन्न और गहरी परंपरा

रही है। भारतीय धर्मों में अहिंसा को सबसे बड़ा कर्तव्य माना गया है और यह 'सोऽहं तत्त्वमऽसि' जीवन की आध्यात्मिक एकता में विश्वास को निरूपित करता है। अहिंसा को मनुष्य के बलिदानमय जीवन के पाँच नैतिक सद्गुणों (सत्य, अहिंसा, प्रेम, सेवा और शांति) में से एक बताया गया है।

विगत चार सौ वर्ष औद्योगिकीकरण और पुनर्जागरण के रहे हैं। इस कालखंड में आधुनिकतावादी सोच ने हजारों-हजार वर्ष की सभ्यता और मनुष्य के समक्ष अस्तित्व का संकट खड़ा कर दिया है। इतना संत्रास और भय का वातावरण मानव जाति के इतिहास में कभी नहीं रहा है तो स्वाभाविक है कि इस संत्रास से निकलने के लिए मार्ग तलाशने होंगे और यह प्रतिस्पर्धा, अधिकारिता तथा अन्य को शासित करने की मनोवृत्ति से नहीं आ सकता है। आज मानवीय सभ्यता के लिए जरूरी है कि करुणा, दया, परोपकार, संवेदनायुक्त मनुष्य के हित और कल्याण पर आधारित व्यवस्था के बारे में विचार किया जाए और ऐसी स्थिति में गांधी एकमात्र विकल्प के रूप में दिखाई देते हैं।

महात्मा गांधी हिंसा से त्रस्त विश्व और हिंसामूलक सभ्यता के स्थान पर अहिंसा पर आधारित सभ्यता दृष्टि के प्रस्तावक हैं। एक ऐसे सामाजिक परिदृश्य के अभिकल्पक हैं, जिसमें मनुष्य के लिए मनुष्य, साधन न होकर साध्य होगा और क्रियाशील मनुष्य के लिए येन-केन-प्रकारेण साध्य की सिद्धि लक्ष्य न होकर सत्य साधनों से ही सिद्धि प्राप्त होगी, इस विश्वास का दृढ़ीकरण है, इसीलिए गांधी की दृष्टि में अहिंसा, हिंसा का अभाव या निषेध नहीं है, अपितु विधायात्मक अवधारणा है, एक सकारात्मक सभ्यता दृष्टि है, जो सबके हित और कल्याण पर निर्भर है, जो कर्तव्यों पर आधारित समाज व्यवस्था का प्रतिपादन करती है। आधुनिक समाज व्यवस्था अधिकार केंद्रित समाज व्यवस्था है। अधिकारिता युक्त मनुष्य की निर्मिति के प्रयास में मानव समाज, स्वार्थ से वशीभूत होकर अंततः एक अनुपस्थित तत्त्व हो गया है। समाज तो केवल कर्तव्यभाव से जीवित रहता है। त्यागपूर्वक उपभोग की दृष्टि अपरिहार्य एवं प्राथमिक आवश्यकताओं की पूर्ति मनुष्य के अधिकार का

मूल है। यह संसार मनुष्य केंद्रित नहीं है, अपितु जीव केंद्रित है और चेतन है। ऐंद्रिक कामनाओं की पूर्ति की अपेक्षा बौद्धिक, चैतसिक अभीप्साओं की पूर्ति प्राणिमात्र का लक्ष्य है। गांधी की अहिंसा निर्वैरता और निर्भयता के समाज की निर्मिति है। यह दूसरों के दुःख को समझने और दुःखी जन के दुःख को दूर करने के उद्यम का सिद्धांत है। यह एक ऐसी जीवन-प्रणाली है, जो मनुष्य को पशु सुलभ ऐंद्रिक जीवन से मुक्त करते हुए मानवीय गुणों से संपन्न करती है। भारतीय दर्शन की दृष्टि से विचार किया जाए तो यह पशु से पशुपति होने की यात्रा है। आहार, निद्रा, भय, मैथुन इत्यादि मूल जैविक अभिवृत्तियों से नियंत्रित होना ही पशुता है। इन वृत्तियों पर नियंत्रण तथा नियमन करते हुए चैतसिक आनंद की खोज पशुपति होना है। गांधी के विचारों को हमें इन्हीं संदर्भों में देखना चाहिए।

इतिहास के कालक्रम में गांधी को देखना आंदोलनकारी गांधी को देखना है, लेकिन वे अपने जीवन की परिपक्वावस्था (पैंसठ वर्ष की उम्र प्राप्त करने के बाद) में जीवन के लक्ष्य को स्पष्ट करते हुए कहते हैं कि मेरा एकमात्र उद्‌देश्य केवल और केवल रचनात्मक कार्यक्रम है। वस्तुतः गांधी का रचनात्मक कार्यक्रम सृजन, संरक्षण और संहार का एक त्रिक है। शत्रु बुद्धि का नाश, मनुष्य के शाश्वत षड् रिपुओं, यानी मोह, मद, मत्सर, ईर्ष्या, द्वेष, क्रोध इत्यादि विचार के नाश से ही संभव होगा। वैचारिक अभिवृत्तिजन्य दोषों से मुक्ति उपदेश से नहीं, कर्म से ही संभव है, इसलिए गांधी व्यक्ति निर्माण के साधन के रूप में रचनात्मक कार्यक्रम की प्रस्तावना करते हैं। गांधी के रचनात्मक कार्य लोक संस्कार का उपक्रम है। प्राकृत को विकृत बनाने की यूरोपीय जीवन प्रणाली, गांधी के लिए मनुष्य विरोधी सभ्यता है, इसलिए यह आसुरी सभ्यता है। प्राकृत को संस्कृत बनाना, प्रकृति को सुसंस्कृत करना केवल और केवल विधायात्मक रचनात्मक दृष्टिकोण से ही संभव है और रचनात्मकता, निर्वैरता, अभय परदुःख़कातरता के दिव्य भाव से संपन्न मनुष्य द्वारा ही साध्य है। गांधी की अहिंसा पर आधारित सभ्यता दृष्टि मशीनीकरण के स्थान पर मानवीकरण का यत्न है। हिंसा के हथियारों के विरुद्ध सत्य,

शील, स्नेह, दया इत्यादि मानवीय गुणों की विजय का उद्घोष है और अंततः कहा जा सकता है कि यह प्रत्येक मनुष्य द्वारा उसकी स्वराज की सिद्धि का संकल्प है। गांधी ने व्यापक और व्यावहारिक संदर्भों में अहिंसा को न सिर्फ अपने जीवन का धर्म बनाया था, बल्कि उन्होंने समाज, जीवन और परिवार के संपूर्ण संदर्भों में अहिंसा के प्रयोग किए। उनका जीवन ही अहिंसा की प्रयोगशाला है। वर्तमान हिंसायुक्त परिदृश्य में यह सवाल और वाजिब हो गया है कि हम गांधी-विचारों को नई पीढ़ी में संचारित करें।

□

15

गांधीजी और भारतीयता की समझ

सन् 1909 में जब गांधी ने 'हिंद स्वराज' लिखा था, कितनी त्वरा में लिखा होगा, कितने वेग में लिखा होगा, इसकी कल्पना कर सकते हैं कि दाहिना हाथ थक गया तो बाएँ हाथ से लिखा। कागज नहीं मिला तो जिन चीजों का वे विरोध करते रहे, उनमें से एक सिगरेट के रैपर्स पर लिखा, शराब की कार्टन को फाड़कर उस पर लिखा और लगभग सात-आठ दिनों में एक पुस्तक के रूप में दुनिया के समक्ष आई। पुस्तक की दृष्टि से कहा जाए तो वह है छोटी सी, किंतु भारतीयता के अर्थ-संदर्भों की बात की जाए तो भारत की वह सबसे महत्त्वपूर्ण पुस्तक है।

गांधी भारतीयता के भास्वर प्रतीक इसलिए हैं कि उस कालखंड में, जो पूरी दुनिया एक विशिष्ट प्रकार के विचार और विशिष्ट प्रकार की सभ्यता से आक्रांत थी और कोई विकल्प नहीं दिख रहा था। ऐसे समय में गांधी उस पूरी पश्चिमी सभ्यता को आसुरी और दानवी सभ्यता कहते हुए उसके निषेध का आह्वान करते हैं और उस निषेध के आह्वान पर मनुष्य जाति को, परंपरा प्राप्त उसकी जीवन-प्रणाली के आधार पर उसकी परिस्थितियों के अनुकूल, उसके पर्यावरण के अनुकूल, जो सभ्यता विकसित करनी है, उसके सूत्र देते हैं। आधुनिकता से अभी पूरी दुनिया का मोह भंग नहीं हुआ था। दोनों प्रकार के विचारों का उदारीकरण के नाम पर पूँजीवाद का जो विचार था और वैज्ञानिक समाजवाद के नाम पर जो भौतिकवाद का विचार था, इन दोनों ही विचारों से गांधी परिचित होते हुए भी इनके निषेधपूर्वक और अंतिम रूप से मनुष्य जाति के लिए स्थायी और समाधानकारी सभ्यता न मानते हुए निषेधपूर्वक कहते हैं

कि हिंद स्वराज वह है, जो करुणा पर आधारित है, जो किसी भी प्रकार से दैहिक, दैविक और मानसिक शोषण के विचार से मुक्त है। हिंद स्वराज वह है, जो मनुष्य की उसकी अपनी माटी से उपजे हुए जीवन-मूल्य को मनुष्य के लिए श्रेष्ठतम जीवन प्रणाली के रूप में स्थापित करता है, भारतीयता यही है और यह दृष्टि गांधी की सर्वोदय की दृष्टि है। वह 'हिंद स्वराज' को भारत की राजनीतिक आजादी मात्र तक नहीं मानते थे, हिंद स्वराज उनके लिए मनुष्यमात्र की आजादी का उपक्रम नहीं है। मनुष्यमात्र की आजादी, यानी मनुष्यमात्र को सभी प्रकार के बंधनों से मुक्ति प्राप्त हो सके। जब बंधनों से मुक्ति प्राप्त होती है तभी दुःख से मुक्ति प्राप्त होती है और अभाव से भी मुक्ति प्राप्त होती है। बंधन से मुक्ति प्राप्त होती है तो मनुष्य को उसके षड् रिपुओं (जिसमें सबसे बड़ा है, उसका लालच, उसकी तृष्णा, उसका मात्सर्य) से मुक्ति प्राप्त होती है।

गांधी मनुष्य मात्र को मद, मोह, मात्सर्य से मुक्ति दिलाते हुए लालच के आधार पर सभ्यता का निर्माण, आकर्षणों के आधार पर सभ्यता का निर्माण, इस प्रकार के निर्माण की प्रणालियों के विरुद्ध तोष पर, करुणा पर, संतुष्टि पर, परदुःखकातरता पर आधारित विश्व सभ्यता के निर्माण को भारत का वास्तविक स्वराज मानते हैं। यह सही बात है कि गांधी के जीवन में उसका कोई हिस्सा चरितार्थ हो गया हो, ऐसा नहीं था। भारत में आजादी के ठीक पहले 1939 में जब 'हिंद स्वराज' का एक नया संस्करण निकालने की बातें आईं थीं तो लोगों ने कहा कि कुछ शब्द बदलेंगे तो उन्होंने कहा कि कुछ नहीं बदलूँगा। हाँ, एक वाक्य में थोड़ा सा सुधार करूँगा। मैंने संसदीय राजनीति को बंझा या बंध्या कहा है। इंग्लैंड की एक महिला ने मुझे पत्र लिखकर कहा है कि इसमें नारी जाति का अपमान झलकता है। कोई वैकल्पिक शब्द न मिलने के कारण उसको गांधी ने बदला नहीं, आज भी यथावत् कायम है।

गांधी को समझने की हमारी दृष्टि क्या रही है? पूरी दुनिया की दृष्टि क्या रही है? हिंद स्वराज की उत्पत्ति, जो उत्स भूमि है, उसको समझे बिना जब चर्चा होती है तो ऐसा लगता है कि यह दुनिया भर के अच्छे विचारों का एक

संग्रह है। यह वस्तुत: है नहीं। 25 अक्तूबर, 1909 को दशहरे के दिन, इंडिया हाउस में गांधी और सावरकर के बीच एक वार्ता होती है। सावरकर की तर्क प्रणाली से हम सब परिचित हैं, गांधी उस प्रकार से तर्क करनेवाले व्यक्ति नहीं रहे हैं। सावरकर की तर्क प्रणाली में गांधी को कुछ प्रश्नों के उत्तर नहीं सूझते हैं, वार्ता बंद हो जाती है, लेकिन गांधी को प्रश्न व्यथित करता है और इंग्लैंड से साउथ अफ्रीका जाते हुए 'हिंद स्वराज' नामक ग्रंथ आता है। इस ग्रंथ के बारे में भी विचार किया जाए तो यह अंग्रेजी में नहीं आता है, बल्कि गुजराती में आता है। गुजराती 'नवजीवन' में छपता है, छपने के साथ ही प्रतिबंधित हो जाता है। गांधी स्वयं ही उसके बाद अंग्रेजी तर्जुमा करते हैं। कहते हैं इससे अच्छा अनुवाद करनेवाले लोग हो सकते हैं, जो मैं करूँगा; लेकिन इसमें जो भाव हैं, वो भाव आने चाहिए और इस तरह से आने चाहिए कि ब्रितानी हुकूमत को ज्यादा समस्याएँ न आएँ। मैं सिर्फ इतना ही कहूँगा, जिस पुस्तक का मूल एक भारतीय भाषा में होने के बाद भी प्रतिबंधित किया गया था, उसका अंग्रेजी तर्जुमा कभी भी प्रतिबंधित नहीं हुआ। इसको जब राजनीतिक दृष्टि से देखेंगे तो बात समझ में आती है। गांधी ने हिंद स्वराज (जिसका अंग्रेजी अनुवाद गांधी ने स्वयं किया था) में कुछ पुस्तकों की सूची अंत में दी है, उसी में रस्किन, तालस्तॉय आदि हैं। गुजराती हिंद स्वराज में किसी पुस्तक की सूची नहीं है, किसी का संदर्भ नहीं है। 25 अक्तूबर को जो बातचीत हुई थी, वह भारत की आजादी, भारत के लोग, भारत की भवितव्यता, भारत का भविष्य और भारत के भविष्य के आधार पर पूरी दुनिया में नई प्रकार की विश्व व्यवस्था की स्थापना करना, यह 25 अक्तूबर, 1909 का विषय था।

गांधी अपनी उस दृष्टि को प्रस्तुत कर रहे हैं, जिसके आधार पर भारत की भवितव्यता और भारत की भवितव्यता के आधार पर विश्व को एक वैकल्पिक व्यवस्था प्राप्त हो, वैकल्पिक सभ्यता प्राप्त हो, जो शोषण पर आधारित न हो, क्योंकि वह समय उपनिवेशवाद का चरम था। मनुष्य के शोषण का चरम था। 14 करोड़ मारे गए, उसके कुछ वर्षों के बाद के दशकों में 20 करोड़ उसके पहले मारे जा चुके थे। जब वह संयुक्त राज्य अमेरिका

नामक देश के उदय के पूर्व एक न्यू इंग्लैंड बना रहे थे तो 20 करोड़ से ले करके 14 करोड़ के बीच भारत की वह आबादी नहीं है, जो 200 वर्षों में, 190 वर्षों में कई करोड़ लोगों की हत्याएँ हुई थीं, लेकिन यह बात पक्की है कि आधुनिक सभ्यता, सभ्यता का आधुनिकतम मॉडल, जिसको आधुनिकता के नाम पर जाना गया, जिसको यूरोपियन पुनर्जागरण के नाम पर जाना गया, जिसको 'एज ऑफ साइंटिफिक आइडियोलॉजी' के नाम पर जाना गया, जिसको 'सोसाइटी ऑफ साइंटिफिक टेंपारेमेंट ऐंड साइंटिंफिक मूरिंग' के नाम पर जाना गया; उसके दो-तीन सौ वर्षों के इतिहास का आकलन करते हैं तो लगभग 60-70 करोड़ लोगों की पूरी दुनिया में हत्या के आधार पर बननेवाली विश्व व्यवस्था का प्रत्युत्तर गांधी देते हैं।

अहिंसक गांधी प्रथम विश्वयुद्ध में भारत को हिस्सा लेना चाहिए, इसकी वकालत करते हैं, यानी गांधी युद्ध की अवश्यंभाविता का निषेध नहीं करते हैं, अपितु युद्ध के बाद जो इस प्रकार की विश्व व्यवस्था निःसृत हो रही है, जो और शोषण को और अधिक अत्याचारों को और अधिक हिंसा के औचित्य को सिद्ध करनेवाली, गति बढ़ानेवाली विश्व व्यवस्था है, उसका विरोध कर रहे हैं। हिंद स्वराज—उसका संविधान है, उसका मेनिफेस्टो है और यह वस्तुतः भारतीय जीवन-दृष्टि का मेनिफेस्टो है।

गांधी मनुष्य के मशीनीकरण के खिलाफ हैं। हमने समझने की कोशिश की कि गांधी मशीनों के खिलाफ हैं, जबकि वे मनुष्य को रोबोट बनाने के खिलाफ हैं। केवल युक्ति के आधार पर जो प्रतिफलित हुआ, जो निःसृत हुआ है, इस प्रकार के स्यूडो साइंटिफिक लॉजिकल डिडक्शन के खिलाफ हैं गांधी। विश्व-व्यवस्था और मनुष्य की व्याख्या केवल वैज्ञानिक आधार पर नहीं की जा सकती है, सिर्फ उसके आधार पर नहीं की जा सकती है, जो छू करके जाना जा सकता है, जो चख करके जाना जा सकता है, जो काट करके जाना जा सकता है, वगैरह-वगैरह। मनुष्य इस प्रकार का केवल त्रिआयामी (थ्री डायमेंशनल) प्राणी नहीं है, बल्कि यह चतुर्आयामी (फोर डायमेंशनल) है। उसकी चेतना का डायमेंशन है, जिसकी मैपिंग संभव नहीं है। वह जो

मैपिंग संभव नहीं है, वही मनुष्य का सत्त्व है, वही मनुष्य का यथार्थ है। वही इस विश्व व्यवस्था का आधार है। इस विश्व की उत्पत्ति, निःसृति और भवितव्यता का मूल है, इस रूप में समझनेवाली जो दृष्टि है, वह भारतीय दृष्टि है। निश्चित रूप से बीसवीं शताब्दी में बुद्ध और शंकराचार्य के बाद पूरी दुनिया में इस व्यवस्था के सफल भाष्यकार के रूप में गांधी को समझने की आवश्यकता है।

गांधी के लिए भारत एक जमीन का टुकड़ा मात्र नहीं है। उनके लिए भारतीय परंपराएँ युक्ति के आधार पर, विचार-विमर्श के आधार पर निःसृत सात्त्विक ज्ञानमात्र नहीं है। गांधी 'जानहिं तुमहीं, तुमहीं होई जाईं', इस प्रकार की सिद्धांत और प्रयोग के बीच जो संसक्तता की प्रणाली है, उसके प्रस्तोता हैं। सिर्फ सिद्धांत ही नहीं, पाठ की भी जो हमारी प्रणाली रही है। सुलह, सात्मीकरण और गति देने की हमारी प्रणाली है, गांधी इन सभी प्रणालियों के सफल प्रयोक्ता हैं, इसलिए गांधी के लिए धर्म और उपासना पंथ की एकाकारिता नहीं है। गांधी के लिए धर्म मनुष्य का वह चैतसिक आधार है, जिस पर मनुष्य सहित समस्त प्राणियों और इस संपूर्ण विश्व के और इस विश्व के परे भी कोई ब्रह्मांड व्यवस्था है, तो उसकी भी संभावनाएँ निःसृत होती हैं।

गांधी की आँख से देखना, भारतीय की आँख से देखना है। गांधी को समझना भारत को समझना है। गांधी वाला होना या गांधी का होना, भारत का होना है। भारत भाव के साथ जीना है। भारतीयता के साथ सात्मीकरण करते हुए जीना है। गांधी कालबाह्य नहीं हैं। गांधी आज भी प्रयोज्य हैं और गांधी के आधार पर सिर्फ भारत को ही त्राण नहीं मिलेगा, बल्कि संपूर्ण विश्व को त्राण मिलेगा। आज जो भी संत्रास में, कुंठा में, संघर्ष में जी रहे हैं, अस्तित्व के संकट से ग्रस्त विश्व को गांधी का रास्ता, गांधी की सभ्यता दृष्टि ही त्राण दे सकती है। अस्तित्व के आसन्न संकट से मुक्त कर सकती है।

□

16

गांधीजी : समाज, संस्कृति और स्वराज

सन् 1948 तक गांधी औद्योगीकरण की सभ्यता और उस सभ्यता के दुष्परिणामों की घोषणा करते हुए दुनिया के पहले पोस्ट मॉडर्निस्ट हैं। आधुनिक सभ्यता के खात्मे के साथ ही, नकार के साथ ही मानवता की सभ्यता स्थापित हो सकती है—इसका प्रतिपादन वे हिंद स्वराज में करते हैं, उस दृष्टि से एकदम चर्चा इस देश में नहीं हुई है। कोई तो कारण रहा होगा कि गांधी प्रथम विश्वयुद्ध में जहाँ विश्वयुद्ध के साथ हैं, वहीं द्वितीय विश्वयुद्ध में विश्वयुद्ध के खिलाफ हो जाते हैं। दोनों की परिस्थितियों में कोई ऐसा अंतर नहीं है। प्रथम विश्वयुद्ध के समय भी बहुत सारी ऐसी परिस्थितियाँ थीं कि भारत को आजादी मिल जानी चाहिए थी और ये परिस्थितियाँ द्वितीय विश्वयुद्ध के समय भी थीं। इसका ठीक ढंग से मूल्यांकन हो सकेगा कि गांधी अंग्रेजों की कमजोरी का फायदा उठाने के लिए और कमजोरी से या धोखे से भारत की राजनीतिक स्वतंत्रता प्राप्त कर ली जाए, इसके लिए वे द्वितीय विश्वयुद्ध का विरोध नहीं कर रहे थे, बल्कि वे खिलाफ इसलिए थे कि पहली बार युद्ध में मनुष्य पर मशीन भारी पड़ जाएगी।

पहली बार दुनिया ने युद्ध के क्षेत्र में मशीन के द्वारा निर्मित अनैतिकता का तांडव देखा था। पहली बार कुछ लोगों की अंगुलियों के नाच जाने के कारण से लाखों-लाख लोग क्षण भर में नष्ट हो सकते हैं, इसके स्वरूप को गांधी ने 1909 में देखा था, जिसे वे आसुरी सभ्यता, राक्षसी सभ्यता के रूप में प्रस्तुत कर रहे होते हैं। इस आलोक में गांधी की सभ्यता दृष्टि का मूल्यांकन नहीं हुआ है। समाज व संस्कृति की, जो गांधी की दृष्टि है,

वह ठीक से समझी नहीं जा सकी है। रही बात स्वराज की तो, स्वराज और रामराज्य में गांधी कोई अंतर नहीं करते हैं। बार-बार उन्होंने इस बात को कहा है, अगर किसी को रामराज्य, क्योंकि उस समय तक तो देश में हिंदू-मुस्लिम समस्या खड़ी होने लगी थी तो उन्होंने कहा कि अगर किसी को रामराज्य—शब्द बुरा लगता है तो मैं धर्मराज्य बोलूँगा, यानी गांधी रामराज्य और धर्मराज्य के बीच मतभेद नहीं कर रहे हैं।

गांधी रामराज्य कह रहे हैं तो वह विशुद्ध राजनीतिक विचार नहीं है। गांधी स्वराज और रामराज्य की एकाकारिता की बात कर रहे हैं तो मात्र राजनीतिक आजादी नहीं है। 22 मई, 1921 में गुजराती 'नवजीवन' में उन्होंने लिखा था कि हम रामराज्य का अर्थ स्वराज, धर्मराज्य और लोकराज्य से करते हैं। प्रार्थना सभा को संबोधित करते हुए उन्होंने कहा कि स्त्रियों की सहभागिता के बिना रामराज्य संभव नहीं है। ध्यान देने की बात है कि ब्रिटिश संसदीय लोकतंत्र में स्त्रियों को मताधिकार 1927 में मिला था। 1925 में जो वे बात कर रहे हैं, वह पूरी पश्चिमी सभ्यता पर एक प्रश्नचिह्न खड़ा कर रहे हैं। वह रामराज्य में स्त्रियों की सहभागिता और भारत में स्त्रियों की दशा की बात नहीं कर रहे हैं, बल्कि उनकी (स्त्रियों की) सहभागिता, राजनीति और सत्ता की बात कर रहे हैं तो स्त्री मुद्दे के सवाल जहाँ थे, वहीं के वहीं रह गए। भारत में तो स्त्रियों को अधिकार 1919 में ही मिल गया था और बिना किसी लड़ाई के मिला था। जब पहली बार मताधिकार आया तो स्त्रियों के मताधिकार के साथ आया। कोई स्त्री अधिकारिता की बात जब कर रहे हैं और कह रहे हैं कि एक तो स्त्रियों की सहभागिता के बिना रामराज्य असंभव है; गलती से अगर वह रामराज्य जैसा दिखनेवाली कोई चीज दिख गई तो वह निकम्मा रामराज्य होगा और निकम्मेपन से गांधी को कितनी घृणा है, यह बताने की जरूरत नहीं है।

अगर कोई चीज रामराज्य के आने में सबसे बड़ी बाधा है तो वह है—जाति व्यवस्था या छुआछूत। 26 फरवरी, 1947 को भारत की आजादी आसन्न है, तारीख मुकर्रर हो चुकी है, तब वे कहते हैं कि सारी विपरीत

परिस्थितियों के बावजूद गांधी का रामराज्य आएगा, ऐसा गांधी के मन में भी विश्वास है। कहते हैं कि रामराज्य का तात्पर्य ईश्वरीय राज्य है, परमात्मा का राज्य है। परमात्मा का राज्य, अर्थात् धर्मराज्य, लोकराज्य, रामराज्य, स्वराज और उस कालखंड में इन चारों की एकाकारिता को प्रतिपादित करनेवाले एकमात्र राजनीतिक नेता, संत, आध्यात्मिक पुरुष, समाज सुधारक, लोक-संग्रह व्यक्तित्व के रूप में कोई दिखाई देता है तो वह गांधी हैं। जब इस रूप में गांधी का मूल्यांकन करेंगे तो गांधी की प्रासंगिकता समझ में आती है, अन्यथा गांधी तो अपने आप को ही अप्रासंगिक सिद्ध कर चुके थे। 1939 में महादेव देसाई, जमनालाल बजाज जी से चर्चा करते हुए उन्होंने साफ-साफ कहा था कि 'हिंद स्वराज' के किसी हिस्से में 30 वर्ष बीत जाने के बाद भी, मेरे निरंतर यत्न के बाद भी कहीं सफलता नहीं प्राप्त हुई है। थोड़ा बहुत लोगों ने अहिंसा का पालन करने की कोशिश शुरू की है, लेकिन वास्तव में अहिंसक समाज की निर्मिति नहीं हुई है और गांधी का लक्ष्य एक अहिंसा पर आधारित सभ्यता की स्थापना करना है।

अहिंसा पर आधारित सभ्यता ही संपूर्ण मानवता की रक्षा का आधार हो सकती है। जो सभ्यता शोषण पर आधारित होगी, जो सभ्यता युद्ध पर आधारित होगी, जो सभ्यता हिंसा पर आधारित होगी, जो सभ्यता दूसरे के खात्मे द्वारा अपने विकास की अवधारणा को बनाने पर आधारित है—वह मनुष्य के लिए, मानवता के लिए, इस धरती के लिए और इस धरती के परे भी कोई जीवन है तो सबके लिए खतरनाक होनेवाली है, क्योंकि हम सब पर्यावरण समस्या की ओर जा रहे हैं तो एक-दूसरे पर पड़नेवाले असर की बात करें तो अगर यह संपूर्ण सृष्टि एक-दूसरे पर आश्रितता की है, इस ब्रह्मांड में भी असर पड़ता है और ब्रह्मांड से परे जीवन होता है, उस पर भी असर पड़ता है।

गांधी जिन बातों के आधार पर औद्योगिक सभ्यता की खिलाफत कर रहे हैं, मशीनों की खिलाफत कर रहे हैं, वह मनुष्य के मन और मस्तिष्क के मशीनीकरण के खिलाफ हैं। वह जब मशीनों के खिलाफ बोल रहे हैं

तो वे उस सभ्यता के खिलाफ बोल रहे हैं, जो आर्कमिडीज से लेकर और साइमन तक, आर्कमिडीज, डार्विन और साइमन मिलाकर जो बनती है, वह यांत्रिकता के सिद्धांत की बात करती है, जो 'समाज एक उद्यम है' की बात करती है, जो जैविक उद्विकास की बात करती है, जिसके लिए मनुष्य और पशु के बीच मात्रात्मक और प्रक्रियात्मक भेद है, जिसमें मूल्यों के लिए कोई जगह नहीं बनती है और इन तीनों को मिला करके जो सभ्यता बनती है, वह यांत्रिक, पाशविक और व्यापारिक सभ्यता है और इस यांत्रिक, पाशविक और व्यापारिक सभ्यता का विरोध करते हुए गांधी उसे आसुरी सभ्यता कहते हैं। उसके विरुद्ध गांधी रामराज्य को, स्वराज को, लोकराज्य को, धर्मराज्य को जब एकाकार कर प्रस्तुत कर रहे होते हैं तो उसके पीछे उदाहरण भारत की परंपरा से आता है।

सोने की लंका से अधिक भौतिक समृद्धियों के किसी राज्य की, किसी व्यवस्था की मनुष्य कल्पना नहीं कर सकता है। अपनी सभ्यता के अनुसार, ईमानदारी और निष्ठा की भी कल्पना नहीं की जा सकती है। वह श्रीलंका की राज्य व्यवस्था में सबसे ईमानदार और सर्वाधिक समर्पित लोगों की राज्य व्यवस्था है, समाज व्यवस्था है। भौतिक दृष्टि से मनुष्य जो कुछ भी सर्वोत्तम सोच सकता है, उसको प्राप्त की हुई समाज-व्यवस्था है, लेकिन उसको भी मानवीय मूल्यों के रथ से, मानवीय मूल्यों के आयुध (करुणा, सत्य, अहिंसा, त्याग, शौच, इंद्रिय निग्रह आदि) से मनुष्य में जो परिवर्तन के आयुध हैं, मनुष्य को दैवीय गुणों से संपन्न करने के आयुध हैं, उससे विजित किया जाता है। इस कथा के बाद जो उत्पन्न होनेवाला रामराज्य है। गांधी इसलिए बार-बार उसी को लोकराज्य, उसी को धर्मराज्य, उसी को स्वराज कहते हैं। आखिर गांधी तो वही बात कहते हैं, जो तुलसी भी कह रहे हैं, 'दैहिक दैविक भौतिक तापा। राम राज सपनेहु नहिं व्यापा॥ (यानी रामराज्य में दैहिक, दैविक और भौतिक ताप किसी को नहीं व्यापते), लेकिन उसमें गांधी उसी रामराज्य की बात करते हुए जिसको कह रहे हैं, वह हमें याद नहीं रहा। याद इसलिए नहीं रहा कि उसकी अगली जो चौपाई है, जब

तक हम उसको याद नहीं करते हैं, तब तक गांधी का रामराज्य स्पष्ट नहीं होता है। 'सब नर करहिं परस्पर प्रीती। चलहिं स्वधर्म निरत श्रुति नीती॥' (सब मनुष्य परस्पर प्रेम करते हैं और वेदों में बताई हुई नीति (मर्यादा) में तत्पर रहकर अपने-अपने धर्म का पालन करते हैं।) स्वधर्म श्रुति, रीति और नीति। लोक मत, साधु मत, शास्त्र मत—ये तीनों मत जब मनुष्य के श्रेष्ठतम गुणों पर आधिष्ठ करके कोई सभ्यता बनती है तो उस सभ्यता के आधार पर रामराज्य की संस्कृति का अभियान होता है।

इसलिए गांधी बार-बार कहते हैं कि हमारे निरंतर प्रयत्नों के बाद भी भारत में अभी स्वराज के आने की तैयारी नहीं है, फिर भी 'हिंद स्वराज' की जो अवधारणा है, दुनिया चाहे इसको यूटोपिया कहे, मैं इसमें एक भी शब्द बदलने को तैयार नहीं हूँ। संपूर्ण सभ्यता औद्योगिक क्रांति के बाद मनुष्य विरोधी, जो सभ्यता विकसित हुई है। मशीन से मनुष्य को मानवेतर पशु बनाने की, जो सभ्यता विकसित हुई है। उस सभ्यता के खिलाफ खड़ा हुआ कोई व्यक्तित्व दिखता है तो वह गांधी दिखता है। इस नाते गांधी के रास्ते, क्योंकि गांधी को पश्चिम की उतनी ही समझ थी, जितनी पूरब की थी। पश्चिम की परंपराओं से उतना ही परिचय था, जितना जन्म से उनको भारतीय परंपराओं से परिचय था। उन दोनों का समन्वय करते हुए गांधी का रामराज्य आता किस रास्ते से है, उसके उपकरणों की चर्चा जब तक हम नहीं करेंगे, तब तक ध्यान में नहीं आएगा। गांधी के विकसित ये उपकरण, वह 1857 में ब्रितानी हुकूमत के विरुद्ध स्वतंत्रता आंदोलन के कुचले जाने के बाद उस आंदोलन की आग समाज में जिंदा रहेगी, प्रतिरोध का प्राणतत्त्व जिंदा रहेगा, इसके लिए सतगुरु राम सिंह के नेतृत्व में कूका संतों ने स्वदेशी, बहिष्कार और संघर्ष का जो रास्ता अपनाया था, हाथ से काते हुए वस्त्र पहनेंगे। अंग्रेजी स्कूलों में बच्चों को नहीं पढ़ाएँगे। अंग्रेजी पोस्ट ऑफिस का व्यवहार नहीं करेंगे, अंग्रेजी न्यायालयों का बहिष्कार करेंगे। अपनी न्याय व्यवस्था को स्थापित करेंगे, अंग्रेजी भाषा का बहिष्कार करेंगे और निरंतर अहिंसक प्रतिरोध द्वारा इस सभ्यता को, इस राज्य व्यवस्था को खत्म करने

के लिए सगुण यत्न करते रहेंगे। गांधी वहाँ से अपने संपूर्ण आंदोलन के सूत्र को लेते हैं। गांधी वहाँ से अपने आंदोलन के सूत्र को लेते हैं, जहाँ वारेन हेस्टिंग्स को भी जनांदोलन के कारण से बनारस से कब्जा करने के बाद तीन दिनों के अंदर बाहर जाना पड़ता है और हफ्तों-हफ्तों ईस्ट इंडिया कंपनी की सेना नागरिक प्रतिरोध के नाते से नगर में प्रवेश नहीं कर पाती है।

गांधी बार-बार जब भारतीय परंपरा के अंतर्गत स्वधर्म, स्वराज और मनुष्य के गुणों की बात कर रहे हैं। रामराज्य को तुलसी के रामराज्य के शब्दों में समझाने की कोशिश कर रहे हैं तो इन सबका अवगाहन करते हुए गांधी आगे बढ़ रहे हैं। गांधी के जाने के बाद हमने गांधी की सारी प्रक्रिया का निषेध करके एक रैडिकल गांधी बनाने की कोशिश की है। गांधी रैडिकल हैं तो दुनिया में सबकुछ रैडिकल हो जाएगा। गांधी निरंतर प्रयोग के द्वारा श्रेष्ठतम, शुभ की संभावनाओं की तलाश और उनके रंचमात्र अनुभव के साथ उसकी स्वीकृति की प्रक्रिया को अपनाते हैं, इसलिए प्रोटोटाइप पर भी नहीं चलता और ब्लू-प्रिंट पर भी नहीं चलता है। गांधी भारतीयता के तप, साधना और तपसाधनापूर्ण मनुष्य जीवन की निरंतर प्रक्रिया के प्रतिपादक हैं। इस सृष्टि को संदर्भित करके जब हम विचार करेंगे, तब समाज, संस्कृति और स्वराज के संदर्भों में भारत में और दुनिया में भी गांधी की समकालीन प्रासंगिकता क्या है, तब यह बात समझ में आएगी, अन्यथा गांधी स्वयं ही 1942 के आंदोलन के तपने के बाद से अपने को अप्रासंगिक सिद्ध करते हैं। लिनलिथगो को लिखी गई चिट्ठियों में जिस प्रकार प्रायश्चित्त गांधी ने किया है, उसके बाद समझ में आता है कि वस्तुतः हर समय में नई संभावनाओं की तलाश का नाम गांधी है।

भारतीयता, भारतीय संस्कृति, भारत में जो सनातन सभ्यता, संस्कृति की दृष्टि रही है, वह निरंतर नवीन संभावनाओं की प्राचीन मूल्यों पर आधारित, संस्कृति दृष्टि है और उसका कोई स्वरूप पिछले दो सौ वर्षों में दिख रहा है, भास्वर रूप में, प्रतीक के रूप में तो गांधी हैं, इसलिए गांधी भारत के लिए भी प्रासंगिक है। पूरी दुनिया को अहिंसामूलक सभ्यता द्वारा बचाया जा

सकता है, बनाया जा सकता है, बढ़ाया जा सकता है। वे एकमात्र विकल्प पूरी दुनिया के लिए देते हैं। कोई दूसरा रास्ता नहीं है, इसलिए पूरी दुनिया के लिए भी गांधी प्रासंगिक हैं।

□

17

समाजोद्धार और कबीर-गांधी का ट्रस्टीशिप

सामाजिक विकास पर नजर डालें तो लगता है कि कबीर की जीवन-दृष्टि विस्तृत फलक लिये हुए हैं। कबीर की जीवन-दृष्टि सत्य की जीवन-दृष्टि है। कबीर तो चिल्लाकर कहता है, 'कबिरा खड़ा बाजार में, लिये लुकाठी हाथ। जो घर फूँके आपना चले हमारे साथ॥' स्वार्थों के संसार को जो जला करके सत्य की प्राप्ति के लिए आगे बढ़ सकता है, वह कबीर के रास्ते का है। कबीर मठों के बाहर का जीवन है, इसलिए कबीर ने जो ट्रस्टीशिप का सिद्धांत प्रस्तुत किया है, वह बड़ा मजेदार है। कहते हैं कि 'साईं इतना दीजिए जामे कुटुंब समाय। मैं भी भूखा ना रहूँ, साधु न भूखा जाय॥' यही भारत में ब्राह्मण धर्म में कहा गया है तो कबीर ब्राह्मण धर्म को प्रत्येक व्यक्ति के धर्म के रूप में प्रतिपादित करनेवाले संत हैं। पूरे समाज को ब्राह्मण बनाना है। ब्राह्मण जाति की दृष्टि से नहीं, आचरण की दृष्टि से, श्रेष्ठता की दृष्टि से, ज्ञान और शक्ति की उपासना की दृष्टि से और वे कबीर कभी किसी पंथ तक सीमित नहीं हैं। वे तो हिंदुओं की विकृति पर भी चिल्लाते हैं और मुसलमानों के पाखंड पर भी। वह किसी किस्म की हिंसा के खिलाफ हैं, गरीब के शोषण के खिलाफ हैं। कबीर शारीरिक श्रम को आध्यात्मिक जीवन में प्रतिष्ठा के संत हैं।

कबीर की भाँति गांधी समाजोद्धार के लिए प्रतिबद्ध हैं। समाजोद्धार की बात करें तो पहली बात यह कि न कबीर ब्राह्मण हैं और न ही गांधी, लेकिन

दोनों मनुष्य के लक्ष्य को इस जीवन में ब्राह्मण जीवन जीने का मार्ग बताते हैं। अपने लिए कुछ भी संग्रह नहीं करना है, सबकुछ समाज के लिए है। अपने लिए जितने से पेट भर जाता है, जितने से शरीर ढक जाता है, उतना ही चाहिए, यही तो भारतीय परंपरा पहले से कहती आई है। जितने से तुम्हारा पेट भर जाता है, उतना ही तुम्हारा अधिकार है। उससे अधिक अगर तुम चाहते हो तो तुम चोर हो और दंड के पात्र हो। यह दृष्टि जब व्यक्ति के जीवन में उतरती है तो उसमें परदुःखकातरता आती है, उसमें समरसता का भाव आता है, उसमें करुणा का उद्रेक होता है और वह दूसरों की भलाई के लिए अपना सबकुछ न्योछावर करने को तैयार हो जाता है। यह आदर्श समाज है, इस आदर्श समाज की स्थापना के लिए बुद्ध, कबीर, गांधी, रैदास जैसे संतों में एकाकारिता दिखेगी।

गांधी बीसवीं शताब्दी के ऐसे व्यक्ति हैं, जिसमें वह साहस है, जैसे कबीर सबकुछ जला देने की बात करते हैं। सभी सभ्यता की रचनाओं को जला देने की बात करते हैं। वैसे ही गांधी 1909 में ही पूरी पश्चिमी सभ्यता को जला देने, नष्ट कर देने की बात करते हैं और यह बहुत साफ शब्दों में कहते हैं कि यह जो सभ्यता है बड़े-बड़े कारखानों की सभ्यता, बड़ी-बड़ी कंपनियों की सभ्यता, दानवी सभ्यता है, सैटनिक सिविलाइजेशन है और इससे जब तक निजात नहीं मिलेगी, तब तक भारत को, भारत के लोगों को स्वराज प्राप्त नहीं होगा।

स्वराज का तात्पर्य है—सभी प्रकार के बंधनों से मुक्ति पाना। वह विचारधारा के प्रति निष्ठा का बंधन हो या किसी खास प्रकार की जीवन प्रणाली की श्रेष्ठता को मानने का बंधन हो। भारत की कठिनाई क्या है कि हमने स्यूडो मॉडर्निटी को श्रेष्ठ जीवन प्रणाली बना लिया और पश्चिम से आई हुई संघर्ष पर आधारित, टकराव पर आधारित सभ्यता दृष्टि को, वैचारिकी को श्रेष्ठतम वैचारिकी के रूप में स्वीकार कर लिया, लेकिन मजेदार बात है, आज का युवा इससे मुक्ति पाना चाहता है। आज कोई अपने को भौतिकवादी, प्रगतिशील, मार्क्सवादी, माओवादी फैशन के तौर पर कहना नहीं चाहता है।

एक जमाना था, ऐसा बनने का फैशन था। आज का युवा अपने मूल की ओर लौटना चाहता है। वह वेदों को जानना चाहता है और भारतीय संतों को भी। भारत की साधना पद्धति और जीवन प्रणाली को जानना चाहता है; और सिर्फ भारत का ही युवा नहीं, भारतीय युवा जो पूरी दुनिया में है, वह जानने और समझने की कोशिश कर रहा है, इसलिए गांधी प्रासंगिक हो गए हैं।

गांधी पूरी दुनिया के लिए विविध राजनीतिक कारणों से प्रासंगिक हो गए हैं। गांधी वो व्यक्ति हैं, जिन्होंने आजादी का रास्ता दिखाया, वह रास्ता केवल राजनीतिक आजादी का नहीं है। केवल राजनीतिक आजादी का होता तो भारतीय प्रयोग के साथ उसकी पूर्ति हो जाती, लेकिन वह दक्षिण अफ्रीका में भी दिखता है और रोडेशिया से जब जिंबाब्वे का उदय होता है, तब भी दिखता है। जब मंगोलिया में क्रांति होती है, तब भी गांधी का ही रास्ता दिखता है, बुद्ध का ही रास्ता दिखता है, इसलिए बुद्ध से लेकर गांधी और आंबेडकर तक जो अहिंसा की, प्रतिरोध की, विनयपूर्वक प्रतिरोध की और श्रद्धापूर्वक अपनी परंपरा की स्वीकृति की जीवन प्रणाली है, वह आनेवाले दिनों में पूरी दुनिया के लिए सार्थक होनेवाली है। भारत सहित पूरी दुनिया में आज जो अस्तित्व का संकट है, उससे मुक्ति दिलाने का रास्ता बुद्ध, गांधी, कबीर, आंबेडकर और रैदास आदि के विचारों में निहित है।

□

18

हिंद स्वराज, भारतीय ज्ञानपरंपरा और हिंदी पत्रकारिता का स्वरूप एवं चुनौतियाँ

वस्तुतः हिंदी पत्रकारिता की जो परंपरा है, उस परंपरा को 'उदंत मार्तंड' से लेकर अद्यावधि भारत की ज्ञानपरंपरा से काटकर नहीं देखा जा सकता है। स्वाभाविक है कि गांधी के बाद और गांधी के काल में भी समूची हिंदी पत्रकारिता को गांधी से काट करके नहीं देखा जा सकता है, क्योंकि वह पहले व्यक्ति हैं, जो हिंदी की, हिंदुस्तानी की, भारत की जबान, भारत की भाषा, भारत के लोगों की भाषा की वकालत करते हैं, हिंदी सभी लोगों की भाषा हो सकने की क्षमता रखती है, इस रूप में प्रस्तावित करते हैं और सिर्फ प्रस्तावित ही नहीं करते हैं, बल्कि इस रूप में व्यवहृत हो सके, इसके लिए यत्न भी करते हैं।

गांधी एक पत्रकार के रूप में पूरी दुनिया में जाने जाते हैं। मजेदार बात है कि गांधी को उपदेशक के रूप में, महात्मा के रूप में, नए युग के निर्माता के रूप में पूरी दुनिया मानती रही है, लेकिन अपनी पत्रकारिता में गांधी उपदेश से बचाव करनेवाले व्यक्ति हैं। उपदेश न करने के बाद भी विश्लेषण के आधार पर, तथ्यों के विश्लेषण के आधार पर, परिस्थितियों के विश्लेषण के आधार पर आगे आनेवाले दिनों में मनुष्य के आचरण की दिशा, मनुष्य के व्यवहार की दिशा को निर्धारित किया जाए और इसका यत्न किस ढंग से किया जाए, यही सही पत्रकारिता है। गांधी इसके आदर्श उदाहरण हैं। इस ढंग से 'हिंद स्वराज' को काटकर नहीं देखा जा सकता है।

हिंद स्वराज कोई उपदेश नहीं है। यह तो पूरी दुनिया के लिए आधुनिकता से उत्पन्न होनेवाली भावी संभावनाओं, उत्पन्न होनेवाली भविष्य में खतरनाक संभावनाओं का आकलन है। यह उस कालखंड में आकलन है, जब पूरी दुनिया आधुनिकता के चमत्कार से किंकर्तव्यविमूढ़ थी, अनुगमन के लिए बाध्य थी। सिर्फ विज्ञान और तकनीक की उन्नति के कारण से ही नहीं, अपितु सामाजिक संबंधों की दृष्टि से, सामाजिक मूल्य की दृष्टि से जो नए प्रकार का, अठारहवीं-उन्नीसवीं शताब्दी में समाज उदित हो रहा था, नई प्रकार की राजनीति उदित हो रही थी, उन सबको लेकर पूरी दुनिया चमत्कृत थी। ऐसे कालखंड में गांधी वह पहले विचारक हैं, जो साफ-साफ शब्दों में इस सभ्यता के खिलाफ, इस सभ्यता के मनुष्य विरोधी होने की तार्किक समीक्षा प्रस्तुत करते हैं।

जब 'हिंद स्वराज' और भारतीय ज्ञानपरंपरा की चर्चा की जा रही है तो यह समझना जरूरी है कि भारतीय ज्ञानपरंपरा अद्यतन है, अनवरत है, निरंतर है, लेकिन नित्य कूटस्थ जैसी कोई चीज नहीं है। निरंतरता ही इसकी नित्यता है, जब निरंतरता होती है तो परिष्कार होता है, परिष्कार की सभी प्रकार की संभावनाओं को स्वीकृति प्रदान करना, यह भारतीय ज्ञानपरंपरा की विशेषता है। कल्पना कर सकते हैं कि ब्रुनो अगर भारत में पैदा हुआ होता तो क्या वह जलाया जाता? यह उस देश के लिखनेवाले तमाम लोगों ने माना कि ब्रुनो अगर भारत में पैदा हुआ होता तो उसे जलाया नहीं जाता। गैलीलियो अगर भारत में हुआ होता तो उसे जेल नहीं जाना पड़ता। इमानुएल कांट अगर भारत में हुआ होता तो उसे क्षमा-याचना का विज्ञापन अपनी पुस्तक में नहीं छापना पड़ा होता, अर्थात् भारतीय ज्ञानपरंपरा को इस दृष्टि से देखें तो यह पूर्व में मनुष्य द्वारा, उसकी मेधा द्वारा या उसकी अनुभूति द्वारा, सत्य के साक्षात्कार द्वारा या सत्य के विश्लेषण द्वारा, किसी रूप में जो अर्जित ज्ञान राशि है, उसको अंतिम और इदमित्थं मान करके स्वीकार करने की परंपरा नहीं है, अपितु प्रश्न खड़े करने की परंपरा है। ये परंपरा उपनिषदों से लेकर गांधी तक और वर्तमान समय तक लगातार दिखाई देती है और यह जो दृष्टि है, समाज

को समझने की, विज्ञान को समझने की, तकनीक को समझने की, मानविकी विद्याओं को समझने की यह भारतीय ज्ञानपरंपरा का वैशिष्ट्य है और इस वैशिष्ट्य से ओत-प्रोत पूरी दुनिया में कोई मजबूत पुस्तक दिखाई देती है, एक ऐसी पुस्तक दिखाई देती है, जिसका लेखक समाज में लगातार काम करते हुए, लगातार अपने विचारों के अनुरूप प्रयोग करते हुए चालीस वर्ष बाद भी कहता है कि एक अक्षर भी नहीं बदलूँगा तो यह संपूर्ण भारतीय ज्ञानपरंपरा के आधार पर एक समीक्षा है।

'हिंद स्वराज' गांधी का दर्शन है। गांधी का विश्व दर्शन है, गांधी का सभ्यता दर्शन है, गांधी का संस्कृति दर्शन है, गांधी का शिक्षा दर्शन है। यह विशुद्ध तत्त्व-चिंतन की पुस्तक है, इस तत्त्व-चिंतन की पुस्तक और गांधी द्वारा इस तत्त्व-चिंतन के अनुरूप सभ्यता निर्माण के लिए आवश्यक उपकरण, जिन्हें बाद में विनोबा ने एकादश व्रत के रूप में प्रस्तुत किया, इनका जब तक योग नहीं होता है, तब तक हिंद स्वराज समझ में नहीं आती है। गांधी ने अपने जीवन में खुद ही कहा था कि केवल अहिंसा पर थोड़ा-बहुत चलने की कोशिश की है। 'हिंद स्वराज' में मैंने जिस प्रकार के समाज का सपना देखा था, अभी मैं घर के लोगों की वैसी तैयारी नहीं कर सका हूँ, यानी गांधी की दृष्टि में ही एक यूटोपियन रूप है। एक ऐसा सर्वोच्च शुभ है, मनुष्य जाति के लिए जो सोचा जा सकता है, उतारना कठिन है, असंभव है, लेकिन यह जानने के बाद भी लगातार यत्न करना, सर्वोच्च शुभ की प्राप्ति के रास्तों की तलाश करना, यह जो गांधी का वैशिष्ट्य है, यह वैशिष्ट्य बहुतों ने देखा है। तालस्तॉय और रस्किन के प्रभाव को गांधी ने भी स्वीकार किया है, लेकिन ये सबकुछ गांधी में भारत की परंपरा के और भारत के इतिहास से आता है।

गांधी यदि स्वदेशी की बात करते हैं तो 1857 में जो आंदोलन मर रहा था, उसको जिंदा स्वदेशी ने ही किया था। 1857 के बाद 1862 से लेकर 1885-86 तक पंजाब में कूका संतों द्वारा, नामधारी संतों द्वारा अंग्रेजी चीजों के बहिष्कार के आधार पर, अपनी मूल सामाजिक संरचना और मूल

सभ्यता-दृष्टि को बनाए रखने का जो यत्न हुआ था, वह यत्न पूरी दुनिया में किसी भी समूह द्वारा एक बड़े क्षेत्र में लगातार प्रयासपूर्वक और ऐसा समाज खड़ा कर पहली बार हुआ था। दक्षिण अफ्रीका में वह प्रयोग गांधी कर रहे थे तो उसकी जड़ें भारत में ही थीं।

1905 ई. में जब बंग-भंग के खिलाफ आंदोलन चलाते हुए टैगोर और बंगाल के तमाम बुद्धिजीवी नेतृत्वकर्ताओं ने स्वदेशी का उद्घोष किया था, तो उसकी जड़ें भारत में ही थीं। हिंद स्वराज में उन जड़ों के आधार पर पल्लवन हुआ है। दुनिया के इतिहास पर विचार करें तो तीन दिनों तक भारत के अंदर पहली बार सिविल नाफरमानी हड़ताल हुई। पूरी दुनिया में कहीं अहिंसक रूप से जनता राज्य के खिलाफ हिंसा न करते हुए सिविल नाफरमानी करती है, सविनय अवज्ञा करती है, हड़ताल करती है तो यह भारत में ही संभव हो सका था। फ्रांस की क्रांति से बहुत सारे उदाहरण दिए जा सकते हैं, जिसमें जनता सड़कों पर आई थी, लेकिन वह सिविल नाफरमानी नहीं थी। सविनय अवज्ञा की जो बात है, वह बनारस के इतिहास का उदाहरण है। वारेन हेस्टिंग्स बनारस आया और उस पर कब्जा कर लिया, लेकिन जनता के प्रतिरोध के कारण से जनता द्वारा और एक संत किनाराम के नेतृत्व में बनारस के लोगों ने अपने काम-धंधे बंद करके या यों कहें कि पूरी तरह से गंगा स्नान जाना भी बंद कर दिया। मंदिरों में राजभोग का, यदि भगवान् को भी हड़ताल पर लाने का जो यत्न हुआ और तीन दिनों तक चलनेवाले इस यत्न का ही परिणाम था कि वारेन हेस्टिंग्स को फिर कुछ महीनों के लिए बनारस छोड़ना पड़ा और फिर वह नई तैयारी के साथ आया। यह इतिहास की दूसरी दिशा है। सविनय अवज्ञा के प्रयोग, गांधी के सभी प्रयोग, जिनको वे 'हिंद स्वराज' की वैचारिकी की प्राप्ति के उपकरण के रूप में देखते हैं, वह पूर्णतावादी है।

हिंद स्वराज की वैचारिकी में तो बहुत से ऐसे तत्त्वों का हम विश्लेषण करेंगे तो दिख जाएँगे, जो अभारतीय लगते हैं, लेकिन हैं भारतीय ही। 'हिंद स्वराज' जब नवजीवन में पहली बार छपा तो गुजराती में था। उसमें किसी पुस्तक का नाम गांधी ने नहीं दिया था, लेकिन वह प्रतिबंधित हो गया। गुजराती

संस्करण प्रतिबंधित हो गया था तो गांधी ने खुद अंग्रेजी अनुवाद करने का तय किया। उसकी भूमिका (Preface) में गांधी बहुत साफ लिखते हैं कि मैं यह अनुवाद खुद ही क्यों कर रहा हूँ। उसमें वे अपनी स्ट्रेटजी का भी खुलासा करते हैं कि यह राजद्रोह नहीं है, अपितु यह जो समाज-सभ्यता है, उसका विश्लेषण है, इसका राजसत्ता से कोई लेना-देना नहीं है, दुनिया के सामने यह प्रतिपादित कर सकूँ, इसलिए मैं इसका स्वयं अनुवाद कर रहा हूँ। इसके लिए गांधी तमाम पुस्तकों का उल्लेख करते हैं। परिशिष्ट के रूप में कि 'हिंद स्वराज' को समझने के लिए इन-इन पुस्तकों को पढ़ना चाहिए। इस 'बायस' (Bias) को समझे बिना हिंद स्वराज का जब मूल्यांकन होता है तो यह जो 'बायस' गांधी की थी और इसमें वे सफल भी रहे। अंग्रेजी हिंद स्वराज कभी प्रतिबंधित नहीं रही। छोटे समूह में पढ़ी जानेवाली पुस्तक प्रतिबंधित होती है और पूरी दुनिया में जो पुस्तक पढ़ी जा रही है, उसी पुस्तक का तर्जुमा जो पूरी दुनिया में हो रहा है, वह कभी प्रतिबंधित नहीं हुई।

गांधी का हिंद स्वराज प्रत्येक व्यक्ति के लिए स्वराज प्राप्ति का आह्वान है। प्रत्येक गुलाम राज्य, देश, संस्कृति और समूह की आजादी का आंदोलन है; विरक्ति की मानसिक, वैचारिक और शारीरिक गुलामी की मुक्ति का आह्वान है और यह मुक्ति संभव होगी, एक विशिष्ट प्रकार की सभ्यता-दृष्टि में ही। यह जो सैटेनिक सिविलाइजेशन है, आसुरी सभ्यता है, शैतानी सभ्यता है—जो शोषण पर आधारित है, जो उत्पादन तो बहुत करती है, लेकिन उत्पादन का उपभोग हो सके, सब तक उपभोग के लिए पहुँच सके, इसकी कोई व्यवस्था निर्मित नहीं करती है। परिणाम होता है कि उन उत्पादनों की खरीद के लिए और समाज के अंतिम आदमी के शोषण की व्यवस्था उत्पन्न होती है और धीरे-धीरे यह उत्पादन की व्यवस्था उपभोग और उत्पादन के बीच संतुलन न बनाने पर वैश्विक मंदी का शिकार होती है। उस वैश्विक मंदी को दूर करने के लिए नई प्रकार की वासनाओं की सृष्टि मनुष्य में की जाती है। एक नए प्रकार का उपभोक्ता समाज बनाने की कोशिश की जाती है। इन सबका मूल्यांकन आज से एक सौ दस वर्ष पहले, यूरोप के आधार पर संभव

था क्या ? क्योंकि यूरोप ने वस्तुतः इस प्रकार की कोई सभ्यता देखी ही नहीं थी, जिसमें सरकार स्कूल न चलाती हो और सत्तर प्रतिशत आबादी साक्षर हो। जहाँ सरकार से एक पैसा सहयोग न प्राप्त होता हो, लेकिन बड़े-बड़े विश्वविद्यालय चलते हों। यह केवल और केवल भारत के समाज के अंदर संभव था। गांधी उस व्यवस्था से परिचित थे। उस व्यवस्था को कॉलोनियल माइंडसेट का मनुष्य बनाने के लिए किस प्रकार से परिवर्तित किया गया।

मूर्धन्य साहित्यकार भारतेंदु हरिश्चंद्र ने बनारस में रहते हुए जब हिंदी विश्वविद्यालय की कल्पना की थी, उसका कुछ तो कारण रहा होगा। उनके जीवनकाल में ही बनारस में अंग्रेजों ने संस्कृत का एक बड़ा महाविद्यालय शुरू किया था और पूरे भारत के अंदर उसके माध्यम से संस्कृत की पढ़ाई होती थी। नाम महाविद्यालय का था काम विश्वविद्यालय का था तो आखिर उसकी असफलता क्यों हुई और भारतेंदु हरिश्चंद्र को हिंदी के विश्वविद्यालय की जरूरत क्यों महसूस हुई थी ? इस पर सिर्फ भाषा की दृष्टि से विचार नहीं करेंगे। भाषा विचारों का, सभ्यता का आवरण है, सभ्यता का वस्त्र है, यह सही है। वस्तुतः यही भारतीय भाषाओं का स्वभाव रहा है। यह प्रतीकों में चलनेवाली भाषा नहीं है।

प्रतीक और उनके क्रमों के आधार पर, अर्थबोध को निःसृत करनेवाली भाषाएँ भारतीय भाषाएँ नहीं हैं अपितु भारत के अंदर भाषा को एक चैतसिक व्यापार माना गया है। यह चेतना की अभिव्यंजना है। यह चित्त की अभिव्यंजना है तो यह चैतसिक अभिव्यंजना प्राणवान है। देह और प्राण के बीच अदृश्य किंतु आवश्यक संबंध है। जीवन के लिए उसकी निर्मिति विजातीय तत्त्वों के आधार पर नहीं हो सकती है। प्रत्येक जाति को, प्रत्येक राष्ट्र को, प्रत्येक सभ्यता समूह को, अपनी सभ्यता के अनुरूप, अपनी वैश्विक चेतना के अनुरूप भाषा और अन्य सभ्यता के उपकरणों का विकास करना पड़ेगा।

गांधी का 'हिंद स्वराज' भारतीय ज्ञान की परंपरा में अवस्थित है, जिसमें हर कालखंड में सभ्यता के विविध प्रकार के पर्याय विकसित होते रहे हैं। कोई एक प्रकार की सभ्यता-दृष्टि हमने नहीं मानी है। हमने एक प्रकार की काल

की अवधारणा नहीं मानी है तो सभ्यता-दृष्टि एक हो नहीं सकती है। कोई भी सभ्यता दृष्टि 'विदाउट कॉन्सेप्ट ऑफ टाइम ऐंड स्पेस' नहीं होती है। काल और अवकाश की आवश्यकता सभ्यता की विनिर्मिति के लिए आवश्यक है। टाइम ऐंड स्पेस मात्र से सभ्यता बनती रही है और ये टाइम ऐंड स्पेस का कांशस चैतसिक होना, अन्य को समझने में सहायक होता है, इसलिए गांधी परदु:खकारता की बात कर सकते हैं, करुणा की बात कर सकते हैं; इसलिए गांधी सच्चे अर्थों में आजादी की बात कर सकते हैं। कोई एक सर्वथा बंधन-मुक्त समाज होगा, एक अराजक राज्य की कल्पना कर सकते हैं। एक ऐसे अराजक राज्य की कल्पना कर सकते हैं, जो धर्म से शासित होगा।

गांधी बार-बार धर्म से शासित समाज की जो कल्पना कर रहे हैं, वह इतिहास पर आधारित है। जहाँ व्यापार, शिक्षा, चिकित्सा और कृषि राज्य के अधीन नहीं थी, अपितु समाज के अधीन थी। ऐसी व्यवस्था भारत के समाज में 18वीं शताब्दी तक थी। 19वीं शताब्दी के प्रारंभ तक भी थी, जिससे गांधी किसी एक पुस्तक को पढ़ने की सिफारिश किसी व्यक्ति को करते थे तो वह पं. सुंदरलाल की पुस्तक 'भारत में अंग्रेजी राज' थी। अंग्रेजों ने भारतीय व्यवस्था को छिन्न-भिन्न किया और एक अंतराल पैदा किया है। उस अंतराल को अपने समय में पाटने की कोशिश का वैचारिक आधार 'हिंद स्वराज' है और भारत की पत्रकारिता विशेषकर भाषाई पत्रकारिता; ये गांधी के बाद की जो भाषाई पत्रकारिता है, ये तो गांधी के इशारे पर चलनेवाली, उनकी दिशा में चलनेवाली पत्रकारिता है, जिसने भारत में चेतना का निर्माण तो किया; इसलिए 'उदंत मार्तंड' से शुरू होकर 'सरस्वती' के रास्ते 'आज' और 'आज' का पूर्ववत् रूप 'संसार' इत्यादि पत्रों के माध्यम से जो विश्व दृष्टि विकसित करने की कोशिश की गई है, वह दैनिक हिंदोस्थान में महामना मदनमोहन मालवीय भी विकसित करने की कोशिश कर रहे थे और हिंदोस्थान को लेकर सेंसरशिप का मामला आया और जब जमानत देने की बात कालाकाँकर के देशभक्त राजा रामपाल सिंह को आई और मालवीयजी संपादक थे तो ये सवाल भारत के तमाम कवियों ने उठाए कि

अब अखबार बचाने के लिए मालवीयजी सर बन जाएँगे। यहाँ तक लिखा कि मधु मिश्रित, मिश्रित वाणी से जो राजभक्ति दर्शाता था, युवकों से जो कायर पदवी पाता था, 'प्रभो उस सेवक का तनिक न तुमको ध्यान हुआ, ली प्रेस की जमानत मुझसे, यह मेरा अपमान हुआ।' यह लिख कौन रहा है—गांधी के अत्यंत नजदीकी त्रिगुणायतजी। वस्तुतः गांधी का जो रास्ता था—बहिष्कार का, निषेध का, अस्वीकृति का, वह भारत के मानस-पटल पर था। अब क्रांतिकारी आंदोलन पर गांधी का कितना प्रभाव रहा, इसकी चर्चा अलग से हो सकती है, लेकिन भारत का वह क्रांतिकारी आंदोलन भी गांधी के प्रभावों से मुक्त नहीं है, क्योंकि गांधी कालबाह्य नहीं हैं। गांधी उसी निरंतरता का प्रतीक हैं और जो निरंतर होता है, वह कालबाह्य नहीं होता है, जो निरंतर होता है, उसमें लगातार परिष्कार की जरूरत होती है।

□

समकाल में समीचीन भारतीय विचारक

19

वर्तमान में गौतमबुद्ध की उपादेयता

धर्म की दृष्टि से गौतमबुद्ध के बारे में विचार करें तो एक बात स्पष्ट है कि भारतीय धर्म दृष्टि से और विश्व के लिए जो आवश्यक धर्म दृष्टि है, उसमें तो अहिंसा, करुणा, परदुःखकातरता, प्रत्येक प्राणी के लिए मुक्ति का उपक्रम करने का तप, ये तो उस काल में भी शाश्वत था और आज भी प्रासंगिक है। दूसरी महत्त्वपूर्ण बात है कि बुद्ध निरंतरता की बात करते हैं। इस संसार में निरंतरता बनाए रखनेवाली जीवन प्रणाली आज बहुत महत्त्वपूर्ण है, एक ऐसी सभ्यता-दृष्टि आवश्यक है, जो इस मानव समाज का, इस धरती की निरंतरता का विचार करे, आनेवाली पीढ़ी को भी ये दुनिया ऐसी ही मिले, जैसी हमको प्राप्त है, जैसी हमारे पूर्वजों ने दी थी तो इसके लिए बुद्ध ने जिस सभ्यता-दृष्टि की बात की है, वह महत्त्वपूर्ण है। बुद्ध के काल में भी दुःख थे, आज भी दुःख हैं। बुद्ध ने अपने काल में दुःख को दूर करने के यत्न किए थे, आज भी जो समाज का नेतृत्व वर्ग है, विविध क्षेत्रों में वो ज्ञान का क्षेत्र हो या राजनीति, विज्ञान और तकनीक का क्षेत्र हो, सभी क्षेत्रों में जो नेतृत्वकर्ता हैं, उनकी जिम्मेदारी है कि मनुष्य के दुःख को दूर करने का यत्न करें, इसीलिए गांधी भी वैष्णव जन उन्हीं को कहते हैं, जो परदुःखकातर हैं।

बुद्ध कपिलवस्तु (सिद्धार्थ नगर) में जनमे। यात्रा करते हुए बोधगया तक गए। बोधगया से सारनाथ आए। उन्हें जो अर्जित ज्ञान था, उसको पहली बार सारनाथ में समाज को दिया और फिर यात्रा करते हुए उन्होंने अंत में फिर उसी चौपाटी के क्षेत्र में सरयू और सदानीरा के बीच में महापरिनिर्वाण को प्राप्त किया और महापरिनिर्वाण के पूर्व कुशीनगर की सभ्यता का वर्णन करते

हैं कि कैसा एक महान् सभ्यता वाला राज्य था? वह महान् सभ्यता वाला राज्य, ग्राम्य सभ्यता का था, कृषि पर आधारित समाज था। अपनी जरूरतों से अधिक घर में नहीं रखनेवाला समाज था और समाज के दु:खी लोगों के दु:ख को दूर करनेवाला समाज था। आज उसका अभाव हुआ है, इस नाते पूरी दुनिया में संत्रास है, इसलिए बुद्ध प्रासंगिक हैं।

यहाँ यह उल्लेख करना प्रासंगिक है कि राजनीतिक दृष्टि से विचार करें तो हटिंगटन ने जब 'क्लैश ऑफ सिविलाइजेशन' लिखा तो उसने दो सभ्यताओं का संघर्ष लिखा। एक तीसरी सभ्यता की भी वे बात करते हैं। पश्चिमी सभ्यता, ऐंद्रिक सभ्यता और साथ में वह एक भौतिकवादी सभ्यता की भी बात करते हैं। भौतिकवादी सभ्यता का जो बड़ा क्षेत्र है, वह वही क्षेत्र है, जहाँ बौद्ध धर्म था, जिसको कम्युनिज्म ने खत्म कर दिया, लेकिन अभी भी वहाँ जन-आस्था के साथ बौद्ध धर्म को देखता है। इस नाते विश्व जन भारत की ओर आदर से देखता है। चीन के अंदर भी, जो बौद्ध मतावलंबी हैं, भारतीयों को आदर के साथ इसीलिए देखते हैं कि वह बुद्ध के देश से आए हैं। एक साफ इंटरनेशनल पॉलिटी भारतीय संदर्भों में हो सकती है और दुनिया की एक-तिहाई आबादी हिंदू-बौद्ध मिलाकर यह संतुलन साधनेवाली राजनीतिक शक्ति के रूप में भी विश्व में हो सकते हैं। इस दृष्टि से भी बुद्ध का महत्त्व है। सॉफ्ट डिप्लोमैसी में इसका प्रयोग कैसे होगा, इस पर सोचने की जरूरत है और बौद्ध विद्याओं के अध्ययन को भारत में और अधिक प्रचारित करने की जरूरत है।

□

20

जैन धर्म-पंथ नहीं, जीवन-दर्शन

आज जब सर्वत्र हिंसा का पारावार है, स्वार्थों की पूर्ति के लिए दूसरे को शोषित और शासित करने की धूम मची हुई है, वैयक्तिक संपत्ति के संग्रह और उस अर्जित संपत्ति को अपने ऐंद्रिक आनंद के लिए उपयोग करने की अधिकारवादी व्यवस्था सर्वत्र प्रभावी है, तब भगवान् महावीर की शिक्षाओं का स्मरण और अधिक आवश्यक है। ट्रस्टीशिप की बात, जिसको गांधीजी ने बार-बार भारत के स्वधर्म के रूप में दोहराया था, भगवान् महावीर द्वारा ही प्रतिपादित हुई थी। जैन धर्म भारत की तप पर आधारित त्यागवादी जीवन-परंपरा का पंथ है। यह पंथ नहीं, जीवन-दर्शन है। यह एक ऐसा जीवन-दर्शन है, जिसमें मनुष्य अपने को अहिंसा, अस्तेय, अपरिग्रह, ब्रह्मचर्य और सत्य के पंच-महाव्रतों का पालन करते हुए सभी ग्रंथियों से मुक्त कर निर्ग्रंथ करता है।

जैन अहिंसा, हिंसा न करने का केवल निषेध नहीं, अपितु जैन जीवन-दर्शन का सारतत्त्व है। भगवान् महावीर ने तीन प्रकार की हिंसा से सर्वविध दूर रहने को ही अहिंसा माना है। शरीर के स्तर पर अहिंसा, अर्थात् किसी भी प्राणी को अपने शरीर द्वारा दुःख न पहुँचाना है। यह हिंसा का सबसे स्थूल रूप है, जहाँ यह दिखाई देती है, इसीलिए हिंसा का प्रारंभ भी वहीं से माना जाता है। इससे आगे बढ़कर मानसिक हिंसा से मुक्ति महत्त्वपूर्ण है, यानी मन के स्तर पर किसी के प्रति हिंसा का विचार न आना। मानसिक अहिंसा का मतलब किसी का अनिष्ट न सोचना है। मानसिक अहिंसा सबके प्रति वैर भाव का त्याग है। सभी व्यक्तियों और प्राणियों के प्रति मित्र भाव की

उत्पत्ति है। तीसरा स्तर बौद्धिक अहिंसा है, जिसका तात्पर्य किसी के प्रति घृणा के भाव से मुक्ति है। जब व्यक्ति में वस्तु या परिस्थिति के प्रति घृणा जन्म लेती है तो मानसिक अशांति होती है, जो असंतुलन और असामंजस्य का कारण बनती है। बौद्धिक अहिंसा की अवधारणा और उससे मुक्ति-चेतना की सूक्ष्मता के स्तर पर अहिंसा के भाव को जगाना है। मनुष्य किसी भी व्यक्ति, वस्तु, परिस्थिति को जैसा है, वैसा स्वीकार करता है और उसकी स्वीकृति से समन्वित जीवन जीता है। यही संतुलित जीवन ही विक्षोभ और संत्रास से मुक्त सुख और संतोष का जीवन है।

अहिंसा सत्य के बिना संभव नहीं है। सत्य से तात्पर्य सत्य बोलना मात्र नहीं है। सत्य व्रत का अर्थ है—उचित और अनुचित में उचित का चुनाव करना, क्षणभंगुर और शाश्वत में से शाश्वत को चुनना और स्वीकार करना। इसी प्रकार भगवान् महावीर द्वारा प्रतिपादित अपरिग्रह का विचार आज के संसार के लिए संपोष्य और लोक कल्याणकारी सामाजिक और आर्थिक व्यवस्था का प्रेरक सिद्धांत है। अपरिग्रह का तात्पर्य है—मन, शरीर, बुद्धि, अर्थ, संपत्ति, संतति किसी को केवल अपना न मानना। अपरिग्रह का यह सिद्धांत भगवान् महावीर द्वारा प्रतिपादित धर्म-पंथ का केंद्रीय विचार है। अपरिग्रह स्थापित हो जाए तो अहिंसा और सत्य की स्थिति को प्राप्त करना मनुष्य के लिए सहज हो जाता है। अपरिग्रह का सिद्धांत भी त्रिआयामी है—व्यक्ति अपरिग्रह, विचार अपरिग्रह, वस्तु अपरिग्रह।

(लोकमत समाचार, 06 मार्च, 2020)

□

21

उपासना पद्धतियों का मूल उद्देश्य

दुनिया बीते तीन-चार महीनों से कोरोना वायरस से उपजी कोविड-19 नामक एक ऐसी महामारी का सामना कर रही है, जिसके बारे में कभी सोचा नहीं गया था। बीमारी हो या महामारी उससे लड़ने और निजात पाने के लिए औषधि और चिकित्सकीय साधनों को खोजना, विकसित करना और उसकी उपलब्धता सुनिश्चित करना चिकित्सा विज्ञान का काम है, लेकिन मनुष्य केवल विज्ञान पर जीनेवाला प्राणी नहीं है, इसलिए वह मानव जीवन के विविध आयामों को अभिलक्ष्य कर मानवता के सामने आई समस्या के समाधान का रास्ता खोजता है। बहुत दिनों के बाद दुनिया में किसी आपदा के कालखंड में विज्ञान और धर्म के बीच युद्ध देखने को मिला है। धर्म हो या विज्ञान, दोनों का उद्देश्य श्रेष्ठ मनुष्य की निर्मिति है, लोक-कल्याणकारी और परोपकारी जीवन-वृत्ति का निर्माण है। इस रास्ते पर धर्म और विज्ञान में कोई विरोध नहीं है। यहाँ धर्म का आशय पंथ, मत-मजहब, उपासना पद्धति से है। हमें इसका मर्म समझना होगा।

भारत सहित दुनिया के तमाम देश जब एक अनजाने, अपरिचित और भयावह वायरस से समग्र मानव जाति को बचाने के रास्ते तलाश रहे हैं तो इस तलाश में मत-मजहब-पंथ को साधक बनना चाहिए, बाधक नहीं। कभी-कभी मत-मजहब-पंथ विज्ञान के माध्यम से मनुष्य के कल्याण के यत्न के सामने बाधक बनकर खड़े हो जाते हैं। उपासना की कोई भी प्रणाली, जो मानवता की हानि की कीमत पर ईश्वर साधना का रास्ता बताती है, वह धर्म

नहीं हो सकती। धर्म तो सबसे पहले मनुष्य की रक्षा है, लेकिन ऐसा होता हुआ नहीं दिखाई दे रहा है।

कोई सौ वर्षों से मान लिया गया था कि धर्म और विज्ञान में युद्ध समाप्त हो गया है और दोनों के बीच यह सहमति बन गई है कि मनुष्य और उसका हित सबसे अधिक महत्त्वपूर्ण है पर इसके पिछले 20-25 वर्षों में अपवाद भी देखने को मिले हैं, जो अफगानिस्तान में हुआ, जो सीरिया-इराक में हुआ, उसके पहले जो ईरान में हुआ, उस सबको सामने रखकर विचार करें तो कभी-कभी यह लगने लगता है कि यह विज्ञान के विरुद्ध जिहाद का कालखंड है, लेकिन क्या यह धर्म का सत्य है ? ध्यान रहे कि जब वैज्ञानिक समाज की निर्मिति के रास्ते में उपासना पंथ की जीवन प्रणाली बाधा बनकर खड़ी होती है तो वह प्रतिगामिता की ओर ले जाती है।

यदि भारतीय संदर्भ में विचार किया जाए तो हिंदू और मुसलमान के रूप में दो सभ्यताओं की दृष्टि का प्रतिपादन निहित स्वार्थों के तहत किया गया और अब वह इतनी गहरी पैठ बना चुका है कि राज्य की लोक कल्याणकारी नीति हो, शिक्षा की मनुष्य निर्माण की प्रक्रिया हो, विज्ञान और तकनीक के द्वारा मनुष्य के जीवन को सरल-सुखद बनाने का यत्न हो, उसे धर्म विरुद्ध देखा जाने लगा है। वस्तुतः यह धर्मोन्माद है। यह धर्म के क्षरण का कालखंड है। भारतीय संस्कृति में यह 'कलिः शयानो सञ्जाति', अर्थात् कलि में धर्म सोया हुआ चलता है, के रूप में व्याख्यायित है। बंद आँखों से यथार्थ और सत्य का प्रकाश नहीं दिखता। वहाँ तो गहन अँधेरा होता है। धर्म के नाम पर विज्ञान का प्रतिरोध और विज्ञान के नाम पर धर्म की अवमानना, ये दोनों मनुष्य को एक ही प्रकार के अंधकार में ले जाते हैं—अज्ञानता और जड़ता के अंधकार में। आज कोरोना के भयावह संकट में इसी अंध धार्मिकता की गहरी बैठी हुई सामाजिक दृष्टि ने देश को अकल्पनीय संकट में डाल दिया है।

धर्म-संकटों से त्राण दिलाने का रास्ता है। उपासना पद्धति भेद, ईश्वर के निराकार-साकार होने के भेद होते हुए भी धर्म इस एक दृष्टि से अभेद रखता है कि मनुष्य का कल्याण और परोपकार प्रत्येक मानव का साध्य है।

एक धार्मिक मनुष्य ऐसा कुछ नहीं कर सकता कि उसके पड़ोसी को दुःख पहुँचे या उसका जीवन संकट में आए। धर्म के किसी प्रारूप, संप्रदाय द्वारा ऐसा होता दिखाई दे तो वह धर्म नहीं है, धर्माडंबर है। धर्माचरण के नाम पर मनुष्य के जीवन को संकट में डालना, उसकी प्रगति-पथ में मृत्यु, रोग और विपत्ति के काँटे बोना वस्तुतः ओल्ड टेस्टामेंट से लेकर कुरान तक और वेदों से लेकर पुराण तक में जिस शैतानी या राक्षसी सभ्यता की चर्चा की गई है, उसको प्रशस्त करना है। धर्म का रास्ता तो तप, त्याग और परोपकार का रास्ता है, वह करुणा पूरित पथ है। धर्म की भूमिका वस्तुतः विज्ञान और तकनीक पर उस सतोगुणी अंकुश की है, जिसके दबाव में विज्ञान राक्षसी वृत्ति की ओर, यानी मानवता के संहार की ओर न बढ़े। जब धर्म की ओट में ही ऐसा होता दिखाई दे तो जाहिर है कि यह अत्यंत कठिन समय है। जब पाखंड धर्माचरण बन जाए तो वह सांस्कृतिक जीवन को दूषित कर देता है।

धर्म का मूलतत्त्व आध्यात्मिकता है, जो मनुष्य होने के मूल उद्देश्य जैसे सात्त्विक जीवन, प्रकृति के साथ तादात्म्य, पर्यावरण की सुरक्षा, यानी जीवन के लक्ष्य की ओर हमें आगे बढ़ाती है। धर्म तो संस्कृतीकरण है। वह सभ्यता के समुद्र से गाहे-बगाहे निकलने वाले तकनीकजन्य विष का शमन करने का साधन है। धर्म विश्व स्तर पर मानव मेधा द्वारा विज्ञान और तकनीक के सहयोग से उपलब्ध कराए गए संसाधनों का सबके कल्याण में उपयोग किए जाने के पथ का प्रतिपादन है। धर्म वह नहीं है, जो विज्ञान के विरोध में, सभ्यता और संस्कृति के विरोध में खड़ा हो। धर्म तो वह है, जो विज्ञान और तकनीक को मानवीय और लोक कल्याणकारी बनाता है। यह तभी संभव है, जब धर्म परोपकार और लोक कल्याण पर आधारित हो और स्व से ऊपर उठते हुए मनुष्य को सबके हित में सोचने वाले के रूप में रूपांतरित करे। यदि कोई तबलीग, कोई मत, कोई पंथिक समूह इस रास्ते से अलग जाता है तो वह अधर्म के रास्ते का निर्माण करता है।

मनुष्य ईश्वर की अनुपम और श्रेष्ठतम कृति है। मनुष्य को दुःख देने का कोई यत्न वस्तुतः ईश्वर के खिलाफ खड़ा होना है। यह न उपासना है, न

बंदगी। उपासना का कोई भी रास्ता यदि इस श्रेष्ठतम कृति और श्रेष्ठतम कर्म के लिए संभावनाओं की निर्मिति के प्रयास में बाधा बनता है तो वह अधार्मिक कर्म है। धर्म दया, करुणा और उपकार से परिपूर्ण समाज की सृष्टि के लिए अद्‌भुत ईश्वरीय विधान है। इन सद्‌गुणों से अलग हटकर धर्माचरण निंदनीय है।

(दैनिक जागरण, 06 मार्च, 2020)

□

22

वर्तमान की चुनौतियाँ और गोस्वामी तुलसीदास

'भवानी-शङ्करौ वन्दे श्रद्धा-विश्वासं रूपिणौ, याभ्यां विना न पश्यन्ति सिद्धाः स्वान्तःस्थमीश्वरम्।' (बालकांड), अर्थात् श्रद्धा और विश्वास के स्वरूप पार्वतीजी और शंकरजी की मैं वंदना करता हूँ, जिनके बिना सिद्धजन अपने अंतःकरण में विद्यमान ईश्वर को देख नहीं सकते। तुलसी वह कवि हैं, जो उत्तर भारत, पश्चिम भारत और बड़ा हिस्सा पूर्व भारत का भी, इसमें हर बच्चे को जन्म घुट्टी के साथ रोज-रोज मिलते हैं, कोई-न-कोई पंक्ति रोज मिलती है। जो प्रासंगिक नहीं होता है, रोज जन की उक्तियों में भी नहीं होता है। अप्रासंगिक चीजों को सामान्य-जन अपने सिर पर लेकर नहीं ढोता है। तुलसी एक कालखंड में अगर दासता से मुक्ति के, अपसंस्कृति के विरुद्ध जागरण के कवि के रूप में मात्र देखे जा रहे हैं, तो वह कालखंड बीते हुए और उस प्रकार के सांस्कृतिक आक्रमण का युग बीते हुए लंबा समय हो गया है। तलवार और सेना के जोर पर संस्कृतियों के परिवर्तन के कालखंड को बीते हुए डेढ़ सौ वर्ष बीत चुके हैं। विगत डेढ़ सौ वर्षों में जो परिवर्तन का दौर आया है। वह नए प्रकार के परिवर्तन का दौर है। ऐसा नहीं है कि सांस्कृतिक परिवर्तन का दौर समाप्त हुआ है या अपसंस्कृति के प्रसार के संसाधन समाप्त हुए हैं। यदि तुलसी एक खास परिस्थिति में मनुष्य की सांस्कृतिक चेतना को संरक्षित करने के कवि हैं तो वह दौर समाप्त हो चुका है, फिर दूसरा विषय आता है कि तुलसी के बारे में जब हम चर्चा करते हैं तो

स्वाभाविक तौर पर रामचरितमानस सामने आता है।

रामचरितमानस एक विशिष्ट प्रकार का काव्य है। न तो संस्कृत काव्यशास्त्रों के महाकाव्यों की धारा में उसको स्थापित किया जा सकता है, न हिंदी कविता के काव्य शास्त्र में उसको बाँधा जा सकता है। यद्यपि कवि की दृष्टि से तुलसी मर्यादाओं के कवि हैं। काव्यशास्त्रीय मर्यादाओं का उल्लंघन न करने के लिए सर्वाधिक संकल्पित कवि हैं, क्योंकि उन्हें तो मर्यादा पुरुषोत्तम राम की कथा कहनी है। मर्यादाओं को तोड़ करके मर्यादा पुरुषोत्तम राम की कथा नहीं कही जा सकती है, वह चाहे कविता की मर्यादा हो या भाषा की मर्यादा हो, इसलिए कवि तुलसी अपने को मर्यादा में बँधे हुए कवि के रूप में जिन छंदों का प्रयोग करते हैं, हिंदी के काव्यशास्त्र में उन छंदों को उनकी रचनाओं को उदाहरण के रूप में प्रयुक्त करने की एक लंबी परंपरा है। इस प्रकार से काव्यशास्त्रीय दृष्टि से साधु कविता के कवि हैं तुलसी, लेकिन एक बात ध्यान रखने की है कि रामचरितमानस काव्य ग्रंथ नहीं है। इसको हम जब काव्य के रूप में स्वीकार करते हैं तो आस्था पर चोट पहुँचाने की कोशिश करतें हैं। सिर्फ भारत के अंदर ही नहीं, दुनिया के बीस-पच्चीस देशों में जो भारतवंशी फैले हुए हैं उन सबके बीच कोई एक ग्रंथ उनकी आस्था का अधिष्ठान है, उनके परिपात का बिंदु है तो वह तुलसी का रामचरितमानस है। हम उसको लौकिक संदर्भों में व्याख्यायित करने की कोशिश करते हैं। अपने परिवेश में घट रही घटनाओं के आधार पर उसको मूल्यांकित करने की कोशिश कर रहे हैं।

नए संदर्भों में कहा जाए तो सामाजिक विद्रूपताओं के विमर्श के उत्तर और समस्याओं के कारण के ग्रंथ के रूप में जब हम रामचरितमानस को देख रहे होते हैं तो कोटि-कोटि लोगों की आस्था पर चोट कर रहे हैं, अगर तुलसी ने कुछ कहा है, रामचरितमानस में तो वह जो कुछ कहा है, उसी समय उसकी चर्चा हो सकती है, उसके बाह्य परिवेश के साथ उसको जब घटाते हैं तो भूल जाते हैं कि वह काव्य का प्रतिपाद्य नहीं है। तुलसी का प्रतिपाद्य धर्म का कथन है। तुलसी का प्रतिपाद्य लौकिक और पारलौकिक जीवन में मान-

मर्यादाओं की स्थापना और मर्यादाओं की स्थापना के लिए भारतीय समाज में संवाद की जो सामान्य शैली है, उस शैली का अनुकरण करते हुए कोई बात तुलसी कहते हैं। जड़ समुद्र यह कह रहा है—'ढोल, गँवार, शूद्र, पशु, नारी। सकल ताड़ना के अधिकारी॥' तो यह बात समुद्र द्वारा किन संदर्भों में कही गई है ? इसको धारित किए बिना कैटगरीकल स्टेटमेंट के रूप में लेना कविता को न समझ करके, जैसे यह व्याख्यायित करना है कि कवि अपने मानस की अभिव्यक्ति उन्हीं पंक्तियों के माध्यम से कर रहा हो। अपनी चित्त वृत्तियों को अभिव्यंजित कर रहा हो, इस विमर्श से बाहर निकलने का एकमात्र रास्ता है कि हम रामचरितमानस पर कविता के संदर्भ में बहस करना बंद कर दें। ये दोनों नहीं चलेगा कि रामचरितमानस भारतीय परंपरा में पंचम वेद के रूप में एक धर्मग्रंथ के रूप में मान्य ग्रंथ है, यह भी प्रतिपादित करेंगे और उस धर्मग्रंथ का विश्लेषण हम एक कविता की पुस्तक या एक सामाजिक परिष्कार की पुस्तक के रूप में करेंगे, यह संभव नहीं है।

दुनिया में जितने भी धर्मग्रंथ हैं, उन सबमें केवल और केवल अच्छी बातें नहीं, कुछ खास बातें भी हैं, जो आज के कालखंड में घटती नहीं है। जेंदा वेस्ता, ओल्ड टेस्टामेंट, ऋग्वेद से प्रारंभ करें, उन सबमें कुछ ऐसा है, जो आज के हमारे सामाजिक परिवेश के साथ घटता नहीं है। घटना कोई चीज है, कोई चीज प्रासंगिक बनी है, नित्य बनी है, वह जो सनातन मूल्य है, सनातन धर्म है तो रामचरितमानस धर्म के अभिकथन का ग्रंथ है। धर्ममय जीवन कैसे जिया जा सकता है, धर्ममय समाज कैसे बन सकता है, धर्ममय राज व्यवस्था का स्वरूप क्या होगा, इसके प्रतिपादक ग्रंथ के रूप में तो उसको समझा जा सकता है। एक आस्था के अत्यंत पवित्र मेनीफेस्टेड बुक के रूप में स्वीकार किया जा सकता है, जिसको तुलसी ने बार-बार कहा है।

तुलसी रामचरितमानस को अपनी रचना के रूप में नहीं स्वीकार करते हैं। स्वांतः सुखाय जब वे कहते हैं, स्वांतः सुखाय, स्वांत स्थित आत्मतत्त्व को सुख अनुभूति से ही प्राप्त होता है, इंद्रियानुभव से नहीं प्राप्त होता है, यानी तुलसी का रामचरितमानस, वे स्वयं स्वीकार करते हैं कि यह ऐंद्रिक जगत् के

अनुभव के आधार पर रचित काव्य ग्रंथ नहीं है, इसलिए विमर्शात्मक चेतना के आधार पर भी इसे नहीं समझा जा सकता है। यह साक्षात् और अपरोक्ष अनुभूति है, जिसमें ऐंद्रिक अनुभव का कोई बहुत योगदान नहीं है, वह 'वैखरी वाणी' में विन्यस्त है। तुलसी वस्तुतः लोक के कवि हैं। रामचरितमानस को हटा देने के बाद भी वे लोक के कवि हैं, लोक मंगल के कवि हैं, लोकोद्धार के कवि हैं। लौकिकता को पूर्णतः प्रश्रय देनेवाले कवि हैं। लौकिकता का अलौकिकीकरण करनेवाले कवि हैं। जो पारलौकिक है, उसको इस जीवन में भी संभव बनाने वाले कवि हैं। तीन मंगल ग्रंथों की बात करें तो लोक उसमें झाँकता हुआ दिखाई देता है, अगर काव्य रचनाओं की दृष्टि से विचार करें तो पहला ग्रंथ 'रामलला नहछू' कहना पड़ेगा। ऐंद्रिक आस्वाद के विषयों से लेकर ऐंद्रिकता का अतिक्रमण करते हुए पारलौकिक जीवन-दृष्टि का निर्माण उत्सव की संस्कृति में किस प्रकार से होता है, इसको बीस-इक्कीस छंदों में प्रस्तुत करनेवाले कवि तुलसीदास हैं। भारत का लोक जीवन बीस-इक्कीस छंदों में प्रस्तुत किया जा सकता है, यह सामान्य बात नहीं है।

तुलसी समग्र हिंदी के कवि हैं—अवधी, भोजपुरी, ब्रज की भाषाओं के अनेक प्रकार के उत्थान के आंदोलन के बीच यह दिख सकता है तो केवल और केवल तुलसी के द्वारा दिख सकता है। इन चीजों को ध्यान में रखकर जब हम तुलसी का विवेचन करेंगे तो समझ में आएगा। यह लव-कुश पूरे भारत में फैला हुआ है। एक माघ के महीने में तो पूरे देश में नदियों के किनारे राम का नगर ही स्थापित होता है, यानी माघ के महीने में नदियों के किनारे उपस्थित होनेवाला जन पूरे देश में है, लेकिन सीता देश का कोई ऐसा हिस्सा नहीं है, जिसमें धरती के नीचे समाई है, इसका दावा करनेवाला जन वहाँ उपस्थित न हो। लव-कुश को वाल्मीकि ने यहीं पाला है, इसका दावा करनेवाला जन उपस्थित न हो। अयोध्या के बारे में ऐसा दावा नहीं है कि अयोध्या यहीं थी, लेकिन लव-कुश, सीता, यानी रामचरितमानस से उत्तर रामचरितमानस की तरफ जो प्रक्रमित हो रहा समाज है, जो राम के रामराज्य से भी श्रेष्ठतर की संभावनाओं को मानवीय मूल्यों और मानव के सहज बोध

के आधार पर देख रहा समाज है, जिसके लिए स्त्री की अस्मिता महत्त्वपूर्ण है, जिसके लिए शिशु के अधिकार महत्त्वपूर्ण हैं, शिशु की शिक्षा महत्त्वपूर्ण है, पारिवारिक जीवन महत्त्वपूर्ण है, पारिवारिक मूल्य महत्त्वपूर्ण है। इसके कवि के रूप में तुलसीदास को नहीं देखा गया है। एक बार रामचरितमानस को दरकिनार करके कहा जाए तो उसमें राम की कथा नहीं, राम से विद्वेष है, वह तुलसी पर भी आपातित हो जाता है और धर्मों के विवाद को हम काव्यों के विवाद में ले जाते हैं। उपासना पंथों का विवाद हो सकता है, श्रद्धा का विवाद हो सकता है, आस्था का विवाद हो सकता है, लेकिन राम इस देश के मर्यादा पुरुषोत्तम हैं और तुलसी इस देश के संस्कृति पुरुषोत्तम कवि हैं।

रामराज्य की कल्पना दुनिया के इस लोकतांत्रिक व्यवस्था में भी अभी तक नहीं की जा सकी है, यह श्रेष्ठतम कल्पना है, जिसमें सहभागी लोकतंत्र दिखाई देता है, जिसमें समाज के अंतिम आदमी का वाक्य भी राजसत्ता के लिए प्रामाणिक है, उसका अतिक्रमण नहीं हो सकता है। इस प्रकार की व्यवस्थाओं की चर्चा के बजाय तुलसी को नए संदर्भों में देखा जाए तो रामचरितमानस को यह मान लें कि जैसे वेद है, पुराण है, बाइबिल है, ओल्ड टेस्टामेंट है, कुरान है, उसी प्रकार से रामचरितमानस है। कोटि-कोटि लोग इसको केवल धर्मग्रंथ मानते हैं, इसके दोहों का पारायण मंत्रों के रूप में करते हैं, इस नाते साहित्य बुद्धि के साथ इस पर समीक्षा का अधिकार सामान्यतः बनता नहीं है। हमने साहित्य पढ़ा है, इस नाते हमारा अधिकार नहीं है कि आस्थाओं के क्षेत्र में चोट पहुँचाई जाए। तुलसी का साहित्य इतना लंबा है, इतना बड़ा है, केवल विनयपत्रिका, केवल कवितावली, केवल गीतावली, केवल बरवै रामायण के आधार पर तुलसी की समीक्षा हो सकती है। केवल तीन ग्रंथों के आधार पर इसकी समीक्षा हो सकती है। तुलसी इन विविध प्रकार की रचनाओं में किसी भी एक हिस्से को लेते हैं तो वे समग्रता के कवि हैं।

□

23

युग-प्रवर्तक बोधिसत्त्व बाबासाहेब आंबेडकर

बोधिसत्त्व बाबासाहेब आंबेडकर संपूर्ण विश्व-पटल पर बीसवीं शताब्दी के अग्रगण्य संविधानवेत्ता, समाज सुधारक, समाजशास्त्री और राजनीतिज्ञ के रूप में इतिहास द्वारा स्वीकृत हैं, लेकिन उनका एक विशिष्ट परिचय बीसवीं शताब्दी में सधम्म के शास्ता (प्रवर्तक) के रूप में भी है। भारतीय स्वाधीनता संग्राम के कालखंड में जब व्यापक हिंदी समाज जन्माधारित श्रेष्ठता और हीनता के अतार्किक, अमानवीय और अस्वीकार्य भेद के बीच एक राष्ट्र और एक जन बनने के लिए संघर्ष कर रहा था, तब बाबासाहेब ने इस देश के लिए, देश के दलितों, वंचितों, उपेक्षितों के लिए धार्मिक और दार्शनिक आधार की तलाश प्रारंभ की। इस उद्घोषणा के साथ प्रारंभ की कि 'मैं हिंदू धर्म में जनमा जरूर हूँ, किंतु हिंदू धर्म में मरूँगा नहीं।' यहाँ विशेष रूप से ध्यातव्य है कि बाबासाहेब हिंदू धर्म के बाहर आने के बाद भी धर्मविहीन जीवन को स्वीकृति प्रदान नहीं करते हैं, बल्कि धर्म को मनुष्य के अपरिहार्य जीवन व्यवहार के रूप में प्रतिपादित करते हैं।

हिंदू धर्म से बाहर जाने की उनकी उद्घोषणा को उस कालखंड के लोग निरीश्वरवाद, भौतिकवाद, मार्क्सवाद का अनुसरण न समझें, इसको लेकर बाबासाहेब अत्यंत सचेत हैं। मुसलमान और ईसाई धर्म संस्थाओं को हिंदू धर्म की जन्माधारित श्रेष्ठता की मान्यता में लगभग समान स्थिति में पाते हुए उस ओर जाना भी मुनासिब न समझा। यहाँ तक कि सिखों में भी छिपी जातीयता

उन्हें स्वीकार्य नहीं थी, इसलिए बाबासाहेब एक ऐसे धर्म (धम्म) की तलाश में थे, जो उन्हें भारत भूमि से जोड़े रखे और हिंदू धर्म की जड़बद्ध बुराइयों से मुक्त हो। बाबासाहेब इसलिए कुशीनारा के खँडहरों से प्रेरणा लेकर संघ की दीक्षा स्वीकार करते हैं और बाबासाहेब द्वारा की गई स्वीकृति उन्हें शास्ता बुद्ध के बाद अनीश्वरवाद, अनात्मवाद के सिद्धांतों पर आधारित युक्तिसम्मत, नैतिक धर्म व्यवस्था के महान् शास्ता के रूप में स्थापित करती हैं।

वस्तुतः बाबासाहेब धम्म को नैतिक व्यवस्था के रूप में मानते हैं। वे साफ कहते हैं कि यदि नैतिकता नहीं है तो धर्म नहीं है। नैतिकता के आधार पर ही समानता, स्वतंत्रता, बंधुता के वैश्विक मूल्यों की उपलब्धि हो सकती है। वे यह भी याद दिलाते हैं कि आज पूरे विश्व में व्याप्त साम्यवाद भी अनीश्वरवाद, अनात्मवाद पर आधारित विचार है, लेकिन यह धर्म का विकल्प नहीं है, अपितु धर्म के विरुद्ध एक राज व्यवस्था है, जो नैतिकता और आत्मस्वीकृति पर नहीं, शासन जोर-जबरदस्ती पर आधारित है, जिसमें स्वतंत्रता के लिए कोई स्थान नहीं बचता है।

बाबासाहेब के लिए स्वतंत्रता सर्वोच्च मूल्य है। उसे इस रूप में समझा जा सकता है कि धर्म में यदि स्वतंत्रता नहीं है तो वह धर्म नहीं है। संविधान में यदि स्वतंत्रता नहीं है तो वह संविधान नहीं है। बाबासाहेब के लिए स्वतंत्रता का एक विशिष्ट अर्थ है। यह पाने की नहीं, चुनने की स्वतंत्रता है। अपने विवेक से चुनकर पाने के यत्न की स्वतंत्रता है और अपने यत्न से जो प्राप्त है, उसके रक्षण की स्वतंत्रता है। शिक्षा, संगठन और संघर्ष का जो त्रिरत्न बाबासाहेब ने प्रतिपादित किया था, वह इसी स्वतंत्रता पर आधारित है। चुनने की स्वतंत्रता, अर्थात् जो शिक्षित है, जो शुभ-अशुभ का भेद कर सकता है और उपादेय की पहचान कर सकता है, वही शुभ, कल्याणकारी, नैतिक को चुन सकता है। जो कल्याणकारी है, उसको संगृहीत करना, कल्याण की दिशा में चल रहे लोगों को एकसूत्रता देना और इसके विपरीत अधर्म, अनैतिकता और अकल्याण पर आधारित शक्ति के पार्थक्यकरण पर आधारित व्यवस्थाओं को चुनौती देनेवाला समूह खड़ा करना ही संगठन है। इस प्रकार

से निरंतर समता और बंधुता के धर्म का विस्तार करना संघर्ष है। यदि संघर्ष का साम्यवादी तरीका बाबासाहेब को मंजूर होता तो उस काल के प्रभावी साम्यवादी आंदोलन का हिस्सा बन करके बड़ी आसानी से विश्व के अग्रगण्य राजनेताओं में ये बेशुमार हो सकते थे।

बाबासाहेब का लक्ष्य स्वयं के लिए सिंहासन अर्जित करना नहीं था, अपितु वे अपने वंचित बंधुओं के कल्याण, उनको दुःखों से मुक्ति और समानता के धरातल पर स्थित कराने के यत्न, देश के एकीकरण, सुदृढ़ संविधान पर उसकी निर्मिति और संपूर्ण विश्व की मानवता को भूख-भय और हिंसा के दारुण दुःख से मुक्ति दिलाने को जीवन-लक्ष्य मानकर निर्वाण की प्राप्ति तक संघर्षरत रहे, इसीलिए उन्हें बुद्ध का रास्ता प्रिय था। बुद्ध का रास्ता दुःखों के अस्तित्व को स्वीकार करते हुए दुःख के अत्यधिक निर्मूलन का रास्ता है। बुद्ध का पथ दो प्रकार की अतियों के निषेध का पथ है। बुद्ध के कालखंड में यह शाश्वतवाद और उच्छेदवाद था, तो बाबासाहेब के समय में यह जातीय ब्राह्मणवाद और भौतिक साम्यवाद था। इन दोनों से बराबर दूरी रखकर वह साम्य व्यावहारिक मध्यमार्ग को अपनाते हैं। यही कारण है कि भारत का संविधान एक मध्यमार्गी संवैधानिक व्यवस्था है, जिसमें आधुनिकता, सभ्यता और प्राचीनतम मूल्यदृष्टि, सबको न्याय और सबके लिए अनुशासन की विशिष्ट व्यवस्था का विधान है।

बाबासाहेब लंबे समय तक इसलिए भी याद किए जाएँगे कि उन्होंने भारत की ऐतिहासिक एकता और भारतीय-जन की एक जातीयता का युक्तियुक्त एवं अकाट्य तर्क के आधार पर प्रतिपादन किया और यह भ्रांति निर्मूल की कि कारवाँ आता गया, हिंदुस्तान बसता गया। 1916 से लेकर 1952 तक बाबासाहेब ने अपने लेखन, व्याख्यानों और संविधान में दी गई व्यवस्थाओं में इसका सफल निरूपण भी किया है।

(लोकमत समाचार, नागपुर, 14 अप्रैल, 2020)

□

24

डॉ. आंबेडकर : सार्वकालिक चिंतक

वर्तमान समय में आंबेडकर अत्यंत प्रासंगिक हैं। आखिर कुछ तो कारण रहा होगा कि यू.एन.ओ. भी आंबेडकर के जन्मदिवस को 'विश्व ज्ञान दिवस' के रूप में मनाता है। आंबेडकर के समग्र जीवन-दर्शन पर चिंतन करें तो हमें दो चीजों पर विचार करने की जरूरत है। एक तो आंबेडकर का जीवन, उनके द्वारा किए गए कल्याणकारी यत्न, उनका लेखन और दूसरी तरफ उनके निर्वाण के बाद विकसित हुआ आंबेडकरवाद। वह चाहे आंबेडकरवाद हो या बुद्धवाद, शंकरवाद हो या रामानुजवाद, जब वह वाद की परिधि में आता है तो एकांगी हो जाता है तथा अन्य विचारों का खंडन उसका एकमात्र उद्देश्य हो जाता है। अन्यों के खंडन के आधार पर अपने को सत्य सिद्ध करता है। डॉ. आंबेडकर परिष्कार का रास्ता स्वीकार करते हैं। संस्कृति, देश, धर्म बचा रहे और उपासना धर्म में परिवर्तन हो जाए, गैर-बराबरी का जो उपासना धर्म है, छुआछूत का जो उपासना धर्म है, वह उपासना धर्म समता का, करुणा का, शिक्षा का उपासना धर्म बने, इसे वे प्रतिपादित करना चाहते हैं।

बाबासाहेब आंबेडकर उपासना धर्म को राज्य सत्ता दखल का साधन नहीं मानते हैं। उसके लिए वे देशधर्म की बात करते हैं और राजनीति की भी। राष्ट्रीय संदर्भों में कुछ चीजों के बारे में आंबेडकर की एक स्पष्ट दृष्टि है। पहली दृष्टि तो यह है कि इस देश को जोड़नेवाली कोई भाषा है तो वह संस्कृत है और इसके लिए वे संविधान सभा में संस्कृत को राष्ट्रभाषा बनाने का प्रस्ताव भी लेकर आते हैं। वे यह मानते हैं कि समाज में जो विकृतियाँ

आई हैं, आक्रमणों के कारण से आई हैं और यहाँ लंबे समय तक के ढीलेपन के कारण से भी आई हैं, लेकिन मूल भारतीय समाज ब्रहुत उदात्त समाज था। 'हू वेयर शूद्राज' में आंबेडकर ने इस बात को बहुत स्पष्ट रूप से बताया है कि जिनको आज हम 'शूद्र' और 'अनटचेबल' कह रहे हैं—ये वस्तुतः वह जातियाँ हैं, जिन्होंने हिंदू धर्म संस्कृति को बचाने के लिए संघर्ष किया और कभी ये राज सत्ता में थे, लेकिन उस संघर्ष में इनको पराजित होने के बाद से बड़ी विपरीत परिस्थितियों का सामना करना पड़ा था।

शताब्दी वर्ष और उसके बाद आंबेडकर पर वैचारिक उत्तराधिकारी होने का दावा करनेवालों की इस देश में बहुत बड़ी संख्या है। गांधी के बाद डॉ. आंबेडकर ही वह विचारक हैं, जो राजनय के प्रस्तोता हैं, जिन पर दावा ठोकनेवालों की समाज में भिन्न-भिन्न दृष्टियों से बड़ी संख्या है, लेकिन मूल्यांकन करने पर समझ में आता है कि गांधी और आंबेडकर, इन दोनों के वैचारिक पथ पर चलने की कोशिश करनेवालों की संख्या नगण्य रही है। डॉ. आंबेडकर को जब देखने की कोशिश की गई तो स्वतंत्रता आंदोलन के संदर्भ में उनकी भूमिका को देखने की कोशिश की गई। हिंदू धर्म की विसंगतियों के बीच उनको देखने की कोशिश की गई है। हिंदू-परंपरा से बाहर जाने की मुहिम को चलानेवाले व्यक्तित्व के रूप में देखने की कोशिश की गई, लेकिन जो चीजें देखी जानी चाहिए थी, उनका डॉ. आंबेडकर को लेकर मूल्यांकन ठीक से नहीं हुआ है। 1916 में वे कोलंबिया यूनिवर्सिटी में अपने एम.फिल. के प्री-सबमिशन वायवा को प्रस्तुत करते हुए वे एक छोटा सा विचार रखते हैं, जिसे उन्होंने पढ़ा था, शायद वह उनके एम.फिल. के टॉपिक से मिलता भी नहीं था। वह था—'निगेशन ऑफ टू रेस थ्योरी', यानी दो प्रकार की जातीय मान्यताओं का विरोध। आर्य और द्रविड़ दो प्रकार की जातियाँ भारत के अंदर में नहीं है, सिर्फ एक ही जाति है, इसकी स्थापना करते हैं। अब यह बात समझने के लिए इसलिए महत्त्वपूर्ण है कि यह वह कालखंड है, जब तिलक जैसे श्रेष्ठ विद्वान् को भी इस बात की गलतफहमी होती है कि आर्य कहीं अंटार्कटिका से आए थे। कोई ग्रीक से आया हुआ कहता है। कोई जर्मनी से

आया हुआ कहता था। चाहे जहाँ से आया हो, आर्य भारत में बाहर से आया, द्रविड़ों से लड़ा और उनको दक्षिण की ओर मार भगाया। आंबेडकर वाज द फस्ट थिंकर हू रिफ्यूटेड दिस (Ambedkar was the first thinker who refuted this), इस रूप में आंबेडकर की चर्चा इस देश में नहीं होती है।

आंबेडकर के धर्मांतरण की चर्चा बहुत होती है, लेकिन वे 1929 से एक प्रयास करते हैं। 1934 में जाकर उस प्रयास में उनको लगता है कि असफलता प्राप्त हुई है और वह समग्र सांस्कृतिक परिवर्तन की जब बात करते हैं तो उपासना पंथ एक छोटा हिस्सा है और लंबे विचार-विमर्श के बाद 1954 में यह निश्चय करते हैं कि मैं बौद्ध धर्म में दीक्षा प्राप्त करूँगा तो इन तीस वर्षों में भारत की धर्म-परंपरा, उपासना-परंपरा, भारत की नीति-परंपरा, भारत की मूल्य-परंपरा को लेकर आंबेडकर ने जो चिंतन किया है, उसको भी सामने रखकर डॉ. आंबेडकर का मूल्यांकन नहीं किया गया है। भारत की संविधान सभा के अंतर्गत, भारत के एकीकरण के विविध प्रकार के प्रश्नों के उत्तर में आंबेडकर एक चर्चा करते हैं और वह उद्धृत करना चाहूँगा, इस देश में कलह पैदा करनेवाले लोग बहुत हैं। इस बात को स्वीकार करते हैं कि झगड़ा करनेवाले, कलह पैदा करनेवाले एक वर्ग का नेता मैं भी हूँ, लेकिन इन सबके बावजूद, हमारी अपनी मत विभिन्नताओं के होते हुए भी, हमारे वैचारिक विरोधों के होते हुए भी कोई ऐसा कारण नहीं है कि भारत अपने परंपरागत रूप में एक राष्ट्र बनकर फिर नहीं उभरेगा। भारत एक राष्ट्र बनकर उभरेगा, ऐसा वह नहीं कह रहे हैं, बल्कि अपनी परंपरागत मान्यताओं द्वारा फिर एक राष्ट्र बनकर नहीं उभरेगा। दो सौ वर्षों के अंदर इस देश में राष्ट्रीयता के विखंडन के जो प्रयास हुए हैं, उन प्रयासों से आंबेडकर परिचित हैं, उन प्रयासों में अपने द्वारा कोई गलती हुई है तो उसे वे स्वीकार भी करते हैं। इनके बाद भी वे एक ऐसे आशान्वित विचारक हैं, जो भारत को एक जन, एक देश, एक राष्ट्र के रूप में बनते हुए, उभरते हुए देखता है।

बाबासाहेब आंबेडकर को दूसरी दृष्टि से देखा जाए तो 1954 में बौद्ध

धर्म की दीक्षा लेने के पूर्व इंटरनेशनल बुद्धिस्ट कॉन्फ्रेंस काठमांडू को संबोधित करते हुए उन्होंने कहा कि बहुत सारे लोगों का मेरे ऊपर दबाव था कि धर्म-परिवर्तन करना है तो उससे अच्छा है कि धर्म को छोड़ करके मार्क्सवाद (कम्युनिज्म) को स्वीकार करो, क्योंकि वह ईश्वर और ईश्वरकृत सृष्टि का सिद्धांत है, जो मनुष्य को गैर-बराबरी पर लाता है और यही कारण है कि दुनिया के सभी उपासना पंथों में किसी-न-किसी रूप में गैर-बराबरी लाता है। कम्युनिज्म ही वह रास्ता है, मैटेरियलिज्म ही वह रास्ता है, जिसमें गैर-बराबरी नहीं है। इस पर आंबेडकर की अपनी जो समीक्षा है, वह बड़ी महत्त्वपूर्ण है। सबसे पहले 1954 में वे कहते हैं कि कम्युनिज्म को मैं ध्वस्त होता हुआ देख रहा हूँ। 1954 में कोई कल्पना नहीं कर सकता था। 1917 के बाद दुनिया में जो आँधी चली थी—एक के बाद एक भिन्न-भिन्न राष्ट्रों का वैचारिक खेमे में जाने का जो क्रम चल रहा था। ऐसा लगता था कि पूरी दुनिया मार्क्स के रास्ते पर जाकर ही अपनी अंतिम परिणति को प्राप्त करेगी। ऐसी परिस्थिति में भारत के अंदर भी प्रधानमंत्री सहित शीर्ष नेतृत्व कम्युनिज्म के समाजवादी विचारों के, भौतिकता के कथित वैज्ञानिक दृष्टि के आधार पर बननेवाली सामाजिक संरचना के इतने मुरीद थे, इतने फैशिनेट थे कि भारत ने जिन परंपराओं और जिन मूल्यों के आधार पर आजादी प्राप्त की थी, उनको दरकिनार करके नए प्रकार की राष्ट्र की रचना कर रहे थे और नए प्रकार की राष्ट्र के रचना का सिद्धांत 1917 में पहली बार आया था, जब विविध प्रकार की राष्ट्रीयताओं को मिला करके, विविध प्रकार की जीवन प्रणाली को मिला करके यू.एस.एस.आर. का गठन हुआ था। 1954 में आंबेडकर ने कहा है कि यह कम्युनिज्म ध्वस्त होगा, मैं इसको गिरता हुआ देख रहा हूँ; क्योंकि यह जोर-जबरदस्ती पर आधारित व्यवस्था है। इसमें मनुष्य के लिए, मानवीय स्वतंत्रता के लिए कोई अवकाश नहीं है और जो व्यवस्था जोर-जबरदस्ती पर आधारित होगी, उस व्यवस्था का समाप्त होना अवश्यंभावी है। इस तरह से पूरी दुनिया में राजनय की वैचारिकी में भविष्य की होनेवाली संभावनाएँ और राष्ट्रवाद के नए स्वरूप, नेशन-स्टेट

की अवधारणा के बीच मनुष्य की स्वतंत्रता के प्रति चिंतित व्यक्तित्व के रूप में भी आंबेडकर का मूल्यांकन नहीं हुआ है।

डॉ. आंबेडकर का मूल्यांकन इस दृष्टि से भी नहीं हुआ है कि वे धर्मांतरण की बात करते हैं तो वह बिलीफ सिस्टम के परिवर्तन की बात करते हैं। वह धर्मांतरण की बात करते हैं तो वह संस्कृत्यांतरण की बात नहीं करते हैं, संस्कृति के परिवर्तन की बात नहीं करते हैं और उनका मानना है कि संस्कृति के निर्माण में उपासना-पंथों की एक भूमिका होती है। संस्कृति के निर्माण में उपासना-पंथ उतनी बड़ी भूमिका निभाता है, जिस उपासना-पंथ में लोकोत्तर की अपेक्षा जीवन सामान्य नैतिकताओं पर बल अधिक होता है। बुद्धिज्म, इसलिए भारत की सांस्कृतिक प्रणाली में केंद्रीय भूमिका में आता है, क्योंकि बुद्धिज्म पूरी तरह से नैतिकता पर आधारित है, मनुष्य के अंतर्संबंधों पर आधारित है और लोकोत्तर व्यवस्थाओं के निषेध के बाद भी आध्यात्मिक दृष्टि देनेवाला दर्शन है, इसलिए इस लौकिक जीवन में सामाजिक अनुबंधों को पूरा करने की दृष्टि से बौद्धधर्म का महत्त्व है। अपने जीवन में विचार और क्रिया इन दोनों के बीच एकाकारिता करते हुए इस देश में समतामूलक राष्ट्र की सांस्कृतिक चेतना पर अवस्थित आस्था प्रणाली की आवश्यकताओं को बल देनेवाला विचारक अपनी समग्रता में अभी तक नहीं सोचा गया है, क्योंकि आंबेडकर ही वे विचारक हैं, जो इस देश में उपासना धर्म और देश धर्म के बीच में अंतर करते हैं। उपासना धर्म बदला जा सकता है, जबकि देश धर्म नहीं। देश धर्म के साथ सातत्य जिसका बना रहेगा, वही उपासना-पंथ मनुष्य के लिए उसकी राष्ट्रीय और उसकी देशीय परिधि में प्रासंगिक है, इसको प्रतिस्थापित करनेवाले विचारक के रूप में आंबेडकर का मूल्यांकन अभी तक नहीं हुआ है, समग्रता में उनका मूल्यांकन करना होगा।

□

25

जय जगत् के प्रणेता विनोबा भावे

बा-बापू और विनोबा की स्मृति का यह वर्ष, वास्तव में जब इन तीन महापुरुषों के विशेष जन्म वर्ष; बा-बापू के डेढ़ सौवें वर्ष और विनोबा की 125वें वर्ष की याद आती है तो मन रोमांचित हो उठता है। ऐसे महापुरुषों—गांधी और विनोबा, जिन्होंने विश्व सभ्यता के समक्ष विज्ञान और अध्यात्म के संश्लेषण के आधार पर तथा अहिंसा पर आधारित सभ्यता का प्रस्ताव किया था और उस अहिंसा पर आधारित विज्ञान और तकनीकी पक्ष निखरकर प्रखरता से सामने आया।

कभी-कभी जब तूफानी भाव प्राप्त होता है, मन पूर्ण संतुष्टि को प्राप्त कर लेता है तो वाक् और भाव के बीच का संबंध टूटने लगता है, किंतु निश्चित रूप से आज पुण्य अवसर पर हमें प्रेरणा मिली है और चुनौती भी। प्रेरणा मिली है कि हम कर सकते हैं, दुनिया में जो श्रेष्ठतम है, पूरी दुनिया के लिए जो अपेक्षित और आवश्यक है, उस दिशा में कुछ काम हो। चुनौती है कि जिस प्रकार की अपेक्षा आज समकालीन भारत के निर्विवाद रूप से सर्वोच्च शिक्षाविद्, तंत्रविद्, वैज्ञानिक और समाजसेवी, लोक-चिंता से, लोकानुकंपा से अनुप्राणित व्यक्तित्व ने हमें कुछ चुनौतियाँ दी हैं। हम हिंदी के विश्वविद्यालय हैं, लेकिन हम केवल हिंदी भाषा के विश्वविद्यालय नहीं हैं। जब हिंदी के विश्वविद्यालय हैं तो हम हिंदी संस्कृति के विश्वविद्यालय हैं। जब हम हिंदी के विश्वविद्यालय हैं तो गांधी जिस हिंदी-संस्कृति, जिस हिंदी-सभ्यता, जिस हिंदी-भाषा जुबान की बात कर रहे थे, उस संस्कृति को अकादमिक क्षेत्र में प्रस्तुत करना और अकादमिक कार्यक्रमों के माध्यम से

इस संस्कृति से ओत-प्रोत पीढ़ी निर्माण के कार्य स्थल में जीने, रहने, पढ़ने-पढ़ाने और समझने का अवसर प्राप्त किए हुए पुण्य सी अनुभूति होती है।

स्वाभाविक है कि विनोबा की याद हमको आनी चाहिए, क्योंकि जब विनोबा को याद करते हैं तो गांधी का जो जीवन-दर्शन है, गांधी की जो सभ्यता दृष्टि है, गांधी का, जो संपूर्ण स्वराज का दर्शन है, जो स्वावलंबन और स्वतंत्रता के समन्वय पर आधारित है, जो मनुष्य को पराश्रितता से दूर करता हुआ, उसकी आत्मचेतना के जागरण और उसके आत्मविश्वास के उत्प्रेरण का विचार बिंदु है, उसको कर्म में कहीं दिखाई देता है, एक ऋषि, एक दार्शनिक, एक दर्शन-दृष्टि से संपन्न व्यक्ति। साधना की उपलब्धियों से आप्लावित व्यक्ति जब सनातन भारतीय विचारों को, जो गांधी के शब्दों में प्रस्फुटित हुए थे, उनको आत्मसात् करता हुआ समाज जीवन में काम करता है। वह चरितार्थ किस प्रकार से होता है ? पूरे देश में लोग अपनी 22 लाख एकड़ जमीन दान करते हैं। हम सब उसी संस्कृति के लोग हैं, जहाँ एक-एक इंच जमीन के लिए झगड़े होते हैं, हत्याएँ होती हैं। उस समाज़ में लाखों-लाख एकड़ जमीन भूमिहीन बंधुओं के लिए, समाज में पिछड़ गए लोगों के लिए, समाज जीवन में लोक कल्याण के लिए कार्य स्थापित हो सके, इसके लिए दान देने के लिए स्वतः आगे आते हैं। बिना किसी विधि की व्यवस्था के और बिना उसका कोई प्रतिज्ञा प्राप्त किए हुए, बिना उसका कोई मूल्य प्राप्त किए हुए यह चरितार्थ हुआ, इसी युग में चरितार्थ हुआ है। इस प्रकार का कर्तृत्व कर दिखानेवाले आज चमत्कारिक लगते हैं। विनोबा की स्मृति का यह वर्ष हमको भी इसी प्रकार के चमत्कार की चुनौती दे रहा है।

भारत की जो कमजोरी बताई गई थी कि सौ-डेढ़ सौ वर्षों तक एक भाषा नहीं बोलता है, एक प्रकार का खान-पान, आदतें-व्यवहार, जलवायु नहीं, इसलिए एक राष्ट्र नहीं है। इस राष्ट्र और देश का जन एक नहीं है, एक दिशा में नहीं चल सकता है। जिस बहुलवादी-बहुभाषिकता और बहुपांथिकता को भारत की कमजोरी के रूप में प्रस्तुत किया गया था, आज हम दुनिया में फिर विश्वगुरु होने की क्षमता रखते हैं तो उन्हीं कारणों पर रखते हैं, हमारी

जो बहुपांथिकता है, फिर भी एक दिशा में चल सकने की हमारी क्षमता है। हमारी जो बहुभाषिकता है, फिर भी एक बात बोल सकने की क्षमता है, इस क्षमता का दिग्दर्शन हुआ है। वास्तव में यह चुनौती है और एक ऐसी चुनौती है, जिसको गांधी और विनोबा ने खड़ा किया था। देश के लोगों के सामने और उसका उत्तर ही दिया था। गुजराती भाषी गांधी की पढ़ाई-लिखाई अंग्रेजी में हुई थी, इंग्लैंड में बैरिस्टर बने। 1934 आते-आते पूरी दुनिया के सामने बी.बी.सी. को संबोधित करते हुए उन्होंने कहा कि 'कह दो दुनियावालों से कि गांधी अंग्रेजी भूल गया।' यद्यपि उसके बाद भी वे अंग्रेजी में लिखते रहे, अंग्रेजी में काम करते रहे, लेकिन एक हिंदी मन के साथ महाराष्ट्र में हिंदी का प्रचार होना चाहिए, दक्षिण भारत में हिंदी का प्रचार होना चाहिए। पूर्वी भारत में हिंदी का प्रचार होना चाहिए, जो हिंदी भाषी क्षेत्र हैं, वहाँ हिंदी संपर्क की भाषा, संवाद की भाषा बने, इसके प्रयास करनेवाले गांधी की यह तपोभूमि है।

यह उस गांधी की तपोभूमि है, जो 1936 में अपने सभी प्रकार के कार्यों का निषेध करते हुए उद्घोषित करता है कि आगे आनेवाले मेरे जीवन में मेरा एकमात्र लक्ष्य रचनात्मक कार्यक्रम है। उस रचनात्मक कार्यक्रम की भूमि पर उस परंपरा में जीवन जीनेवाले एक अध्येता, शिक्षाविद् ने हमको आज यह प्रेरणा दी है कि भाषा के क्षेत्र में तकनीक का उपयोग करते हुए इस बहुभाषिकता के राष्ट्र को पूरे विश्व के लिए, ज्ञानोदय के राष्ट्र के रूप में परिवर्तित कर सकने की ताकत हमारे पास है। 1988 की बात है, जब पहली बार भारत के अंदर, दुनिया के अंदर सुपर कंप्यूटर के साथ; दुनिया में जब नैचुरल लैंग्वेज प्रोसेसर बनेगा तो इसके लिए मशीन लेवल फॉर्म में नैचुरल लैंग्वेज का क्या महत्त्व होगा, इसको लेकर जब चर्चाएँ शुरू हुई थीं तो विजय भटकर के नेतृत्व में भारत ने भी उस समय नेतृत्व किया था। यह केवल सुपर कंप्यूटर बनाना और संगणकीय कंप्यूटर बनाने तक का विषय नहीं है, अपितु नैचुरल लैंग्वेज प्रोसेसर बने। बाद के दिनों में यह सब कुछ भारत में संभव कैसे हो सकता है तो यह तभी हो सकता है, जब भारत की वैज्ञानिक दृष्टि के साथ-साथ उनकी आध्यात्मिक दृष्टि भी बनेगी, क्योंकि जो हम जगत् के

विश्लेषण में जिसको विज्ञान के रूप में समझते हैं।

हमारी इंद्रियानुभव की सीमा और हमारी युक्ति से परे जा करकें वह सबकुछ अध्यात्म के रूप में दिखाई देता है; हालाँकि दोनों में कोई भेद नहीं है। यह भेद वैसे ही है, जैसे आज जब मोबाइल टेक्नोलॉजी पर बात कर रहे हैं और उन्नीसवीं शताब्दी का मनुष्य दो लोगों को सेलफोन पर दुनिया के दो कोनों से बात करते हुए देखें तो विश्वास नहीं होगा कि हम इसी धरती पर रह रहे थे। द्वितीय विश्वयुद्ध के समय लापता हुआ कोई सैनिक, किसी निर्जन द्वीप पर गिर गया कोई सैनिक यदि आज दुनिया पर आता है तो उसे विश्वास नहीं होगा कि यह वही दुनिया है, जहाँ से मैं 80 वर्ष पहले गायब हुआ था, कहेगा कि दूसरे द्वीप में आ गया हूँ। जब हमारी बुद्धि स्तंभित हो जाती है तो हम उसे चमत्कार के रूप में, उसे जादू के रूप में, उसे अति प्राकृतिक घटना के रूप में समझने की कोशिश करते हैं और जब हमारे बोध के स्तर पर वह बात, हमारी अनुभूति के स्तर पर वह बात एकाकारिता की ओर आ जाती है तो हम उसे अध्यात्म के रूप में समझने की कोशिश करते हैं तो चमत्कृत दुनिया है, लेकिन हम अध्यात्म के बोध और अनुभूति से संपन्न युक्ति में विचार करनेवाले मेधा से संपन्न व्यक्ति बनेंगे और मेधा से विचार कर सकनेवाली सर्वोत्तम मशीन के निर्माता भी बनेंगे। आज यह चुनौती है कि कैसे हिंदी सहित भारतीय भाषाओं में नैचुरल लैंग्वेज प्रोसेसर बने। कंप्यूटर भावनाओं को समझे, इसकी संभावना केवल और केवल भारत के बहुभाषिक समाज के अंदर से निकाली जा सकती है। विनोबा ने इसके लिए पुरजोर प्रयास किए थे।

विनोबा का 125वाँ वर्ष इस दृष्टि से भी चुनौती का है कि हिंदी सहित सभी भारतीय भाषाएँ एकाकारिता की ओर बढ़ें। सभी भाषाएँ सुरक्षित रहते हुए, विकसित होते हुए भी समग्रता में भारत का स्वरूप प्रदर्शित करें, इसका प्रयास विनोबा ने जीवनपर्यंत किया था। कोई एक भाषा सवा सौ करोड़ लोगों के लिए नहीं हैं, अपितु एक भाषा है, जो देश का बहुसंख्यक समाज बोलता है, लेकिन बहुत सारी ऐसी भाषाएँ हैं, जिसको कुछ हजार लोग बोलते हैं,

लेकिन सब भारत की बोलियाँ हैं, भारत की भाषाएँ हैं, सब भारत माँ की बेटे-बेटियाँ बोलती हैं, इसलिए सबका संरक्षण और सबका संवर्धन होना चाहिए और यह करने के लिए सौ-डेढ़ सौ वर्ष में भारत की बहुत सी भाषाएँ, बहुत सी बोलियाँ और लिपियाँ लुप्त हुई हैं, लेकिन आनेवाले दिनों में न तो कोई भाषा लुप्त हो, न तो कोई बोली लुप्त हो, न तो किसी प्रकार की कोई लिपि लुप्त हो।

सबका संरक्षण हो और सब भारत के विकास का साधन बन सके, उन्नत भारत के निर्माण में सबकी भूमिका बन सके। उन्नत भारत का निर्माण वस्तुतः केवल भारत का निर्माण नहीं है, अपितु संपूर्ण विश्व का निर्माण है, क्योंकि अपने अस्तित्व की आशंका से ग्रस्त विश्व को नष्ट होने के इस भय से कोई त्राण दिला सकता है तो वह गांधी, विनोबा, दीनदयाल, लोहिया, आंबेडकर हैं। इन्होंने जो सामाजिक दर्शन प्रस्तुत किया था, जो सभ्यतागत विमर्श प्रस्तुत किया था, जो सभ्यता-दृष्टि प्रस्तुत की थी, वह अहिंसा पर आधारित है। हिंसा से दुनिया में किसी भी प्रकार का समाधान नहीं हो सकता है, चाहे वह संगणक के क्षेत्र में हुए विकास के बाद स्टारवाद की कल्पना हो या दुनिया भर में दानवी उद्योगों के माध्यम से उपभोक्तावाद का विस्तार करते हुए आर्थिक उपनिवेशवाद का हो, इन सबके बीच एक ही रास्ता है कि सर्वोदय की दृष्टि रखी जाए।

सर्वोदय की दृष्टि, अर्थात् विकास का कोई एकांगी स्वरूप नहीं, मनुष्य को दैहिक, दैविक, भौतिक सभी दृष्टियों से विकसित करना, करुणा संपन्न बनाना, अन्यों के लिए त्याग करने की वृत्तिवाला मनुष्य बनाना और जो उत्पादन है, दुनिया में यह उन सभी तक पहुँच सके, जिनको उनकी अपेक्षा है। यह दिन आना बाकी है, यह दिन तब और तब आ सकता है जब गांधी, विनोबा, दीनदयाल, आंबेडकर और लोहिया के सपने के साथ हम भारतीय समाज में, भारतीय जीवन में, विज्ञान, कला, तकनीक इन सबका संश्लेषण करते हुए इसको मानव मूल्यों पर आधारित करते हुए, आध्यात्मिक ऊर्जा से सराबोर करते हुए देखेंगे, क्योंकि आध्यात्मिक दृष्टि से विचार किया जाए

तो चेतना का विचार, आत्मा का विचार सर्वाधिक महत्त्वपूर्ण है, अंततः हम डिजिटलाइजेशन की ओर जाते हैं। जितना-जितना हम अमूर्तिकरण की ओर जाते हैं, उतना-उतना हम चैतसिक होते जाते हैं और भारत की चिंतन प्रणाली लगातार मूर्त से अमूर्त की ओर, लोक से लोकोत्तर की ओर जाने की प्रणाली रही है। विवेकानंद ने इसके प्रयोग किए हैं। उन प्रयोगों का ही परिणाम था कि लोक पर स्थित होते हुए भी वह व्यक्तित्व अपने जीवन में अलौकिक सेतु के रूप में दिखाई देता है।

विनोबा जब आह्वान करते हैं कि अपने पास की आवश्यकता से जो ज्यादा जमीनें हैं उन्हें दे दो, तो छोटे किसानों ने भी दिया और बड़े-बड़े राजाओं ने भी दिया, जिन्होंने बड़े-बड़े युद्ध लड़े थे, बड़ी-बड़ी हत्याएँ की थीं। उन लोगों ने भी जमीनें दीं, जिन्होंने बड़ी मेहनत की क़माई से जमीन का एक-एक टुकड़ा खरीदा था। दान में मिली ज़मीनों के विनियोग और वितरण का जो प्रश्न था, वह प्रश्न विनोबा के नाते हल हो जाता और सब आश्वस्त थे कि सबकुछ ठीक दिशा में होगा। इस प्रकार का व्यक्तित्व, इस प्रकार के प्रयास ही दुनिया को त्राण दिला सकते हैं।

□

26

वीर सावरकर : स्वातंत्र्य वीरों की प्रेरणा

इधर एक अरसे से विनायक दामोदर सावरकर बहस के केंद्र में हैं। उन्हें लेकर बहस का सिलसिला तब और तेज हुआ, जब कांग्रेस अध्यक्ष के तौर पर राहुल गांधी ने उनका उपहास उड़ाते हुए उन्हें अंग्रेजों से डरने और उनसे माफी माँगनेवाला करार दिया। उन्होंने ऐसा इसके बावजूद किया कि खुद उनकी दादी, यानी इंदिरा गांधी ने सावरकर के सम्मान में डाक टिकट जारी किया था। आजादी की लड़ाई में सावरकर के योगदान की सराहना अन्य अनेक कांग्रेसी नेता भी करते रहे हैं। हाल में अभिषेक मनु सिंघवी और यहाँ तक कि पूर्व प्रधानमंत्री मनमोहन सिंह ने भी की। यह बात और है कि इसके पहले राजस्थान की कांग्रेस सरकार ने सावरकर को पाठ्यक्रम से हटाने का फैसला कर लिया था।

सावरकर को भारतीय स्वतंत्रता आंदोलन में क्रांतिधर्मी लोगों के आलोक में ही समझा जा सकता है। उन्हें समझने के लिए आवश्यक है कि सबसे पहले उनकी पुस्तक '1857 का भारत स्वातंत्र्य समर' को समझा जाए। यह शायद दुनिया की पहली ऐसी पुस्तक है, जो प्रकाशित होने के पहले ही प्रतिबंधित की गई। उपासना पद्धतियों से परे और राष्ट्रीयता पर आधारित भारत की स्वतंत्रता का सिद्धांत यदि किसी पुस्तक में सबसे पहले प्रतिपादित किया गया था, वह है—'1857 का स्वातंत्र्य समर'। इस पुस्तक ने 1857 के संग्राम में जो हजारों लोग बागियों के रूप में मारे गए, उन्हें वास्तविक पहचान दिलाई। यह पुस्तक सावरकर की डेढ़ वर्ष की शोध-साधना का प्रतिफल थी।

सावरकर लंदन की ब्रिटिश म्यूजियम लाइब्रेरी और इंडिया ऑफिस

लाइब्रेरी में 1857 संबंधी दस्तावेजों और ब्रितानियों के लेखन में डूबे रहे और अंततः इस पुस्तक के रूप में इस सत्य का संधान किया कि 1857 का सिपाही विद्रोह दरअसल भारतीय स्वातंत्र्य समर था। जब अंग्रेजों को पता चला कि सावरकर की यह पुस्तक छपने वाली है तो उन्होंने उसके प्रकाशन के पहले ही उस पर प्रतिबंध की असामान्य घोषणा कर दी। इस पर सावरकर ने 'द टाइम्स' में संपादक के नाम पत्र लिखा कि ब्रिटिश अधिकारियों ने स्वीकार किया है कि वे निश्चयपूर्वक नहीं कह सकते कि मेरी पुस्तक अभी छपी है या नहीं। 'द टाइम्स' ने सावरकर के उस पत्र को न सिर्फ छापा, बल्कि अपनी तरफ से यह टिप्पणी भी जोड़ दी कि यदि ऐसा असाधारण कदम उठाया गया है तो निश्चित ही दाल में कुछ काला है। 1909 में सावरकर की इस पुस्तक का अंग्रेजी संस्करण गोपनीय ढंग से छप गया। अगले साल उसका फ्रेंच अनुवाद भी छपा। फ्रांसीसी क्रांतिकारी पिरियोन ने उसके प्राक्कथन में लिखा कि यह एक महाकाव्य और देशभक्ति का दिशा-बोध है। 1910 में सावरकर गिरफ्तार किए गए। उन पर राजद्रोह का मुकदमा चला। उन्हें 50 वर्ष लंबे कारावास की सजा सुनाई गई। उन्हें जेल में भीषण यातनाएँ दी गईं। सावरकर पहले क्रांतिकारी थे, जिन्हें ब्रिटिश सरकार द्वारा दो बार आजीवन कारावास की सजा सुनाई गई। वह पहले भारतीय नागरिक थे, जिन पर हेग के अंतरराष्ट्रीय न्यायालय में मुकदमा चला।

सावरकर की पुस्तक के गोपनीय रूप से मुद्रण तक 1947 में खुले, यानी पहले कानूंनी प्रकाशन के बीच के वर्षों में न जाने कितने गोपनीय संस्करण छपे। भगत सिंह के क्रांतिकारी दल ने भी उसका एक संस्करण छापा। भगत सिंह सावरकर के प्रशंसक थे। सुभाष चंद्र बोस भी सावरकर के प्रशंसक थे। वे सावरकर के प्रति असीम आदर रखते थे और स्वतंत्रता प्राप्ति की उनकी रणनीति से सहमत थे। रास बिहारी बोस तो सावरकर को अपना गुरु ही मानते थे। सावरकर को जानने और समझने के लिए यह भी जरूरी है कि उनकी रणनीति को समझा जाए। सावरकर ने माफी माँगी। एक बार नहीं तीन बार, लेकिन इसे नीर-क्षीर ढंग से देखना होगा कि सावरकर हर बार

माफी माँग करके जेल से बाहर आते थे तो करते क्या थे। वह बाहर आकर रणनीतिक तौर पर अपने को मजबूत करते थे। उनका मानना था कि जेल में सड़ने से बेहतर है किसी तरह बाहर आकर देश की आजादी के लिए लड़ना। उनकी इस रणनीति को कायरता बताना हास्यास्पद है।

सावरकर मानते थे कि जब तक गोवा और दमन दीव गुलाम हैं, तब तक भारत की आजादी अधूरी है। उन्होंने गोवा की आजादी के लिए आंदोलन खड़ा करने पर जोर दिया। अक्सर लोग पूछते हैं कि सावरकर का गांधी की हत्या के साथ क्या संबंध था? वे यह भूल जाते हैं कि न्याय व्यवस्था ने उन्हें गांधी की हत्या में शामिल होने के आरोप से मुक्त किया था। यदि सावरकर के बारे में उड़नेवाली अफवाहों पर चर्चा होगी तो गांधी के बारे में पूछना पड़ेगा और नेहरू के बारे में भी सोचना पड़ेगा?

कितनी विडंबना है कि इस देश के महान् लोगों के ऊपर कीचड़ उछालने की एक आदत सी बनती जा रही है। सावरकर और गांधी, दोनों हिंदू जीवन-दृष्टि को प्रतिपादित करनेवाले विचारक थे। सावरकर पूरे जीवन गांधी से मुश्किल से तीन बार मिले। यह सत्य है कि सावरकर और गांधी में वैचारिक मतभेद थे, लेकिन इन मतभेदों के कारण सावरकर को लांछित करने का कोई मतलब नहीं। सावरकर की आलोचना करनेवाले यह भूल जाते हैं कि यातना का जीवन जीते हुए भी यदि किसी में भारत की आजादी का दृढ़ संकल्प कूट-कूटकर भरा था तो वह सावरकर थे। सावरकर मूलतः एक ऐसे क्रांतिकारी थे, जो साम्राज्यवाद का विरोध करते थे, लेकिन उन्होंने साम्राज्यवादियों के व्यवहार तंत्र और तकनीक को अपनी आवश्यकता के अनुसार स्वीकार करने में कभी परहेज नहीं किया। वह स्वतंत्रता सेनानी के साथ ही तर्कशास्त्री के तौर पर भी जाने जाते थे।

1896 में इंग्लैंड जाने के पहले ही सावरकर ने भारत में 'अभिनव भारत' नाम की संस्था की स्थापना की थी। इसी अभिनव भारत के माध्यम से उन्होंने इंग्लैंड में श्यामजी कृष्ण वर्मा द्वारा स्थापित 'इंडिया हाउस' को अपनी क्रांति साधना का केंद्र बनाया और मातृभूमि की स्वाधीनता के लिए

व्याकुल नौजवानों का संगठन खड़ा किया। उन्होंने अंग्रेजों की जमीन से ही अंग्रेजी साम्राज्यावाद और उपनिवेशवाद के विरुद्ध संघर्ष शुरू किया। संदर्भहीन और अफवाहों के आधार पर सावरकर की आलोचना करनेवाले यह समझें तो बेहतर कि उनके त्याग, बलिदान और अदम्य पराक्रम का और उनका भारतीय इतिहास में महत्त्व कभी कम नहीं हो सकता।

1904 से आजादी की दिवानगी में क्रांति की बुनकारी करनेवाले स्वातंत्र्य वीर सावरकर भारत की आजादी के अनेकानेक अमर हुतात्माओं के लिए आदर्श और प्रेरणा हैं।

(दैनिक जागरण)

□

27

समय की जड़ता से मुठभेड़

गांधी, रैदास जैसे समाज-चिंतक अपने समय की जड़ता को तोड़ते हैं, यथास्थितिवाद के विरोध में खड़े होते हैं, इसी भाँति वर्तमान प्रधानमंत्री श्री नरेंद्र मोदी उस परंपरा को आगे बढ़ा रहे हैं, समाज की रूढ़ियों से मुठभेड़ करते दिखते हैं, शिक्षा, स्वास्थ्य जैसे मानव सूचकांक को एक नया आयाम देते दिखते हैं। पूरी दुनिया में विश्व योग दिवस की जो स्वीकृति हुई है; सुखी तो सब होना चाहते हैं न, दुःख तो कोई नहीं चाहता। सबको सुख दे सके, बिना किसी अन्य को दुःख पहुँचाए हुए, अंततः वह रास्ता सभी स्वीकार करेंगे।

संत गोरखनाथ कहते हैं, 'छाड़ो दंड रहो निर्द्वंद्व, तजो अलंगन रहो निबंध', तो जब हम दूसरे को बाँधने की कोशिश करते हैं, पकड़ने की कोशिश करते हैं तो वह पकड़ा जाए, चाहे न पकड़ा जाए, पकड़ने की कोशिश में हम उससे बँध जाते हैं। यह वैसे ही होता है, जैसे कि कंबल को तो छोड़ दिया नदी में तैरते हुए, लेकिन जिसने कंबल को पकड़ने की कोशिश की, वह उसको नहीं छोड़ रहा है, क्योंकि वह कंबल नदी में तैरता हुआ भालू है और नदी में तैरते हुए भालू को कंबल समझने की भूल हमने अपनी पूरी सभ्यता दृष्टि में की है। एक मिथ्या सभ्यता दृष्टि बनाई है। श्री नरेंद्र मोदी भारतीय मूल्यों पर जो चर्चा कर रहे हैं; वह इस मिथ्या दृष्टि को तोड़नेवाला मूल्य है, इसलिए सभी इसे स्वीकार कर रहे हैं। पूर्व-पश्चिम, उत्तर-दक्षिण दुनिया के किसी भी कोने में इसकी स्वीकृति और भारत के प्रति जो एक सकारात्मक भाव की उत्पत्ति हुई है, वह इसलिए हुई है कि जिस प्रकार के दार्शनिक राजा की कल्पना चाणक्य ने की थी और प्लेटो ने भी की थी, वैसा नेतृत्व आज भारत

में दिखाई दे रहा है। एक ऐसा नेतृत्व दिखाई दे रहा है, जो युवाओं में उत्साह भरता है। नेतृत्व जो उत्साह नहीं भर सकता है, वह समाज को विकसित नहीं कर सकता है। नेतृत्व जो कुछ करने की प्रेरणा नहीं दे सकता है, वह किसी भी समाज को विकास पथ पर नहीं चला सकता है।

दूसरा, भारत का जो विकास का मॉडल है, वह शोषण पर आधारित नहीं है। शोषण पर आधारित मॉडल में ऊर्जा की जरूरत है तो उन देशों पर कब्जा किया जाता है, जहाँ पेट्रोल है। विकास का जो समरस मॉडल है—उसमें ऊर्जा के उन स्रोतों की कल्पना की जाती है और उनका प्रयोग करने की कोशिश की जाती है, जहाँ ऊर्जा के अक्षय भंडार हैं और जो निसर्ग सबको एक समान भाव से दे रही है, इसलिए जब वह सौर ऊर्जा को एक वैकल्पिक ऊर्जा के माध्यम के रूप में प्रस्तुत करने की कोशिश और इस दृष्टि से दुनिया के बड़े देशों को साथ लेकर चलने की कोशिश श्री नरेंद्र मोदी करते हैं तो इसको सिर्फ एक राजनीतिक और तकनीकी यत्न के रूप में नहीं देखा जा सकता, दुनिया को बचाने का यह सांस्कृतिक यत्न है। इसमें स्वाभाविक है कि जो भारतीय दृष्टि है वह गांधी, दीनदयाल और विनोबा के माध्यम से बीसवीं शताब्दी से इक्कीसवीं शताब्दी तक विकसित हुई है। आज भारत का नेतृत्व, आज का भारतीय समाज उसका प्रतिनिधित्व करता हुआ दिखाई दे रहा है।

□

28

परंपरा, आधुनिकता और लोक-जीवन के उन्नायक 'श्री नरेंद्र मोदी'

प्रधानमंत्री श्री नरेंद्र मोदी की कार्य संस्कृति पर चिंतन करते ही मुझे कालिदास बार-बार याद आते हैं। कालिदास कहते हैं, 'पुराणमित्येव न साधु सर्वं न चापि काव्यं नवमित्यवेद्यम्', यानी पुराना होने से सब अच्छा नहीं होता है और नया हो गया, इसलिए सब निंदनीय नहीं है। जो बुद्धिमान लोग होते हैं, वे परीक्षा करते हैं और जो उचित होता है उसको ग्रहण करते हैं; नए पुराने के आधार पर ग्रहण नहीं करते हैं। श्री नरेंद्र मोदी ने भारत में नए प्रकार के समाज (समावेशी समाज) रचना की बात की, जो सबको साथ लेकर चलने की व्यवस्था के निर्माण की बात कर रहे हैं। सबके विकास में चिंतित हो, इस प्रकार की राजसत्ता की बात कर रहे हैं।

यह भारत की जो राजनीतिक परंपरा है, जिसकी बड़ी चर्चा काशी प्रसाद जायसवाल ने 'हिंदू पॉलिटी' में की है। चाणक्य साफ-साफ उसी बात को कहता है, 'प्रजासुखे सुखम् राज्ञः', अर्थात् जो जनता का सुख है, उसमें राजा का सुख है। राजा के सुख में जनता का सुख नहीं होता है। एक व्यक्ति ऐसा है, जो आज समाज में नेतृत्व करता हुआ ऐसा दिखाई दे रहा है, जो तपस्वी-सा जीवन जीना चाहता है, जो अहर्निश काम करना चाहता है, जो शारीरिक श्रम को गांधी की तरह पवित्र रूप से प्रतिष्ठापित कर रहा है, जो स्वच्छता और पवित्रता जैसी चीजों की बात कर रहा है, जो समाज के अंतिम आदमी की अत्यंत छोटी-छोटी आवश्यकताओं को लेकर चिंतित है

और उनको राष्ट्रीय अभियान के रूप में प्रस्तुत कर रहा है। स्वच्छता का प्रश्न हो, शौचालय की बात हो। स्कूल-कॉलेज में पढ़नेवाली किशोरी बेटियों को सेनेटरी पैड उपलब्ध कराने की बात हो, उनके लिए स्कूल-कॉलेज में अलग से शौचालयों के निर्माण की बात हो, ये ऐसी बातें हैं जो शुरुआती दौर में हास्यास्पद लग रही थीं, लेकिन आज इसके कारण से समाज में जो परिवर्तन आया है, नया समाज गढ़ रहा है और जनता में एक नए वातावरण के साथ विश्वास बढ़ा है।

प्रधानमंत्री मोदी के विचार और कर्म केवल हिंदुस्तान के लिए नहीं बल्कि विश्व के लिए सामयिक हैं। उनका संकल्प समाज को जगा सके और संकल्प के आधार पर लक्ष्य की सिद्धि हो सके, प्राप्ति हो सके, इसके लिए बहुत विश्वासपूर्ण नेतृत्व की आवश्यकता है; और वह नेतृत्व दिख रहा है। श्री नरेंद्र मोदी एक व्यक्ति के रूप में नहीं दिख रहे हैं अपितु समाज जीवन में लंबे समय से काम कर रहे राष्ट्रीय स्वयंसेवक संघ ने जो सामाजिक कार्यकर्ताओं की मल्लिका खड़ी की है, उसके कारण से दिख रहे हैं। इसलिए पूर्वोत्तर भारत में भी 'भारत माता की जय' के नारे दिख रहे हैं, इसलिए कश्मीर के अंदर भी 'भारत माता की जय' के नारे दिख रहे हैं। विघटनकारी तत्त्व पीछे हट रहे हैं और लगातार पीछे हट रहे हैं। सकारात्मक दृष्टिकोण बन रहा है। यह आजादी के बाद ही हो सकता था, तब इससे ज्यादा उत्साह था लोगों में, उमंग थी, राष्ट्र बनाने की कल्पना थी लेकिन एक सकारात्मक प्रभावी और समाज की वास्तविकता से परिचित नेतृत्व के अभाव ने उस समय यह होने नहीं दिया।

देश अब 70 वर्ष पूरे करने के बाद, 70 से 75 के बीच में, इसको प्राप्त करेगा और निश्चित रूप से प्राप्त करेगा। सन् 2022 में देश की आजादी के 75वें वर्ष होंगे तो परिवर्तन का अनुभव होगा। आम आदमी को परिवर्तन दिखने लगा है; समाज के अंतिम आदमी को परिवर्तन का अनुभव होने लगा है और यही कारण है कि इस देश में जो-जो अभारतीय विचारधाराओं के गढ़ बने थे, वो सब टूटे हैं और लगातार टूट रहे हैं। जम्मू-कश्मीर को देखिए, अलगाववादियों का समर्थन करनेवाली राजनीतिक ताकतें पराजित हुई हैं।

पश्चिम बंगाल को देखिए, घुसपैठियों का समर्थन करनेवाली राजनीतिक ताकतें पराजित हुई हैं। असम में घुसपैठियों का समर्थन करनेवाली राजनीतिक ताकतें पराजित हुई हैं, और सच ये है कि केरल में भी पराजित हुई हैं। आँकड़ों का खेल कुछ ऐसा है कि वास्तविकता समझ में नहीं आ रही है तो देश में सर्वत्र एक राष्ट्र का भाव उभरा है।

इस देश का सबसे बड़ा अभाव था कि यह पिछले 65 वर्षों में एक राष्ट्र के रूप में नहीं उभरा। बाबासाहेब आंबेडकर ने 1948-49 में कल्पना की थी कि सभी प्रकार की कलह पैदा करनेवालों के होते हुए भी यह देश एक राष्ट्र के रूप में उभरेगा, इसका मुझे पूरा विश्वास है। उनके इस विश्वास को श्री नरेंद्र मोदी पुष्ट कर रहे हैं।

जब 'उज्ज्वला' योजना के अंतर्गत मुफ्त में सिलेंडर की बात आई थी तो लगा था कि यह मुफ्तखोरी को बढ़ावा देगा, लेकिन देश की एक बड़ी आबादी (पाँच करोड़ संख्या) को, इसके कारण जो काम करने के लिए अतिरिक्त घंटे प्राप्त हुए हैं और उसके कारण देश के विकास में जो उनका योगदान बढ़ा है, उसकी कल्पना उस समय नहीं की गई थी। इस प्रकार से छोटी चीजों के आधार पर बड़ी चीजें निर्मित करनेवाली जो गांधी की प्रणाली थी, वह प्रणाली श्री नरेंद्र मोदी की राजनीति में हम सबको दिखाई दे रही है। यह सिर्फ राजसत्ता की राजनीति नहीं है, यह समाज परिवर्तन की राजनीति है, श्रेष्ठ और सकारात्मक दिशा में ले चलने की राजनीति है। इस नाते देश में सबका विश्वास बना है।

श्री नरेंद्र मोदी गांधी, आंबेडकर, लोहिया, पं. दीनदयाल उपाध्याय और विनोबा की परंपरा को आगे बढ़ा रहे हैं। वह वैश्विक धरातल पर भारतीय संस्कृति और लोक-परंपरा से अनुप्राणित जीवन-शैली को प्रतिष्ठापित करने की न सिर्फ कोशिश करते हैं, बल्कि एक सशक्त राष्ट्र निर्माता के रूप में देश को आगे ले गए हैं। उनके कार्य के कारण से वे युग-प्रणेता के रूप में जाने जाते हैं, एक नए युग की शुरुआत हुई है, एक नए युग का सूत्रपात हुआ है।

□

29

पं. दीनदयाल उपाध्याय : एकात्म मानव-दर्शन विश्व सभ्यता के लिए अंतिम समाधान

पं. दीनदयाल उपाध्यायजी का दर्शन, जिसे संज्ञा रूप में एकात्म मानव दर्शन के रूप में समझा जाता है, मनुष्य को केंद्र में रखकर संपूर्ण विश्व व्यवस्था का और उससे आगे बढ़ते हुए ब्रह्मांड व्यवस्था का मूल्याधिष्ठित, किंतु व्यावहारिक विश्लेषण एवं दार्शनिकीकरण है। यह युक्ति के आधार पर, तत्त्वमीमांसा के आधार पर, ज्ञान प्रक्रिया के आधार पर विवेचन और व्यावहारिक स्तर पर इन विचारों के आधार पर निर्मित हुई समाज व्यवस्थाओं का मूल्यांकन करते हुए, न केवल भारत अपितु संपूर्ण विश्व सभ्यता के लिए, मनुष्य जाति मात्र के लिए वह कौन सा रास्ता हो सकता है, जो मनुष्य के कल्याण का, समाज के कल्याण का, राज्य के कल्याण का और इन सबको अतिक्रांत करता हुआ अंततः संपूर्ण विश्व के कल्याण का रास्ता हो, इसको प्रतिपादित और व्याख्यायित करने का यत्न है। हम जानते हैं कि दर्शन के रूप में इसका सैद्धांतीकरण 1965 में आयोजित भारतीय जनसंघ के कालीकट अधिवेशन में हुआ था। जिसमें भारतीय जनसंघ ने नीति वक्तव्य के रूप में, नीति प्रारूप के रूप में इस पर चर्चा की और चर्चा के अनंतर इसको भारतीय जनसंघ के दिशा निर्देशक सिद्धांत और दल के दार्शनिक अधिष्ठान के रूप में स्वीकार किया गया। उसके तत्काल बाद मुंबई में देश भर के भारतीय जनसंघ के कार्यकर्ताओं के समक्ष दीनदयाल उपाध्यायजी ने

अपने व्याख्यान में एकात्म मानवदर्शन को विस्तार से प्रस्तुत किया। एकात्म मानवदर्शन की एक विशेषता यह है कि यह आइडियोलॉजी नहीं है, ये डायलेक्टिक्स पर आधारित नहीं है। यह केवल और केवल मतवाद नहीं है, इसलिए दीनदयालजी अपने जीवनकाल में बार-बार कहते रहे कि 'This is not integral humanism'। इंटीग्रल शब्द भी इसका सही अनुवाद है, ऐसा दीनदयालजी भी स्वीकार नहीं करते थे। एकात्म का तात्पर्य एकीकृत नहीं है। एकात्म का तात्पर्य एक ही होना है। एक ही प्रकार की चेतना का होना, एक ही प्रकार की बुद्धि का होना, एक ही प्रकार की चिंतन प्रक्रिया का होना है। वस्तुतः एकात्म मानव-दर्शन का, जो तत्त्वमीमांसीय अधिष्ठान है, वह अधिष्ठान, दीनदयालजी ने शंकराचार्य पर जो पुस्तक लिखी थी, उसमें ही प्रतिपादित किया था। एकात्म, यानी अद्वैत की दृष्टि। मैं और तुम, दो नहीं हैं। शायद पश्चिम में उपजी हुई सारी विचारधाराओं को यही पहला प्रत्युत्तर है, क्योंकि यूरोप में उपजे हुए थेलीज के दार्शनिक सिद्धांत से लेकर अभी तक के नवउदारवाद के काल तक का समूचा विचार द्वैत पर ही आधारित है। मैं हूँ और तुम हो, मैं हूँ और यह संसार है, जड़ और चेतन है, मन है और शरीर है। यह तो अनुभूयमान मानव सत्ता का विभाजन है। पश्चिम की जो ज्ञान की प्रणाली है, वह भी द्वैराश्य पर ही आधारित है। अनुभव है और बौद्धिक ज्ञान है। अनुभव है और अंतर्बोध ज्ञान है। अंतर्बोध ज्ञान और अनुभवजन्य ज्ञान में भेद है। जो अंतर्बोध है वह अनुभवजन्य नहीं है और जो अनुभवजन्य है, वह अंतर्बोध नहीं है। जो समाज है वह व्यक्ति नहीं है और जो व्यक्ति है वह समाज नहीं है, यह एक दृष्टि है। दूसरी दृष्टि समाज को केंद्रित करके विचार करने वालों की थी। जिसका निकष मार्क्सवाद के रूप में या वैज्ञानिक समाजवाद के रूप में दिखाई देता है। जिसमें व्यक्ति की वैयक्तिता को समाप्त करते हुए समाज की स्थापना होती है। व्यक्ति कैसा है जो स्वार्थी है, झगड़ालू है। व्यक्ति कैसा है, जो दूसरों को अपने हितों के लिए साधन बनाता है, इसलिए उसके आपस के झगड़े को समाप्त करने के लिए, कोई किसी को अपनी स्वार्थ सिद्धि का साधन नहीं बना सके, इसको नियंत्रित करने के लिए

समाज का जन्म हुआ। यह समाज चाहे समझौते द्वारा निर्मित हो, राज्य सत्ता द्वारा निर्मित हो या ईश्वर द्वारा निर्मित हो, परंतु यह मनुष्य पर नियंत्रण उत्पन्न करने के एक साधन के रूप में ही आता है।

दूसरी तरफ पूँजीवाद का विकास हुआ, जहाँ समाज सर्वत्र मनुष्य की प्रगति में बाधा पहुँचाता है। सर्वत्र मनुष्य को रोकना चाहता है। उसको निर्बाध बढ़ने के लिए स्थान नहीं देता है। यह दोनों ही दृष्टियाँ वस्तुतः मनुष्य विरोधी हैं। दीनदयाल उपाध्यायजी की दृष्टि से विचार करेंगे तो मनुष्य एक विशिष्ट रचना है। यह शरीर है, मन है, बुद्धि है और आत्मा है। इस प्रकार यह एक फोर डायमेंशनल निर्मिति है। जिसमें शरीर या मनुष्य की ज्ञानेंद्रियाँ, मन और बुद्धि यह ज्ञात हो सकनेवाले तथ्य हैं और इनसे परे जो आत्मा है वह ज्ञाता है। अभी तक यूरोप की, जो पूरी विचार सरणी है, वह त्रिआयामी जगत् से अधिक का विचार नहीं कर सकती है। एकात्म मानववाद दर्शन की वह प्रणाली है, जो त्रिआयामी जगत् को अतिक्रांत करती हुई, लंबाई, चौड़ाई, मोटाई के संसार से बाहर जाते हुए चौथे आयाम की बात करती है। साम्यवाद और पूँजीवाद के जो विविध पर्याय दुनिया भर में विकसित हुए थे, उन विविध पर्यायों में मात्र उत्पादन और वितरण को केंद्र में रखकर विचार किया गया था। इनका ठीक से विश्लेषण किया जाए, जैसा कि उपाध्यायजी ने किया, वे बड़ी स्पष्टता के साथ कहते हैं कि दोनों एकांगी हैं। दोनों ही समाज के, मनुष्यों के समूह के एक ही हिस्से का विचार कर पाते हैं। एक तो मनुष्य जाति के लिए उत्पादन का विचार कर सकनेवाला या उसकी अधिकारिता का विचार कर सकनेवाला पूँजीवादी दृष्टिकोण है तो दूसरी तरफ मनुष्य के लिए वितरण की व्यवस्था और मनुष्य के सामाजिक उत्तरदायित्व इसका विचार कर सकनेवाला समाजवाद, वैज्ञानिक समाजवाद, साम्यवाद या मार्क्सवाद के विविध पर्यायों से दुनिया भर में विकसित हुआ समाज केंद्रित विचार है। केवल उत्पादन और केवल वितरण मनुष्य का जीवन नहीं है। यदि केवल उत्पादन करना, उत्पादन का वितरण करना और उत्पादन का उपयोग करना यही मनुष्य का लक्ष्य है, तो मनुष्य और पशु के बीच का भेद करना संभव नहीं है। यह वह प्रस्थान

बिंदु है, जहाँ दीनदयालजी भारत की अनादि सांस्कृतिक परंपरा पर आधारित एक दर्शन की प्रस्तुति करते हैं। एक समाजदर्शन की, एक व्यावहारिक दर्शन की प्रस्तुति करते हैं। ऐसे व्यावहारिक दर्शन की प्रस्तुति करते हैं, जो जीवन के प्रश्नों का समाधान करते हुए, राज्य के व्यवहार के प्रश्नों का समाधान करते हुए, राज्य के लिए दिशा-निर्देशक तत्त्व के रूप में प्रस्तुत होते हुए, इस जीवन से परे लोकोत्तर जीवन के भी समाधान का रास्ता निकलता है।

सबसे महत्त्वपूर्ण बात यह है कि दीनदयाल उपाध्यायजी वह पहले दार्शनिक हैं, जो मनुष्य को सही अर्थों में परिभाषित करने की कोशिश करते हैं। मनुष्य को परिभाषित करने की दुनिया भर में जो कोशिशें हुईं, मैं उन परिभाषाओं की चर्चा अवश्य यहाँ करना चाहूँगा। जब तक हम उसको नहीं समझेंगे, तब तक वस्तुतः हमसे कहाँ गलती हुई है, इसको नहीं समझ पाएँगे। क्यों वाद को अतिक्रांत करते हुए वाद, विवाद, प्रतिवाद, संवाद और संवाद को फिर एक वाद के रूप में निर्मित करते हुए निरंतर विचारों के संघर्ष और जीवन में संघर्ष की अवधारणा के आधार पर मनुष्य को उसके मूल रूप में नहीं स्थापित किया जा सकता है। मनुष्य क्या है ? मनुष्य एक बौद्धिक प्राणी है। यह सामान्य रूप से स्वीकृत परिभाषा है, लेकिन यह परिभाषा डॉल्फिन वगैरह में भी चली जाती है, यह चिंपांजी में भी चली जाती है, ये गुरिल्ले में भी चली जाती है, फिर एक परिभाषा आई कि मनुष्य एक सामाजिक प्राणी है। समाज उत्पन्न हो गया तो मनुष्य को समाज पर आधारित बना दिया गया। मनुष्य की स्वयं की कोई स्थिति नहीं है, यह परिभाषित करने की कोशिश की गई। मनुष्य जाति मात्र में यह परिभाषा सीमित नहीं रहती है। यह मधुमक्खी में जाती है, चींटी में चली जाती है तो अगर सामाजिक प्राणी होना मनुष्य का लक्षण है तो मधुमक्खी और चींटी को भी मनुष्य मानना पड़ेगा, फिर आया 'Man is a tool-making animal'। मनुष्य वह है, जो उपकरणों का निर्माण करता है। लगा कि अब तो हमने वह परिभाषा प्राप्त कर ली है, जिस परिभाषा के आधार पर पूरी दुनिया को मनुष्य और मनुष्येतर के बीच विभाजित किया जा सकता है। औद्योगिक क्रांति का जो विकास हुआ था, उसके पीछे मनुष्य

की इस परिभाषा का महत्त्वपूर्ण योगदान है। मशीन मैकिंग एनिमल टूल मैकिंग एनिमल कहें तो मशीन की परिभाषा में लाठी भी एक मशीन है, डंडा भी एक मशीन है और गुरिल्ले और चिंपांजी भी इनका उपयोग करते हैं। खूबसूरत बया पक्षी तक टूल मेकिंग एनिमल की परिभाषा में आ जाती है, फिर कहा कि 'Man is a symbol-making animal'। मनुष्य वह है, जो प्रतीकों की निर्मिति करता है, प्रतीकों का उपयोग करता है, प्रतीकों से अर्थबोध करता है तो यदि मनुष्य की प्रतीकों से अर्थबोध करनेवाला प्राणी है, इसलिए प्रतीकों की निर्मिति की निरंतरता का भी विचार करना पड़ेगा। मनुष्य किस चीज का प्रतीकीकरण करता है, इसका भी विचार करना पड़ेगा। भारतीय परंपरा ने इसको अत्यंत सरलता से समझाया है कि मनुष्य प्राणी है। इस दृष्टि से वह पशुओं के समान है। 'आहार निद्रा भय मैथुनं च सामान्यमेतत् पशुभिर्नराणाम'।

मनुष्य प्राणी, इसलिए है कि आहार, निद्रा, भय, मैथुन की दृष्टि से अन्य पशुओं के समान है। 'धर्मो हि तेषामधिको विशेषो धर्मेणहीनाः पशुभिः समानाः'। एक धर्म ही है, जो मनुष्य में अधिक और विशेष है। इस धर्म को समाप्त कर दिया जाए तो मनुष्य और पशु में कोई अंतर नहीं रहता है। पं. दीनदयाल उपाध्याय एकात्म मानववाद के संबंध में अपने प्रथम व्याख्यान में एकात्म मानववाद को धार्मिक मनुष्य, धर्माधिष्ठित मनुष्य, धर्मनियमित मनुष्य के रूप में प्रतिस्थापित करते हैं। वह धर्म ही है, जो मनुष्य को विशिष्ट बनाता है। उपाध्यायजी एक विशिष्ट प्रकार के दर्शन की प्रस्तुति करते हैं। यह विशिष्ट प्रकार का दर्शन समग्रता में सोचना है, सर्वमयता में देखना है। बाँट-बाँटकर नहीं देखना है। टुकड़े-टुकड़े में नहीं देखना है। एक बड़े लक्ष्य के साथ समाज की निर्मिति करनी है, राज्यों की निर्मिति करनी है, राज्य के आगे जाकर विश्व-व्यवस्था की निर्मिति करनी है तो उसके लिए उपाध्यायजी विश्व के नक्शे के टुकड़ों को सामने रखकर कहते थे कि इसको जोड़ो। पूरी दुनिया से परिचय तो किसी का नहीं है, इसलिए अपरिचित मनुष्य को उसको जोड़ने में कठिनाई होती है, क्योंकि नक्शा प्रतीक मात्र है। उसे संपूर्णता में मनुष्य न देख सकता है और न ही अनुभव कर सकता है, इसलिए वह उसे नहीं जोड़

सकता, लेकिन यदि उसी टुकड़े को उल्टा किया जाए और एक मनुष्य का चित्र टुकड़े-टुकड़े में हो तो मनुष्य मनुष्य को जानता है, मनुष्य मनुष्य से परिचित है, उसके अंगों से परिचित है, इसलिए वह मनुष्य को जोड़ लेता है।

मनुष्य को जोड़ने से विश्व तक और ब्रह्मांड तक जोड़ा जा सकता है। यह सहज रास्ता है। एकात्म मानव-दर्शन का लक्ष्य मनुष्य को जोड़ना है, मनुष्य को निर्मित करना है, मनुष्य को ठीक ढंग से खड़ा करना है। एक निर्मित मनुष्य, एक सुसंस्कृत मनुष्य, एक सुशिक्षित मनुष्य, एक जिम्मेदार मनुष्य जब निर्मित होता है तो विश्व व्यवस्था निर्मित होती है। सिर्फ सामाजिक प्राणी का कुल योग समाज नहीं है, सिर्फ बौद्धिक प्राणी का समग्र योग समाज नहीं है। इससे परे समाज तब है, जब दूसरों का विचार करने की कोई व्यवस्था बनती है। सब में एक ही चेतना को व्याप्ति होने की व्यवस्था बनती है। इस तरह से संपूर्ण विश्व व्यक्ति से, व्यष्टि से प्रारंभ होकर के परमेष्ठी तक जानेवाली इस ब्रह्मांडीय व्यवस्था को उपाध्यायजी एक अखंड मंडलाकार रचना के रूप में प्रस्तुत करते हैं। अखंड मंडलाकार रचना क्या है? यह चक्रीय नहीं है। लौटकर के फिर वहीं नहीं आना है, लेकिन जगत् का विकास एक रैखिक भी नहीं है, अपितु जगत् का विकास एक वर्तुलाकार रचना है, जिसमें कहीं टूटन नहीं है। व्यष्टि का, यानी इकाई का संपूर्ण परमेष्ठी के साथ, संपूर्ण ब्रह्मांड व्यवस्था के साथ एक नैरंतर्य का संबंध है। जो एटम्स की रचना है।

एटम्स की रचना क्या है? जो इलेक्ट्रॉन और प्रोटॉन है, वह न्यूट्रॉन के इर्द-गिर्द 180 अंश पर चक्कर काटता है। दोनों के बीच 180 अंश हमेशा बना रहता है। वह चाहे किसी छोटे एटम में हो चाहे ब्रह्मांडीय व्यवस्था में। इलेक्ट्रॉन प्रोटॉन को न्यूट्रॉन से चाहे जितना भी दूर ले जाए, लेकिन दोनों उस न्यूट्रॉन के साथ जुड़े रहते हैं और वर्तुलाकार जुड़े रहते हैं। यह घूमता तो है, वापस आता है, लेकिन उसी स्थान पर नहीं आता है। उदाहरण के तौर पर समझा जाए, जब एक धातु के तार को गोल घुमाया जाए और जहाँ से उस तार को प्रारंभ किया था, वहीं पर ले जा करके उसका अंत किया जाए तो

वृत्त का निर्माण होता है, अगर उसको वहीं से घुमाते हुए आगे बढ़ाते चलें तो स्प्रिंग का निर्माण होता है। स्प्रिंग का निर्माण होता है तो उसमें विकास की संभावनाएँ विस्तारित होने की संभावनाएँ हैं और बार-बार अपने केंद्र की ओर वापस आने की शक्ति भी है। उपाध्यायजी के अखंड मंडलाकार रचना और अखंड मंडलाकार रचना के केंद्र में चाहे नीचे की ओर खिंचाव होगा या ऊपर की ओर, अंततः दोनों ही केंद्र की ओर, मध्य बिंदु की ओर वापस आने के लिए बाध्य हैं। यह दृष्टि एकात्म मानववाद है। एकात्म मानववाद वह दृष्टि है, जिसके केंद्र में मनुष्य है, इसलिए एकात्म मानववाद वस्तुतः धर्म आधारित दर्शन है। मनुष्य का विचार करना ही धर्म का विचार करना है, लेकिन उपाध्यायजी बार-बार धर्म आधारित दर्शन, धर्म आधारित समाज, धर्म आधारित व्यक्ति, धर्म आधारित राज्य व्यवस्था की चर्चा करते हैं तो सावधानी भी बरतते हैं। जब वह धर्म और धर्म आधारित समाज की बात करते हैं तो वह रिलिजियस कम्युनिटी की बात नहीं करते हैं। जब तक यूरोपीय दृष्टि की समीक्षा नहीं की जाएगी तब तक हम एकात्म मानववाद कौन सी दृष्टि प्रस्तुत करता है? चतुष्पाद व्यवस्था को प्रस्तुत करने के पीछे उसका सामाजिक अभिनिवेश क्या है? उसका राजनीतिक आधार क्या है? आदि नहीं समझ सकते हैं। विज्ञान के तीन सिद्धांत, जिसमें एक भौतिक विज्ञान का सिद्धांत है, एक जैविक विज्ञान का सिद्धांत और एक समाज विज्ञान का सिद्धांत। इनके आधार पर जो आज की विश्व व्यवस्था निर्मित है, इसको ठीक से समझने के लिए तीन-चार मूल प्रत्ययों को समझना आवश्यक है। एक तो यह कि यूरोप की वैज्ञानिक दृष्टि जहाँ से प्रारंभ होती है और जो दार्शनिक विचार इस संसार को समझने को प्रस्तुत होता है, उनमें कठिनाइयाँ हैं। आर्कमिडीज का सिद्धांत कि यह संपूर्ण ब्रह्मांड एक यांत्रिक रचना है। दूसरा विचार, जो यह मानता है कि ब्रह्मांड ईश निर्मित है।

यांत्रिक रचना और ईश निर्मित के बीच पश्चिम में वैचारिक और वास्तविक स्तर पर लगभग दो हजार वर्षों का संघर्ष है। दोनों एक दूसरे को गलत ठहराते रहे हैं। एक ये कहता था कि यांत्रिक रचना है तो दूसरा यह

कहता था कि यह ईश रचित है। इसको विज्ञान और चर्च के बीच युद्ध के रूप में याद किया जाता है। एक दूसरा कालखंड आता है—डार्विन और साइमन का। साइमन समाज को परिभाषित करते हुए कहता है कि समाज एक उद्यम है, जिसमें न्यूनतम का विनियोग करते हुए, अधिकतम लाभ अर्जित करने की प्रणाली है। ऐसी स्थिति में मनुष्य जाति और यह विश्व, मनुष्य के लिए एक साधन से अधिक नहीं है। दूसरी डार्विन की थ्योरी है। श्रेष्ठतम की उत्तरजीविता का सिद्धांत है, जो ताकतवर है, वह जीवित रहेगा और जो कमजोर है, वह मार दिया जाएगा। जो कमजोर होगा, उसे नष्ट होना पड़ेगा। डायनासोर से लेकर के अभी तक जीवों के विकास और अंततः मनुष्य के विकास की एक बायोलॉजिकल अवधारणा प्रस्तुत होती है, लेकिन इन सबसे और इन सबके बीच मनुष्य उपभोक्ता बनता है, मनुष्य शासक बनता है, मनुष्य मशीन बनता है। मनुष्य एक उत्पादक बनता है। किसी भी प्रणाली में मनुष्य को मनुष्य बनाया जाए, इसका विचार नहीं हुआ है। आज की दुनिया के सामने या द्वितीय विश्वयुद्ध के बाद दुनिया के सामने जो संकट था, वह यही था कि मनुष्य को मनुष्य नहीं बनाया जा सकता है। हिरोशिमा और नागासाकी के बाद विज्ञान क्या मनुष्य के नाश के लिए ही बना हुआ है। विज्ञान की ताकत मनुष्य का अवश्यंभावी नाश ही करेगी। क्या ऐसी कोई व्यवस्था नहीं हो सकती है, जिसमें मनुष्य को मनुष्य बनाने का विचार किया जा सके।

यह वह कालखंड है, जब मानववाद का विचार करनेवाले अनेक दार्शनिक दीनदयालजी के ठीक पूर्व में हो चुके थे। उनमें से कुछ के नाम गिनाना चाहूँगा। एक तरफ विश्व मानववाद की अवधारणा का रवींद्रनाथ टैगोर का सिद्धांत था तो दूसरी तरफ गांधी का मानव का सिद्धांत और तीसरी तरफ कम्युनिस्ट पार्टी से दुःखी मानवेंद्र नाथ रॉय का रेडिकल मानव का सिद्धांत। गांधी का जो मनुष्य है, उसमें समाज है, अंतर्वैयक्तिक संबंधों के लिए जगह है, उसमें ज्ञान के लिए जगह है, लेकिन उसका जो भावनात्मक पक्ष है, भावनात्मक वृत्ति है, जिसके आधार पर दुनिया भर में कला, संगीत, साहित्य इत्यादि की निर्मिति होती है, उसका अभाव है। दूसरी तरफ रवींद्रनाथ

टैगोर की विश्व मानव की दृष्टि है, जिसमें केवल और केवल भावनाएँ हैं। अंतर्वैयक्तिक संबंधों का विचार इन सबसे ऊपर नहीं है। एकात्म मानव-दर्शन मनुष्य की मानसिक, बौद्धिक और आत्मिक आवश्यकताओं की पूर्ति का जीवन और जगत् के अंतर्संबंधों के परिप्रेक्ष्य में सांगोपांग विचार है।

भ्रातृत्व के साथ संवेदना भी होनी चाहिए और भ्रातृत्व किसी विशेष आस्था पर आधारित न होकर मानवीय अस्तित्व पर आधारित होना चाहिए। समाज के हित के लिए मनुष्य के सभी प्रकार के वैयक्तिक अपेक्षा और आकांक्षाओं का शोषण और उनका अधिग्रहण संभव नहीं है। इसको और आसानी से समझें कि राज्य को यह अधिकार नहीं है कि समाज के हित में किसी भी व्यक्ति की संपूर्ण संपत्ति बिना मुआवजे के ले ले। राज्य को यह अधिकार नहीं है कि प्रत्येक व्यक्ति के खाने, कपड़े की बराबर की व्यवस्था करे और उससे यह अपेक्षा करे कि उसके अंदर जितनी क्षमताएँ होंगी, वह सभी दे दे। इस प्रकार की तानाशाही और जोर-जबरदस्ती की व्यवस्था नहीं हो सकती। मनुष्य को यह भी अधिकार नहीं है कि वह यदि विशिष्ट और अतिशय क्षमतावान हो गया, या वह सुपरमैन की स्थिति में आ गया है, अतिमानस पुरुष हो गया, अतींद्रिय पुरुष हो गया है तो शेष मनुष्यों को अपना दास बना ले, अपितु अपेक्षित है कि ऐसा अतिशय पारस्परिकता के आधार पर, सहभाग के आधार जितना हमको अपेक्षित है, उतना प्राप्त हो और जितना समाज को अपेक्षित है, समाज हमसे प्राप्त कर सके। इस प्रारूप में आत्मनिर्भरता का सिद्धांत है, यह वैयक्तिकता का सिद्धांत नहीं है, अपितु मनुष्य की सार्वभौमिकता का सिद्धांत है। यह सामाजिकता का सिद्धांत भी नहीं है अपितु समाज की वैयक्तिकता का सिद्धांत है। समाज भी एक व्यक्ति है। समाज में भी इच्छाएँ हैं, आकांक्षाएँ हैं, समाज भी सपने देखता है। समाज भी उन सपनों को सच करने के लिए यत्न करे, इसके लिए उसे अवसर प्राप्त होने चाहिए। यह सिर्फ राज्य नियंत्रित व्यवस्था की निर्मिति का सिद्धांत नहीं है, अपितु राज्य को धर्माधिष्ठित होकर समाज की और व्यक्ति की व्यवस्थाओं की चिंता करनी चाहिए, इस सिद्धांत का प्रतिपादन है। एकात्म मानववाद

वस्तुतः उस कालखंड में और आज भी जो दो मूल पाश्चात्य विचार हैं, जिनको दक्षिणपंथ और वामपंथ के नाम से जाना जाता है, लेफ्ट-राइट के नाम से जाना जाता है, इन सबको शामिल करते हुए, प्राचीन जीवन-मूल्यों पर आधारित अधुनातन समाज के लिए और भविष्य के मानव जीवन के लिए एक दार्शनिक अवधारणा की निर्मिति करता है, जो वस्तुतः मनुष्य, मनुष्य के समाज, मनुष्य के राष्ट्र इन सबका सम्यक् विचार करते हुए सबके लिए सुख सृजित करने की व्यवस्था का प्रतिपादन करता है। यह त्याग पर आधारित है, लेकिन उपभोग का निषेध करके नहीं।

'ईशावास्यं इदं सर्वं, यत्किञ्च जगत्यांजगत्, तेन त्यक्तेन भुञ्जीथा, मा गृधः कस्यस्विद्धनम्'। इस संसार में जो कुछ है, सबकुछ ईश्वर की अभिव्यक्ति है। सब ईश्वर निर्मित है, इसलिए मनुष्य सब तुम्हारे लिए है, लेकिन तुम्हें बेलगाम उपभोग का अधिकार नहीं है, अपितु त्याग और नैतिकता से नियंत्रित होकर उपभोग करना है। यही धर्म है। इसी धर्म को व्यक्ति धर्म, समाज धर्म, राजधर्म, राष्ट्र धर्म, विश्वधर्म के रूप में समझा जा सकता है। व्यक्ति धर्म के तौर पर यह मानव-मूल्य है। समाज धर्म के रूप में यह परोपकार है, करुणा है, अहिंसा है सबकी स्वीकृति है। राजधर्म के तौर पर समस्त समाज का बिना किसी भेद के, बिना किसी रंग के, बिना किसी जाति के, बिना किसी धर्म के, पंथ के भेद का विचार किए सब को विकसित होने का और सबको समाज के लिए यथेष्ट समर्पित करने का अवसर प्राप्त हो सके और इन अवसरों के द्वारा उसे संतुष्टि प्राप्त हो सके। वह अपनी आत्मा को तुष्ट करते हुए हुए शेष के दुःखों को दूर करने के लिए, शेष को सुखी करने के लिए यत्न कर सके, इस प्रकार की पोषक व्यवस्था को निर्मित करना यह राजधर्म है। राष्ट्रधर्म के तौर पर यह सुवासित होना है, प्रकाशित होना है, समंजित होना है। हम सबने जिस धरती पर जन्म लिया है, जिस धरती का अन्न-जल खाते हैं, जिस धरती ने हमको पालन-पोषण का अवसर प्रदान किया है, वह हमारी माँ है। इसे मातृभूमि के रूप में देखना, इसे माँ के रूप में देखना और इसकी सेवा करने की दृष्टि का प्रतिपादन है। विश्व धर्म की दृष्टि से देखें तो यह

प्रकृति मात्र हमारे उपभोग के लिए नहीं है। यह धरती सिर्फ हमारे लालच की पूर्ति के लिए नहीं है, यह धरती सबकी आवश्यकताओं की पूर्ति के लिए है। यह हम सब जानते हैं कि यह धरती सबकी आवश्यकताओं की पूर्ति कर सकती है, लेकिन किसी एक आदमी की लालच की पूर्ति करना इसके लिए संभव नहीं है। एक आदमी के लालच में दुनिया नष्ट हो सकती है। यह दुनिया सबकी आवश्यकताओं की, सबकी जरूरतों की पूर्ति अनंत काल तक कर सकती है। यह धरती हमारी माँ है, इसलिए हम सबके बीच बंधुता का संबंध है, इस प्रकार का समाज-दर्शन एकात्म मानववाद है। एकात्म मानव-दर्शन का तात्पर्य मनुष्य का एकात्म विचार करना है। वह बँटा हुआ नहीं है। वह टुकड़े-टुकड़े में नहीं है, अपितु सब रूप में वह एकरस है, एक प्रकार है, इस दृष्टि को प्रकाशित करना एकात्म मानवदर्शन है। एकात्म मानव-दर्शन केवल राजनीतिक व्यवस्था नहीं है। एकात्म मानव-दर्शन जनसंघ का नीति सिद्धांत तो था, लेकिन यह जनसंघ का राजनीतिक एजेंडा नहीं था, अपितु जनसंघ के माध्यम से देश के लोगों के लिए, दुनिया के लोगों के लिए इसको प्रस्तावित करते हुए उपाध्यायजी ने एकात्म मानव-दर्शन के नाम पर एक ऐसी दार्शनिक दृष्टि प्रस्तुत की है, जो ममतामूलक, समतामूलक, त्यागमूलक उपभोग, नैतिकतापरक अंतर्वैयक्तिकता, पारस्परिकतापरक समाज और उत्तरदायित्वपरक अधिकार के मानव जीवन का सृजन करने का सनातन प्रस्ताव है।

□

भारतबोध के
समसामयिक अर्थ-संदर्भ

30

सार्थक संवाद से दूर होता समाज

लोकतांत्रिक समाज संवाद पर आधारित होता है और वह विचार-विनिमय से विकसित होता है। यह युक्ति और तर्क के आधार पर मतभेदों का समापन करता है और एक निर्णय पर पहुँचकर उसे क्रियान्वित करता है। वैदिक सभा-समितियों से लेकर भारत की संविधान सभा तक सैकड़ों ऐसे उदाहरण बिखरे पड़े हैं, जिनमें चर्चा है, तार्किक वाद-प्रतिवाद है, लेकिन विरोधों का शमन करते हुए सार्थक निर्णय पर पहुँचने की उपलब्धि भी है। वस्तुत: तर्क का प्रयोग भारतीय समाज तथ्य और ज्ञान पर छाए हुए आवरण को तोड़ने के लिए करता है। भ्रम और अज्ञान का आचरण टूटे, इसके लिए ही तर्क की जरूरत पड़ती है। बहस के नाम पर कुतर्क, नाहक छींटाकशी, चरित्र-हनन को कभी उचित नहीं ठहराया जा सकता। संवाद तभी गरिमामय होता है, जब वह तार्किक आधार पर चले। भारत की संसद में अंकित श्लोक के भावार्थ को हमें सदैव स्मरण रखना चाहिए। उस श्लोक का भावार्थ है कि या तो किसी सभा में प्रवेश मत करो। यदि करो तो समन्वित और उचित बोलो। सभा में चुप रहनेवाला अनुचित बात बोलनेवाला मनुष्य पापी होता है।

भारत का इतिहास बताता है कि जब-जब युक्तिवाद की पराकाष्ठा होती है, थोथी बौद्धिकता पर आधारित ज्ञान प्रणाली समाज का आधार बनती है। इससे श्रेष्ठतम समाज भी पराभूत होता रहा है, इसलिए गणतांत्रिक व्यवस्था में संवाद को एक मूल्य के रूप में लेना पड़ता है। आस्था के विरुद्ध होने पर भी संवाद से निकले हुए निष्कर्ष को स्वीकार करना पड़ता है। इसके लिए भारत में जो प्रचलित प्रक्रिया है, उसे शंकराचार्य जैसा युक्तिवादी भी स्वीकार करता

है। शंकराचार्य कहते थे कि धर्म कोई स्थूल वस्तु नहीं, अत्यंत सूक्ष्म विचार है, इसलिए इसके मूल को समझने के लिए चर्चा सत्र होने चाहिए, पर चर्चा भीड़ में नहीं, समूह में होती है। भीड़ में हल्ला हो सकता है, सत्य का बोध नहीं। सत्य का बोध तो अपने विचार के प्रति भी निःसंगता की माँग करता है। गांधीजी इसके उदाहरण हैं। वह अपने विचारों को भी खारिज करने से हिचकिचाते नहीं थे। लोक, जन को सामने रखकर, उसके लिए जो हितकारी है, उस दिशा में लिया गया निर्णय ही सत्यानुसंधान है।

भारत के अंदर ऐसे बहुत सारे अवसर आए हैं, जब जीवन-व्यवहार के स्तर पर, राज-व्यवहार के स्तर पर मतभेद हुए हैं। मत विभाजन हुआ है, पर राष्ट्र के महत्तम हितों को सामने रखकर अपनी अहंमन्यता का त्याग करते हुए सर्वानुमति की ओर बढ़ने और निर्मित व्यवस्था को स्वीकार करते हुए उसमें परिष्कार के बौद्धिक यत्न के भी उदाहरण हैं। भारत के जन भी आपत्ति-विपत्ति के अवसरों पर ऐसा ही करते रहे हैं। विभाजित मन किसी भी राष्ट्र की समूह चेतना को नष्ट कर सकता है। विरोध का होना आवश्यक है, लेकिन विरोध का बने रहना खतरनाक है। विरोध के शमन का एक तरीका है कि अनुरोध के रास्ते स्थापित व्यवस्था के सम्मुख खड़े अवरोध को खत्म किया जाए। देश में कुछ दिनों से बँटे हुए लोगों को उत्तेजित करना और उत्तेजित समूह को अव्यवस्था की ओर धकेलने के सामूहिक यत्न दिखाई दे रहे हैं। लगता है कि भारत फिर एक बार गाँव-शहर में विखंडन के कगार पर है।

यह भारतीय समाज की ताकत है कि वह मतभेदों को दूर कर फिर एक होने के लक्ष्य की ओर बढ़ता है, पर आज यह लोक स्वीकृत प्रणाली तिरोहित हो रही है। इसका परिणाम है कि छोटे-छोटे मतभेद भयावह रूप ले रहे हैं। छोटे-छोटे मतभेद टुकड़ों-टुकड़ों का समाज बना रहे हैं। ऐसे में हमें याद रखना होगा कि किसी भी समूह की भाषा और उसकी विचार प्रणाली, अर्थात् साथ आना, साथ बैठना, विचार अभिव्यक्त करना, वैचारिक भेद पर चर्चा करना और चर्चा के दौरान युक्ति के आधार पर संपूर्ण संवेदनशीलता और संजीदगी के साथ दूसरे के सत्य बोध को अंगीकार करना प्रगतिगामी

होना है। यह भारत के इतिहास में गार्गी और याज्ञवल्क्य के संदर्भ में, जनक और अष्टावक्र के संदर्भ में देखा जा सकता है। कुमारिल और शंकराचार्य के संवाद में, शंकराचार्य और मंडन मिश्र के संवाद में भी यह विशिष्टता परिलक्षित होती है। यह सावरकर और गांधी के संवाद, सुभाष और गांधी के संवाद में भी प्रतिध्वनित होता है।

मतभेदों के होते हुए भी अपने देश और समाज के लिए एक-दूसरे के सत्य बोध को स्वीकार कर साथ-साथ संवाद बनाकर आगे बढ़ते रहने की प्रक्रिया ही भारत में विचार का अनुशासन है। भारत वैचारिक सत्य की मर्यादा भूमि है, पर अभी यह कमजोर पड़ रहा है। संसद से सड़क तक, शिक्षण संस्थानों तक शोर है। दावे हैं और दावों को सत्य मनवाने की जिद है। ऐसी जिद में समाज का अंतिम व्यक्ति आँखों से ओझल हो जाएगा। भारत का भविष्य, जिसका सूर्योदय शेष है, गहन अंधकार में समा जाएगा। इससे निजात पाने के लिए स्वाभाविक तौर पर बुद्धिमत्ता की नहीं, बुद्धि धर्म की आवश्यकता है और बुद्धिधर्मी व्यक्तियों का दायित्व है कि वे बिखर गए संवाद सूत्रों को समेटें, उलझ गए विचारों को सुलझाएँ और इस अव्यवस्था के बीच उपजे हुए शोर को अत्यंत धीरज से स्वर में परिवर्तित करें। स्वर सात हैं, भिन्न हैं, किंतु संगीत की सृष्टि करते हैं। भिन्नता परस्पर पूरकता है। यही भारत की धरती की विशेषता है।

शास्त्रार्थ किसी आधार भूमि पर ही होता है। भारत के लिए यह आधार संविधान, संवैधानिक विधियाँ हैं, जिसमें सभी प्रकार के उपचार की संभावनाएँ सन्निहित हैं। यदि भारत रूपी शरीर में कोई रोग है तो उसकी अहिंसक चिकित्सा संभव है, इसीलिए बुद्ध ने अपने को सबसे बड़ा चिकित्सक कहा था, क्योंकि उन्होंने समाज के कष्ट को, दुःख को दूर करने के लिए विचार की ऐसी प्रणाली विकसित की, जो करुणा और नैतिकता पर आधारित है। आज का शोर-शराबे का परिवेश विविध स्वरों के बीच सामंजस्य के संगीत की अपेक्षा कर रहा है और यह संगीत केवल भारत का जन ही बजा सकता है।

(दैनिक जागरण)

□

31

अवसरवादियों को कभी नहीं भूलता देश

भगत सिंह अपने को एथिस्ट बताते हैं, निरीश्वरवादी बताते हैं, लेकिन जो भगत सिंह को निरीश्वरवादी होने के आधार पर मार्क्सवादी कहते हैं, उनको सावरकर को भी मार्क्सवादी कहना पड़ेगा, क्योंकि वे भी निरीश्वरवाद का प्रतिपादन करते हैं। सावरकर पांथिक हो जाते हैं और भगत सिंह कम्युनिस्ट हो जाते हैं—केवल निरीश्वरवाद के एक समान आधार पर। भगत सिंह की भारत माता की जो अवधारणा है, जलियाँवाला बाग के शहीदों के खून से सनी मिट्टी को जो अपने पूजा घर में रखकर पूजा करता है, उन शहीदों को देवता मानता है, उसको किस आधार पर कम्युनिस्ट कहा जा सकता है, कम्युनिज्म की पहली शर्त तो यह है कि कोई देश नहीं है, कोई धरती नहीं है। जो भारत माता की अवधारणा में विश्वास करता हो, वह कम्युनिस्ट कैसे हो सकता है?

धरती का दैवीकरण करना, यह कम्युनिज्म के खिलाफ है। भगत सिंह उस रास्ते पर चल रहे हैं, जिसमें इस धरती को दिव्यता देनेवाली जो हमारी प्रणाली है, उसको वे स्वीकार करते हैं, इसलिए कांग्रेस के अंदर भी गणेश शंकर विद्यार्थी जैसे लोग, ज़ो आध्यात्मिक जीवन प्रणाली, हिंदू जीवन-दृष्टि के प्रतिपादक थे और जिसके कारण उनकी हत्या भी हुई थी, उनके साथ भगत सिंह लंबे समय तक काम करते हैं। इस इतिहास के तथ्य को झुठलाया नहीं जा सकता है। हिंदू जीवन प्रणाली के इस सत्य को नहीं झुठलाया जा सकता है कि दुनिया में एकमात्र धर्म है, जहाँ ईश्वर की भी टाँग तोड़ी जा सकती है; और ईश्वरविहीन धर्म भी हो सकता है, क्योंकि यह धर्म उपासना पंथ नहीं है, यह जीवन प्रणाली है। समतामूलक करुणा से अनुप्राणित जीवन

प्रणाली है। भगत सिंह उसी जीवन प्रणाली के रास्ते पर चलते हैं। ये तो भगत सिंह और चंद्रशेखर आजाद को बाँट-बाँट करके देखने वाले लोग हैं, जो भगत सिंह को कम्युनिस्ट के रूप में प्रतिपादित करते हैं। हाँ, कांग्रेस के अंदर यह समस्या जरूर रही है।

गांधी की हत्या किसने की, यह अलग विषय है, लेकिन हत्या का लाभ किसने लिया, इस पर चर्चा क्यों नहीं हुई है? सबसे पहला लाभ जिन लोगों ने लिया, उन्होंने भारत की राजनीति से गांधी की विदाई कर दी। भारत की राज व्यवस्था से और गांधी जिस प्रकार से ग्राम आधारित अर्थव्यवस्था और राजनीति की बात कर रहे थे, वह संपूर्णतः भारतीय थी। उसके विपरीत शहरीकरण पर आधारित, औद्योगिकीकरण पर आधारित, सरकार द्वारा व्यापार किए जाने पर आधारित, सार्वजनिक उद्योगों-उद्यमों की स्थापना के कारण इस प्रकार की जो अवधारणा विकसित की गई, यह उस सोशलिस्ट मूवमेंट का बाय-प्रोडक्ट है, जिसके प्रयोग सोवियत संघ में हुए थे और खत्म हो गए। पिछली कांग्रेस सरकार ने गांधीवाद को अवसर के तौर पर भुनाया है। यह देश अवसरवादियों को अच्छी तरह जानता है कि वह कैसे मजदूरों के शोषण को अपनी राजनीति का हथियार बनाता है और वास्तव में जमीनी स्तर पर उनके लिए कुछ नहीं करते।

□

32

दुनिया को रास्ता दिखानेवाला संकट

एक विषाणु, यानी कोरोना वायरस ने एटमी हथियारों से लैस दुनिया में खलबली मचा दी है। विकसित राष्ट्रों में भय और संत्रास से बाहर निकलकर आर्थिक गतिविधियाँ शुरू करने की माँग सुनाई दे रही है। इस माँग के समानांतर कुछ अहम प्रश्न भी हैं, जैसे कि विज्ञान और तकनीक के शीर्ष पर पहुँचे हुए राष्ट्र आखिर स्वास्थ्य सुविधाओं और जीवन रक्षक उपकरणों के अभाव से क्यों जूझ रहे हैं? लंदन, रोम, पेरिस और इन सबसे बढ़कर न्यूयॉर्क इस महामारी के सबसे अधिक चपेट में आनेवाले नगर क्यों साबित हुए? आर्थिक गतिविधियों का तात्पर्य न तो कृषि है और न ही कृषि आधारित ऐसे उत्पाद, जो मनुष्य के लिए अपरिहार्य है। भारतीय संदर्भों में सभ्यता की दृष्टि से दो महत्त्वपूर्ण स्थितियाँ हैं। एक इस विपत्ति के समय नगरीय जीवन उनको सहेजने और सँभालने के लिए तैयार नहीं है, जो मेहनत के बल पर तैयार नहीं है, जिनकी मेहनत के बल पर संसार के जीवन की चकाचौंध है तो गाँव उनको स्वीकार करने के लिए खड़ा है, जिसे उन्होंने कुछ अधिक सुविधाओं और सुख के लिए छोड़ दिया था। भारत में दिल्ली, मुंबई, अहमदाबाद, हैदराबाद, बेंगलुरु ये सब समाज जीवन के क्षेत्र में डार्विन के उस सिद्धांत के सशक्त उदाहरण बनकर उभरे हैं, जिसमें निर्बल के जीवन के लिए कोई मतलब नहीं है।

महामारी के इस कालखंड के बाद भौतिकवादी लालच और उदारवादी अहंकार के बीच का प्रत्यक्ष युद्ध भी आसन्न है। ऐसे में कोरोना के बाद का जीवन कैसा होगा, इसको लेकर दुनिया भर के नीतिकार, राजनीति विज्ञानी,

समाजशास्त्री और मनोविज्ञानी विचार-मंथन कर रहे हैं, पर जिस एक बात की सबने उपेक्षा की वह यह कि उत्पादकता और उपभोग को उत्तर आधुनिक सभ्यता ने मनुष्य को ऐंद्रिक आस्वाद का किस कदर गुलाम बनाया है। भारत जैसे पारंपरिक देश में शराब की दुकानों के सामने लगनेवाली लंबी कतारें इसका सबूत हैं, इसलिए आज समकालीन सभ्यता पर एक मौलिक विमर्श होना वक्त की माँग है, जैसे गांधी ने 1909 में 'हिंद स्वराज' पुस्तक के माध्यम से खड़ा किया था। 1909 में हवाई जहाज नहीं थे। रेलगाड़ियाँ थीं तो बीमारी धीरे फैलती थी, फिर भी गांधी ने कहा कि रेलगाड़ी महामारी फैलाती है, इसलिए बंद होनी चाहिए। कोरोना वायरस से उपजी महामारी हवाई जहाजों के जरिए फैली।

चीन से प्रारंभ कोरोना दुनिया के दो सौ देशों में फैलानेवाले लोग विमानों से ही चल रहे थे और उनमें न कोई अशिक्षित था न कोई अशक्त। महामारियाँ तो हर सौ-डेढ़ सौ साल में फैली हैं, पर दुनिया की इतने अधिक देशों को ग्रसनेवाली महामारी पहली बार आई है, इसलिए पहली बार यह महसूस किया जा रहा है कि विकसित होना, समृद्ध होना और सामरिक रूप से ताकतवर होना किसी भी राष्ट्र या समाज के सुखमय जीवन की गारंटी नहीं है, बल्कि अपने मूल के साथ जुड़े रहना, धरती के हजारों साल के अनुभव से विकसित जीवन प्रणाली को स्वीकार करना और स्वआश्रित समाज का निर्माण ही संपोष्य सभ्यता के आधार हैं।

कोरोना ने एक और सवाल खड़ा किया है। ग्लोबल विलेज की अवधारणा मनुष्यों के मुक्त अंतरण, मुक्त व्यापार और वैश्विक आर्थिक गतिविधियों से नहीं मूर्त होगी, अपितु तब मूर्त होगी, जब स्वाधीनता को मूल्य मिलेगा। प्रवजन पर आधारित समाज व्यवस्था के स्थान पर स्थायी और स्थिर समाज-व्यवस्था का निर्माण करना होगा, अन्यथा इस महामारी के बाद की दुनिया और अधिक अमानवीय होगी। इसके लिए राष्ट्रों को अपनी सोच बदलनी पड़ेगी। अपने नागरिकों को ऐंद्रिक सुख के जीवन के स्थान पर वास्तविक जीवन सुख की प्राप्ति की विधि का प्रशिक्षण देना होगा।

भारतीय संदर्भ में तो यह कहा जा सकता है कि परंपरागत भारतीय जीवन का ढाँचा फिर से खड़ा कर समाज नया होगा, पर पुराने मूल्य स्वीकार करके। गांधी ने 1909 में ही इस बात को साफ शब्दों में कहा था कि भारत को सच्चे स्वराज की स्थापना करनी होगी। भारत का सच्चा स्वराज केवल भारत के लिए जरूरी नहीं है, अपितु पूरी दुनिया के लिए जरूरी है। यह सही है कि 21वीं सदी का जो समाज है, उसे 1909 में नहीं ले जाया जा सकता, लेकिन मानव सभ्यता का इतिहास हजारों वर्षों का है। हर आपदा और बड़े युद्ध के बाद दुनिया ने दिशा बदली है। लक्ष्य बदले हैं। इस महामारी ने स्टारवार की कल्पनावाली सभ्यता की चूलें हिला दी हैं। मंगोलिया, कंबोडिया, वियतनाम, भूटान और काफी हद तक भारत भी खड़ा है तो, इसलिए कि यहाँ गाँव जिंदा है, कृषि की संस्कृति जिंदा है। इन सब जगहों पर खेती व्यापार नहीं है। जीवन का आधार थी और है। कृषि का तात्पर्य है—उगाना। बनाना नहीं। बनाते हैं तो कृत्रिम होता है, उगाते हैं तो सहज होता है। जब हम उगाने या उपजाने से भी विमुख होकर बनाने और उत्पादित करने की सभ्यता निर्मित करते हैं तो वह कृत्रिम होती है और सहज स्वाभाविक जीवन के विरुद्ध भी। इसे फिर एक बार दुनिया को समझना होगा, अन्यथा कोई नया विषाणु किसी नए देश में पैदा होगा और फिर दुनिया में तहलका मचाएगा। भय और आशंका पर आधारित जीवन सभ्य नहीं हो सकता। सभ्यता तो वही है, जो सब में निर्भयता पैदा करे। निर्भयता सब व्यक्तियों में, राज्यों में, राष्ट्रों में हो। मनुष्य और प्रकृति का आपस में कोई बैर नहीं हो। पारस्परिकता की सभ्यता हो। कोरोना के बाद का कालखंड ऐसी ही सभ्यता की माँग कर रहा है। प्रकृति और परिवेश सहचर हों, ऐसी सभ्यता का उत्तर कोरोना काल की माँग है।

कोरोना ने कुछ सीख भी दी है। उसमें सबसे महत्त्वपूर्ण है कि मनुष्य की जरूरत बहुत सीमित है। दुनिया बिना तेल जलाकर चल सकती है। दुनिया जल-थल और आकाश को गंदा किए बिना भी चल सकती है। जिस रास्ते दुनिया पाँच महीना चल सकती है, उस रास्ते चलने की सभ्यता-दृष्टि या विश्व-व्यवस्था निर्मित की जाए तो हम आनेवाले कई वर्षों के लिए स्वस्थ

और आनंदमय विश्व निर्मित कर सकते हैं। कोरोना के बाद की सभ्यता मनुष्य में लालच और लोलुपता की नहीं, 'जियो और जीने दो' की सभ्यता होनी चाहिए। पराश्रितता और पारस्परिकता की सभ्यता न होकर 'स्वाश्रितता और पारस्परिकता' की सभ्यता होगी। मानव के स्वाभिमान और मानवता के कल्याण की सभ्यता होगी।

(दैनिक जागरण, 22 मई, 2020)

□

33

जीने के लिए संघर्षरत पड़ोसियों के प्रति दायित्व

नागरिक संशोधन कानून 2019 को लेकर बहस करते समय इसे ध्यान में रखना जरूरी है कि देश विभाजन के समय महात्मा गांधी ने कहा था कि पाकिस्तान के अल्पसंख्यक वहीं रहें और भविष्य में यदि उन्हें समस्या हुई तो भारत में उनका स्वागत होगा। यह कानून भारत की ऐतिहासिक जिम्मेदारी थी। यह कानून भारत के विभाजन के बाद बने राष्ट्रों के अल्पसंख्यकों के समक्ष आए संकटों का निदान है। 1947 के पूर्व का भारत, यानी अविभाजित भारत और 14 अगस्त, 1947 की रात 15 अगस्त, 1947 के भोर के बीच भारत के मानचित्र में जो परिवर्तन हुआ था, उसके बाद से जो जन जहाँ भी अल्पसंख्यक रह गया, उसके हितों की चिंता करना उन सरकारों की जिम्मेदारी थी, जो 15 अगस्त, 1947 से अस्तित्व में आए थे, लेकिन ऐसा हुआ नहीं, पूर्वी पाकिस्तान में लगातार हिंदू, बौद्ध, सिख, ईसाई मतों को माननेवाले नागरिकों की जनसंख्या में गिरावट आई है, आखिर ऐंसा क्यों होता है? इस पर पिछले 50-60 वर्षों में बहुत कुछ कहा गया है।

नागरिकता संशोधन अधिनियम के आने के साथ बांग्लादेश ने जिस प्रकार से अल्पसंख्यकों को, जो शरणार्थी के रूप में भारत में रह रहे हैं, उनको वापस लेने के संदर्भ में जो विचार किया और सरकार ने कहा हम उनको वापस लेने के तैयार हैं, यह बता रहा है कि कहीं-न-कहीं कोई ऐसी समस्या है, जिसके कारण वे लोग अपना देश छोड़ने को मजबूर हैं तो जिम्मेदार

लोकतांत्रिक राष्ट्र होने के नाते पड़ोस में जीवन जीने के लिए संघर्ष कर रहे मनुष्य मात्र के सहयोग का दायित्व भारत पर आता है। भारत की संसद ने लंबी चर्चा के बाद इसको स्वीकार किया है।

इस पर कोई पहली बार विचार नहीं हुआ है। पूर्व प्रधानमंत्री और राजग की सरकार के समय राज्यसभा में विपक्ष के नेता डॉ. मनमोहन सिंह ने पहली बार इस पर संवैधानिक रूप से प्रयास करने की बात कही थी। विभाजन के समय, जो परिवार भारत आ गए थे, उन्हें स्वाभाविक तौर पर नागरिक अधिकार मिले, लेकिन विभाजन के बाद मजबूरियों से प्रताड़ना के कारण लोगों के आने का क्रम जारी रहा और आज भी जारी है, उनको यह अधिकार नहीं मिला।

जो पश्चिमी पाकिस्तान के कुछ हिस्सों से और पाक आक्रांत जम्मू-कश्मीर के हिस्सों से आकर रह रहे थे, उनको भी नागरिक अधिकार नहीं मिल रहे थे, क्योंकि नागरिकता अधिनियम में यह सहूलियत उनको प्राप्त नहीं हो रही थी। प्रताड़ित होकर भारत आनेवाले, मजबूरियों में भारत आनेवाले लोगों को हम शरणार्थी के रूप में स्वीकार करें या उन्हें अपना बंधु मानते हुए, अपना भाई मानते हुए उनको अपने साथ रखें, प्रश्न यही है। यह प्रश्न किसी धर्म के विरोध का नहीं है।

नागरिकता कानून का सवाल भारत के इतिहास और परंपरा से जुड़ा हुआ है। इतिहास गवाह है कि पूरी दुनिया में पारसी कहीं नहीं बचे हैं। कभी पूरा देश हुआ करता था, अगर भारत में उनको समान नागरिक अधिकारों के साथ जीवन जीने की सुविधा न दी गई होती तो भारत में भी पारसी न होते। भारत के अंदर समान नागरिक अधिकारों के अंतर्गत अन्य स्थानों से आए हुए लोगों को नागरिक अधिकार देने का स्वभाव न होता तो कोलकाता का चायना टाऊन नहीं होता। यह हमारी परंपरा रही है। हम व्यक्ति को शरणार्थी के रूप में स्वीकार करने की अपेक्षा नागरिक के रूप में उसे मनुष्य के सभी अधिकारों से समन्वित करते हुए स्वीकार करने के आदी रहे हैं।

इस कानून को लेकर मतभेद तो हो सकता है, लेकिन नागरिक जिम्मेदारी

के अंतर्गत उसकी अस्वीकृति लोकतंत्रात्मक संस्थाओं के सामने प्रश्न खड़ा करती है। प्रतिरोध का होना, विरोध का होना एक बात है, लेकिन देश के नागरिकों के कर के पैसे से अर्जित की गई संपत्ति को आग के हवाले करना, भारत के विभाजन के संबंध में नारे लगाना यह एक नए किस्म का माहौल है।

इस प्रकार का प्रचार चल रहा है कि एन.आर.सी. थोप दी गई है और जिसके पास दस्तावेज नहीं होगा, उसको भारत में रहने का अधिकार नहीं होगा। इस तरह एक कल्पित और वास्तविकता से कोसों दूर भ्रम को सामने रख करके देश के युवाओं को दिग्भ्रमित करने की कोशिश चल रही है। अफवाहों के बाजार को गरम करते हुए देश में हिंसा का दावानल फैलाने के बजाय आशंकाओं पर युक्ति और तर्क के आधार पर संवाद होना चाहिए।

दुनिया भर में कहीं भी सताए हुए लोगों के साथ भारत खड़ा होता रहा है। युगांडा के साथ भारत की कोई सीमा नहीं मिलती है, लेकिन युगांडा में भी सताए गए लोगों को नागरिक का अधिकार देने के लिए हमने व्यवस्थाएँ बनाई हैं। वह तो एकदम जिनसे सीमाएँ मिलती हैं और जिनकी मजबूरी है कि वहाँ से प्रताड़ित किए जाएँगे तो भारत के अतिरिक्त कोई स्थान नहीं है, जहाँ उनको संरक्षण प्राप्त हो सके, ऐसे समूह को न्याय देने का प्रयास है—नया नागरिक कानून।

(लोकमत समाचार, नागपुर, 28 दिसंबर, 2019)

□

34

हम हैं समझदार ग्राहक

भारतीय संदर्भ में राष्ट्रवाद शब्द ठीक नहीं है। हिंदुत्व को उच्चतम न्यायालय परिभाषित कर चुका है, उस पर निर्णय दे चुका है और कई बार निर्णय दे चुका है कि यह उपासना पंथ नहीं है, बल्कि यह एक जीवन प्रविधि है; एक ऐसी जीवन प्रविधि है, जो इस देश की भू-सांस्कृतिक अवधारणाओं से निःसृत होती है। इज्म में ही बुराई है। इज्म आइडियोलॉजी से होता है। आइडियोलॉजी ऑलवेज डिवाइड्स, द फिलोसॉफी यूनाइट्स। जो वाद का सिद्धांत है, यह हमें बाँटता है और जो दृष्टि का सिद्धांत है, दर्शन का सिद्धांत है, चीजों को यथार्थ रूप में देखने की दृष्टि देता है, भारतीय दृष्टि, वह बिखरी हुई चीजों का एकीकरण करती है। यही कारण है कि इज्म पर जोर देनेवाले लोगों ने भारत को ही तोड़ने की कोशिश की और जो भारत भाव को समझ रहे थे, आइडियोलॉजी के बजाय आइडिया की बात कर रहे थे, भारत प्रत्यय की बात कर रहे थे, भारत भाव की बात कर रहे थे, उन्होंने भी विविधताओं के बीच जो एकता है, उसको तलाशा और तब जन-जीवन विकसित करने की कोशिश की और सकारात्मक है कि आजादी के सत्तर वर्ष बीतते-बीतते इज्म की सारी-सारी विचारधाराएँ, सारे वाद पर आधारित राजनीतिक और सामाजिक सिद्धांत इस देश की महान् जनता ने नकार दिए हैं; और जो भारत भाव पर, भारतीयता पर, भारत की राष्ट्रीयता पर आधारित विचार प्रणाली है, उसको स्वीकृति दी है।

जनतंत्र में जनता के मत द्वारा जो विचार अभिव्यक्त हो रहा हो, हम उसको इनकार करके आगे नहीं जा सकते हैं। मुट्ठी भर लोगों द्वारा किसी

आइडिया को कांस्ट्रक्ट करना और उसके आधार पर एक आइडियोलॉजी, कृत्रिम आइडियोलॉजी स्थापित करना और बार-बार बोल करके 'गोयबोल्स थ्योरी' के आधार पर उसे सत्य पोषित बनाने की कोशिश करना, इसके दिन लद गए हैं। आज विज्ञान का एक लाभ तो हुआ है, सूचनाएँ सब तक हैं, सत्य तक सबकी पहुँच है, सोशल मीडिया ने तो इसमें और जान डाली है, इसलिए अब जनता को बरगलाना, बेवकूफ बनाना, उसकी गरीबी का बाजार खड़ा करना और गरीबी दूर करने का ठेकेदार बनना, इस प्रकार की आइडियोलॉजी के आधार पर जो देश चला है पैंसठ वर्षों तक, जनता ने कहा, अब यह नहीं चलेगा, अब यह बिकाऊ माल नहीं रहा और हम समझदार ग्राहक हैं, आपके विचारों की ठीक से परीक्षा करेंगे, तब स्वीकार करेंगे और जनता परीक्षा करके स्वीकार कर रही है तथा इसके परिणाम देशभर में दिखाई दे रहे हैं।

□

35

आत्मनिर्भरता से समृद्धि की संकल्पना

आत्मनिर्भर भारत के निर्माण का आह्वान, इसलिए औचित्यपूर्ण है, क्योंकि उसमें यह स्वप्न अंतर्निहित है कि देश अपनी किसी भी जरूरत के लिए परमुखापेक्षी न रहे। आत्मनिर्भर भारत का सपना स्वतंत्रता की लड़ाई लड़ रही हर पीढ़ी के सेनानी और आजादी के बाद की तीन पीढ़ियों ने भी देखा, लेकिन 1990 के बाद उदारीकरण के दौर में आत्मनिर्भरता को प्रतिगामित, पिछड़ेपन की निशानी और देश को कठिनाइयों में डालने वाला बताते हुए आत्मनिर्भरता, जैसे शब्द को शब्दकोश से लगभग बहिष्कृत ही कर दिया गया। आज उदारीकरण से उपजी मुक्त विश्व बाजार व्यवस्था के सांघातिक दुष्परिणाम सबके सामने हैं, इसीलिए प्रधानमंत्री नरेंद्र मोदी ने जब कोरोना से लड़ने की चुनौती को भारतवासियों के पराक्रम के बल पर एक अवसर के रूप में स्वीकार किया तो उनके इस विश्वास की ठोस वजह है। इस विश्वास की बुनियाद इसमें है कि भारत का जन जब चुनौतियों को स्वीकार करता है तो उसे पूरा करके दिखाता है।

याद करें कि जब 1965 के युद्ध के बाद भारत को अमेरिका ने गेहूँ देने से मना कर दिया, तब हम खाद्यान्न के क्षेत्र में आत्मनिर्भर नहीं थे। हम दुनिया से अनाज खरीद करके लोगों का पेट भरनेवाले राष्ट्र थे, तब हमें शारीरिक कद में छोटे, किंतु संकल्पों में बड़े लाल बहादुर शास्त्री का नेतृत्व प्राप्त था। 'जय जवान जय किसान' का नारा देते हुए उन्होंने कहा था, अन्न के क्षेत्र में हमें आत्मनिर्भर होना है। हम गमलों में गुलाब की जगह गेहूँ उपजाएँगे और आवश्यकता पड़ेगी तो इस देश के नागरिक एक वक्त नहीं खाएँगे, लेकिन

कटोरा लेकर गेहूँ माँगने नहीं जाएँगे। उस संकल्प को देश के किसानों ने स्वीकार किया और अब भारत खाद्यान्न के मामले में आत्मनिर्भर है।

खाद्यान्न में आत्मनिर्भर बने देश के नौजवान वैज्ञानिकों ने मेहनत करके क्रायोजेनिक इंजन भी बनाया और आज हम अंतरिक्ष विज्ञान के क्षेत्र में केवल आत्मनिर्भर राष्ट्र ही नहीं है, बल्कि दूसरों की जरूरतों को दुनिया में सबसे कम कीमत पर पूरा करनेवाले राष्ट्र भी हैं। जब अमेरिका ने समझौता होने के बावजूद सुपर कंप्यूटर देने से मना कर दिया तो देश के कुछ नौजवान वैज्ञानिकों ने उस चुनौती को स्वीकार किया और उसे पूरा करके दिखाया। जितने में एक खरीदना था, उतने में हमने अपनी तकनीक ही विकसित कर ली। सुपर कंप्यूटर के क्षेत्र में जो हमने चुनौती स्वीकार की थी, उसका परिणाम यह हुआ कि भारत कंप्यूटर विज्ञान विशेषकर सॉफ्टवेयर टेक्नोलॉजी, सॉफ्टवेयर इंजीनियरिंग के क्षेत्र में दुनिया की बड़ी ताकत बनकर उभरा और सिलिकॉन वैली पर भारतीय युवाओं का एक तरह से दबदबा कायम हो गया।

कोरोना कालखंड में लंबे समय तक सब कुछ बंद होने के बाद भी भारत को अपनी जरूरत की चीजों के लिए दुनिया के सामने हाथ नहीं फैलाना पड़ रहा, जबकि बड़े-बड़े राष्ट्रों ने हाथ फैलाया। भारत ने अमेरिका, ब्राजील समेत दुनिया के कई देशों को हाइड्रोक्सीक्लोरोक्विन दवा दी। भारत ने कहा कि हम सबको देंगे और अपने लिए भी रखेंगे। यह आत्मनिर्भरता का एक उदाहरण है।

आत्मनिर्भरता किन क्षेत्रों में और कैसी होनी चाहिए, इसका दृष्टांत भी भारत ने पेश किया है। आर्थिक दृष्टि से संपन्न होने से ही कोई आत्मनिर्भर नहीं हो जाता, अन्यथा सबसे मजबूत राष्ट्र अमेरिका को मास्क और प्रोटेक्टिव किट के लिए चीन के पास अर्जियाँ नहीं भेजनी पड़ती और उससे नकली और घटिया सामान न लेने पड़ते। ताकतवर और समृद्ध होना एक बात है। आत्मनिर्भर होना, स्वावलंबी होना और स्वावलंबन के आधार पर अपने राष्ट्रीय स्वाभिमान को जिंदा रखना अलग बात है। दुनिया में बड़ी मजबूत अर्थव्यवस्थाओं वाले देश इन कठिन दिनों में दयनीय अवस्था को प्राप्त हुए

हैं, क्योंकि वे जिस अर्थव्यवस्था में, जिस प्रकार के विकास की अवधारणा में जी रहे थे, वह आत्मनिर्भरता पर आधारित नहीं थी। आत्मनिर्भरता का तात्पर्य है अपनी जरूरतों को पूरा करते हुए, दूसरों की जरूरतों को पूरा कर सकने की क्षमता का होना। यह आत्मनिर्भरता स्वावलंबन से आगे की बात है।

कोरोना कालखंड में हमने तमाम तरह की टेस्टिंग किट का विकास किया। पुणे से लेकर काशी तक के विश्वविद्यालयों और अनुसंधान संस्थानों के वैज्ञानिकों ने अपनी प्रयोगशालाओं में इसे विकसित किया। अब हम जरूरत भर के मास्क और प्रोटेक्टिव किट भी बना रहे हैं। आत्मनिर्भरता का तात्पर्य व्यापार और रोजगार नहीं हैं। आत्मनिर्भरता का तात्पर्य स्वाभिमान और आत्मरक्षा है। हम सुरक्षित रहेंगे, हम स्वाभिमानी रहेंगे, हम परावलंबी नहीं होंगे, हम अपनी रक्षा करेंगे, अपने जीवन को बेहतर बनाएँगे और दूसरों के जीवन को बेहतर बनाने के यत्न करेंगे, यह कर सकने की क्षमता भारत के पास है। इस प्रकार की क्षमता वाले युवा इस भारत के पास हैं। शायद प्रधानमंत्री उन्हीं को देखकर यह विश्वास जताते हैं कि अंतिम आदमी तक विकास को पहुँचानेवाला आदर्श आर्थिक नियोजन संभव है।

अविश्वास का यह जो वातावरण समाज में निर्मित हुआ है कि हम जब तक विश्व बाजार में नहीं रहेंगे, तब तक कुछ नहीं कर सकेंगे, उससे मुक्ति अति आवश्यक है। समाज अंतिम आदमी तक की जरूरतों की पूर्ति करनेवाली उत्पादन और वितरण व्यवस्था होनी चाहिए। हर व्यक्ति की आर्थिक स्थिति, खासतौर पर उसकी क्रयशक्ति ऐसी हो कि वह अपनी जरूरत के हिसाब से चीजों को प्राप्त कर सके। ऐसे ढाँचेवाला आत्मनिर्भर समाज खड़ा हो और उसमें यह विश्वास जागे कि मेरे परिवेश का उत्पादन है, मेरे परिवेश के लोगों के श्रम का परिणाम है, इसलिए मेरे लिए श्रेष्ठतम हैं! चालू विकास के बीच हमने अंतिम आदमी की आर्थिक क्षमता को सिर्फ दोगुना किया है। समाज के अंदर कोई वंचित न रह जाए, यह देखना अति आवश्यक है। भारत में व्यापारिक मूल्यों के आधार पर जीवन नहीं चलता, सांस्कृतिक मूल्यों और मानवता के आधार पर चलता है, इसीलिए भारत में शुभ-लाभ की परंपरा

चली आ रही है। यानी वह लाभ, जो शुभ हो, जबकि उदारीकरण हर चीज में शुद्धलाभ देखती है। यह इससे प्रमाणित हुआ है कि पैदल जा रहे मजदूरों की सेवा में समाज निकलकर आया। यह भाव ही है, जो आत्मनिर्भरता को यथार्थ में परिवर्तित कर सकता है। आत्मनिर्भर भारत ही वास्तव में सशक्त, सच्चा और योग्य भारत होगा।

(नई दुनिया, 15 जून, 2020)

□□□